曲扬 著

万卷出版有限责任公司
VOLUMES PUBLISHING COMPANY

图书在版编目（CIP）数据

山里有堆砖 / 曲扬著. -- 沈阳 : 万卷出版有限责任公司，2025. 3. -- ISBN 978-7-5470-6674-4

Ⅰ. I247.5

中国国家版本馆CIP数据核字第2025K76L33号

出版发行：万卷出版有限责任公司
（地址：沈阳市和平区十一纬路29号　邮编：110003）
印 刷 者：辽宁新华印务有限公司
经 销 者：全国新华书店
幅面尺寸：145mm×210mm
字　　数：270千字
印　　张：11
出版时间：2025年3月第1版
印刷时间：2025年3月第1次印刷
责任编辑：张冬梅
责任校对：刘　洋
装帧设计：张　莹
ISBN 978-7-5470-6674-4
定　　价：68.00元
联系电话：024-23284090
传　　真：024-23284448

求生是伟大的本能。

——题记

目录

第一章

村后的三眼楼挨了雷劈。

大水冲了龙王庙那回全村都去看，这回没几个人去，不敢。硝石的气味裹挟着不祥在这个不足百户的村子里弥散。

天亮时雨停了，早起的村民站在院子里就能看见那楼缺了个角。那本是百里之内最完好的一座敌台。

虽说敌台里没供偶像和牌位，这种满山都是的威猛建筑也没在看得见的现世佑护过村民，可全村还是被巨大的不安和惶恐笼罩着。

遭雷劈的，必是罪孽妖魔，可就算天底下所有建筑包括皇宫寺院都附了罪孽藏了妖魔，这镇戍边关、雄气贯于斗牛的敌台咋说也不会有一星半点儿的妖邪敢于近前。几百岁的长城年年有颓坍，上面的雉堞楼橹随山风无声地塌落也是常事，遭雷劈却少见。

十个炸雷九凶险，凡事有缘由。这份未知的缘由，就是那巨大不安和惶恐的源头。

一年当中村民已经经历了太多惶恐。刚入夏时西边河北地界发生了抗日起义，枪炮声从那时起就没断过。村里有五个人翻长城进关，去投起义的队伍。几天前活着回来一个叫郭少奎的，炸丢了半只手。这之后又有俩唐山口音的从长城西边来，往永安堡方向走，被日本人抓住，说是关里抗日的。日本兵押着这俩人来村里指认翻过的长城豁口。那两人被打得血葫芦似的，高个儿那个一只眼珠子耷拉在鼻子边，还一个劲儿笑，一个劲儿往地上吐血唾沫。乡里来了不少日本兵，挨村搜被打散的抗日人员。郭少奎他妈怕儿子被查出来，一直把他藏在菜窖里。

这几天西边的枪炮声渐渐疏落。

这是阳历一九三八年，也就是民国二十七年刚上秋的事。哦，彼时这里是伪满洲国地界，当地的百姓得说这一年是“康德”五年才行，要是报出民国的年号麻烦就大了，被拉去枪毙都说不定。

这村叫石门村，那楼叫娃娃楼。

山里秋天短，半个月后天便上冷，紧接着一场初霜，满山红树叶一夜间没了影。西边的枪炮声已完全停息，日本兵也不来了，山里恢复了让人耳鼓发胀的寂静。没有风，暖眼的斑斓就那样悄没声儿地褪去，跟没来过似的。

现在，枯黄几乎是山里唯一的颜色。构成这枯黄的，是大叶椁椤、白枣、布弄花以及遍野的棵子，唯山脊上迤逦远去的长城，以满身肃杀的铁灰，提醒仰视它的人冬天要到了。

第二章

鸡叫三遍时娃娃楼下的小道有声响，吱扭吱扭，一老一少顺小道上来，老的在前，背个包袱拎一盏马灯，少的在后，推一架吱扭作响的独轮车。

天幕微蒙，四周的山像无数耸着的奶子，奶头是山顶的敌台。

老的停住，抬头望前面的娃娃楼。

山岚尚未散尽，不远处缺了一个角的敌台只露出上半截身子，下半截及下边的小道都还没在雾中。熹微的晨光中，敌台铺房上的青瓦泛出少见的诡异幽光。

“先生，咋不走啦？”少的觉着先生今儿个有点怪，从出门一直没说话，腮帮子还光溜溜地瞅着不得劲，看来是起早刮了脸。

少的长得高壮，个头跟瘦高的先生差不多，可看眉眼脸盘也就十五六，夹袄外扎着麻绳，麻绳上别根短鞭子。这孩子叫邸万金，村里放羊的。老的叫孙尔康，村里的私塾先生，邸万金这名字正是他给起的。孙尔康脸上皱纹粗粝，和山里的农民并无两样，能标志身份的也就头上那顶六瓣瓜皮帽。他夹袍外套着件棉马褂，马褂看来是入秋第一次上身，还有规规矩矩叠压的褶子。这季节穿棉马褂有点早。

孙尔康盯着铺房看了老半天才又往前走。小道并不长，能有二百步，也并不算陡，石门村就在半山腰，比这娃娃楼低不了多少。这面山坡没树，小道凸出山坡有一人高，两边全是开阔的漫坡，长着膝盖高的棵子。现在，他们站在娃娃楼的正门前。

清冷的雾气中，拱顶券门的双扇木门愈发显得坚硬厚重。那八块榆木门板咋说也有几百年了，颜色已经和花岗岩拱框一个样。拱门下是七级石条台阶。

邸万金支好车。车上有两个没装满的面袋子、一套铺盖、一套炊具、一套瓦匠家什、一篮子白菜土豆。俩面袋子里分别装着高粱米和江米。

“不对劲儿。”孙尔康念叨。

他记得清楚，昨天离开时像以往一样挂上了钌铞并往钌铞环里插上木棍来着，现在，木棍不见了，钌铞打开着。

“你等着，我先进去。”孙尔康说。邸万金说那哪行，抽出车上的铁锹，几步跑上台阶。

“慢点慢点，小点儿动静！”孙尔康压低声音喊。

然而动静还是很大，伴着邸万金开门的动作，“咣当当”一阵响，门里面有东西掉在地上。邸万金本能地双手捂头退出来，铁锹掉到台阶下边，他下去捡。孙尔康跨过石头门槛进了门。

地面上有两块倒伏的城砖、两只洋铁水桶、两个洋铁罐头盒。

那副水桶是孙尔康家的，昨天他连同扁担一起拿到这儿的。孙尔康拎起水桶，放到不远处戳着的扁担跟前。俩罐头盒很新，棕黄色，上边印着洋文。那年月罐头盒少见，在荒弃的古敌台里见到就更稀奇。孙尔康琢磨了一会儿，绕开罐头盒逐个券室查看。

邸万金捡起铁锹端着，小心地一步一步走进敌台。

这是一座明代蓟镇长城上最常见的十二孔空心敌台，也叫三眼楼。敌台的主体部分是接近正方体的梯形体，长宽各三丈，不计铺房高三丈六。像所有这种形制的敌台一样，此台顺城墙方向开出前后两个高出墙顶一人许的拱门，门两侧各开一扇拱顶箭窗；垂直于城墙方向每面各开三扇箭窗，没有门。长城附近的人通常按敌台每面的门窗数称其为两眼楼、三眼楼……

天已渐明，敌台里虽比外面暗，但已能看清各个角落。除了那副水桶扁担，各券室空空荡荡。昨天被认真清扫过的青砖地面把这一老一少的脚步声反射到拱顶，再在空荡荡的敌台内折射扩散。

这敌台的底层空心部分由砖砌的筒拱承重结构组成三横三纵交叉贯通的高大券室，每个券室都因双侧临窗而具有良好的采光和通风。也许因为设计得巧妙，加之这里地处干燥开阔的石河峡谷，这座敌台保持得十分完好。敌台内外的青砖和勾缝白灰几乎没有一点儿风蚀，倒是花岗岩拱框上的祥云浮雕上长了不少癣一样的石花。

到他们查看完底层，想顺着拱洞台阶去上面的台顶时，方确定这座敌台果真不对劲儿了——左右两侧拱洞上边的台口都被木顶板压得严严实实。

邸万金嘴咧得老大，脸紧张得通红。

孙尔康沉吟了好一会儿，把马灯交给邸万金，拿过后者手里的铁锹，单手撑着墙壁，沿砖砌台阶往上爬。这个设计为仅供一人通过的拱洞很窄很陡，通行必得用手撑住墙壁，积年累月，两侧的砖壁被蹭得溜光。

咚咚咚，他用锹头杵了三下顶板。

“谁在上边？”

等了好一阵也没回应。“吱个声吧，我是村里的老百姓！”孙尔康又喊。

顶板被掀开，一个男的蹲在台口。

“路过的，借个宿。”辽西口音。

光线尚暗，加之逆光，看不清那张脸。孙尔康犹豫是不是这就上去。

“先生，我先上去。”邸万金壮着胆，有很大成分是为了给先前的举动找回面子，若先生真同意他先上，他确定自己不敢。

“待这儿别动。”孙尔康把铁锹交给他，空手爬了上去。

守在台口那人头发耷拉在眼眉上，半边脸和一只眼睛青肿。他盯着孙尔康，孙尔康爬到台口时他伸手要拽来着。

铺房里的长条凳上坐着个苍白的女人，搂着个男孩儿。女的三十多岁，男孩儿六七岁。那男孩儿黄皮寡瘦，刚从睡梦中醒来，大眼珠子突突着惊恐地望着孙尔康。那女的虽神情笃定，但紧搂孩子的姿势说明比孩子还紧张。她戴着块蓝布头巾，头巾下细长的眼睛给孙尔康留下极深的印象。这女的不一般，他想。他往正对门口的墙上扫了一眼，画像还在。他走出铺房，在台顶看了一圈，那男的紧跟在身后。没见有别的人。

“先生，上边咋样了，我上来吗？”邸万金在下面喊。

“没事儿，你先在下边等着！”孙尔康回道。

那男的一边瞄着台口，一边用显然是装出来的放松口气说：“叔啊，我不知道这儿还常来人。这样吧，你老收点住宿钱吧。”说着话手往衣兜里伸，像是要掏钱。孙尔康说：“这楼又不是俺家的。”那男的停了手。孙尔康打量这男的，三十岁上下，虽胡子拉碴，脸上还有很重的淤青，但看得出是个俊把子，中等个，精瘦的腰身，穿一件灰细布夹袄。

以孙尔康的眼睛，通常一个照面便能对陌生人的身份做出判断，今天却很犹豫。让他犹豫的是对方的肩膀——分头和白脸之下，那肩膀似乎宽了点。

“叔啊，俺们从关里来，想去北镇投亲。孩子累了，在这儿歇半天，后晌就走。中不？”

“倒没啥不中，只是这儿毕竟不是住家，铺房里阴冷不说，我一会儿还得干点活儿，怕你们不得安歇。”

孙尔康琢磨这人不像当差的，也不像山里抗日的，更不像走私货的，可他脸上有伤，在下边弄的机关也不一般。

那人说：“没事儿叔，我正好能帮你干活儿。”

孙尔康还知道他刚撒了谎，他们不是投亲那么简单。到关外来，如果不走山海关取得通关文牒，会很麻烦，日本兵和伪满洲国警察盘查得严。他们显然是特意避开关口，于夜里抄小道翻过了长城，并计划一直这样昼伏夜行地走到目的地。昨晚孙尔康离开这儿时太阳已经落山了，可见他们是天黑后到的，后半夜到的都有可能。不走大道的，都是干背人的事儿。

不过孙尔康断定这仨人天黑后自会离开，也就是说他们不会影响自己的计划。

“万金，把东西搬上来吧！”他喊。

邸万金在下边贴着拱洞听动静，很快夹着俩面袋子爬上来。那人在台口接住面袋拎上来，很轻松。邸万金很不舒服地哼了一声。东西很快全搬上来，邸万金见那小孩儿盯着自己腰上的鞭子看，便抽出来凌空甩了个脆快的响鞭。小孩儿眼里已经没了惊惧，鞭声更让他露出笑脸。邸万金已经很久没享受过这待遇，准确地说，村里的小孩儿连起码的尊重都不肯施与他，别提笑脸。他很兴奋，咔咔连着又甩了两鞭。

小孩儿“咯咯”乐，要跑过去看鞭子，被女人拽住。

“万金，时候不早，该去放羊了。”孙尔康说。

“好，先生，我这就去。”邸万金答应着。他见小孩儿稀罕他，不忍就这么结束友谊，手伸进夹袄，掏出个楼下捡来的罐头盒，冲孩子晃一晃：“叫声叔就给你。”小孩儿不笑了，往女的身上靠。

“给你的，接着吧。没事，新的，干净。我闻来着，装肉的，可香了。”

孙尔康本想阻止他继续这份馈赠，见男孩儿抬头用目光请示女人，便没吱声。到目前为止，女人和孩子还都没说一句话，他想听听。

“没事儿，这个给你，我还有一个呢。”邸万金继续说。

女的还真说话了："小兄弟，不能惯孩子收别人的东西。多谢你了啊。"浓重的山东沿海口音！

这句话一出口，邸万金吃惊得直嘎巴嘴。他举着罐头盒想表达他的惊讶，孙尔康制止了他："去吧万金。盒子给我，留舀水用。"

邸万金还想说啥，孙尔康说："走，我跟你一起下去。"领着他往台口走。那男人拦住，"叔，我想跟这小兄弟说句话。"孙尔康说："他不跟别人说你们在这儿。"那人说："多谢多谢，那我就没事了。"

下到底层后邸万金小声说："先生，我看这三口人很有点来路，一家子咋还口音不一样呢？"

孙尔康说："没人说他们是一家子，不过咱不管他。"

"对呀，那小子嘴忒甜，不像好人，没准是拐卖人口的。"邸万金说。"没事，反正他们天黑就走了。"孙尔康说。"可我刚才好像听他说后晌就走哇。"邸万金挠了挠脑袋，"要是，要是他真是拐卖人口的，那咱得报官不是？那小孩儿挺招人稀罕，那女的也挺漂亮，太可惜了。"

孙尔康说："别瞎猜。记住，别跟任何人说这儿来了生人，记住了吗？"邸万金点点头，"记住了，先生。"

孙尔康解下包袱递给他。

"背着，你的棉袄棉裤，都拆洗好了。这几天没准就有霜冻，冷了就换上。你又没洗脸，跟你说过，就算饿了肚子也不能让脸上脏喽。明儿个不许这样。"

"记住了，先生。可是，棉袄棉裤等过几天再来拿中不，天还挺暖和呢。我回村就直接放羊去了，背着个包袱也不方便啊。"

“让你背你就背吧。”

“行。可是先生，晚上我还是想来陪你一起住。”

孙尔康：“又啰唆。记住喽，不管出啥事都不能再回这楼里来。”

昨晚孙尔康这样跟邸万金交代：我明儿个去娃娃楼住几天清静清静，你帮我去送点东西。

邸万金背上包袱，独自推着独轮车往村里走，没走几步停住，转回身说：“先生，我又笨又胆小，你是不是嫌弃我啦？”说着话眼圈红了。孙尔康用对邸万金独有的温慈目光看着他：“万金哪，就算我嫌弃了天底下所有人，也唯独不会嫌弃你呀。净胡思乱想，走吧。”

邸万金既委屈又满足地点了点头：“嗯，嗯，那我走了，先生。”

邸万金走了。此后的三天里，和这座楼有关的人谁也没能预料到它最后的结局，包括预先设计好结局的孙尔康。

第三章

孙尔康和邸万金不是一般的师生关系。石门村这三百多口人也不同于一般的辽西农民，他们的先祖来自浙江义乌。

明朝隆庆年间，戚继光调任蓟州总兵。眼见将吏贪懦，边备废弛，拟从训练军队、扩修长城入手，全面整饬北方边务。他命戚家军部将胡守仁、李超率三千南兵来蓟镇，作为练兵的标兵，这正是戚家军之精锐义乌募兵。义乌人彪勇，女的都敢拎菜刀上阵玩儿命。那里又多能工巧匠，后来蓟镇长城的改修扩建也全由他们挑头。长城沿线多是人迹罕至的荒山野岭，兵士常年驻守苦不堪言，为稳军心，戚继光允许部分家眷随军戍边，就安顿在敌台上的铺房里。后来形成了独特的家族世代守备一楼的“楼台军”制度，一直到大明灭亡。这就是现今的敌台被叫作“媳妇楼”“许家楼”“孙家楼”的缘起。后来这些人逐渐从长城上搬下来，就地垦荒戍边，生息繁衍。

石门村是这么来的。算起来，距他们先祖到这儿已经有三百七十年了。

孙尔康手里存有一本清朝嘉庆元年增修的十一辈“孙氏系谱”。这本家谱里记载，孙家先祖孙捷勇于明朝隆庆二年自浙江义乌从军到山海关。家谱中还记录了两件家族引为壮举的事件，都和长城有关。第一件，万历二年，孙捷勇在董家口参加围歼蒙古朵颜部的战斗，因作战勇猛被擢升为把总，秩比正七品。第二件，崇祯九年，石门口关隘被山洪冲毁，孙家后人孙越峰卖掉祖产捐银修关，并献良田十二亩作为砖窑窑址。

可惜的是这本家谱之后的接续谱牒遗失了，也就是说孙尔康并不知道他们家究竟是孙捷勇的哪一支后代。孙尔康家到他这辈四代单传，他的上三代都是文盲农民，他们除了传给他不多的田产和这本家谱，还传下一张据说年代十分久远的孔子像。就是这张纸，让孙尔康坚信他祖上还出过教书先生。理由很简单，木匠供鲁班，郎中供药王，教书的才会供孔子。

孙尔康自幼沉毅寡言，十五岁时独自去了哈尔滨，后来在那里结婚生子，儿子一岁时携妻小回到石门村教书，一直到现在。

邸万金是他教过的最笨的学生，也是教得时间最长的学生。

邸万金刚过百天时村里来了胡子，全村女人孩子都躲进龙王庙。别的孩子，包括另一个跟他大小相仿的婴儿都乖乖地一声不出，唯邸万金一声啼哭，凄厉高亢，庙里的人吓得魂飞魄散。虽然他妈及时捂住嘴，还是招来了胡子。有两个女人被掠走，其中一个是孙尔康媳妇。孙尔康和一众村民追到后山，他媳妇已跳崖摔死在乱石丛。

那天邸万金他妈松开手时，孩子已经憋过气去，胳膊腿儿都软了，连拍带叫好半天才喘过气来。从此便落下病根，一受委屈要哭的时候便满脸通红哭不出声上不来气，直憋得满脸青紫翻白眼，得掐人中扇嘴巴才能缓过来。这毛病一直到六七岁才见好，不过，这个下生时长着一对灵动大眼睛的胖小子，成了一个脑子不甚灵便的孩子，尽管眼睛依然清澈纯净。

邸万金爹妈都是老实的庄稼人，他爸和孙尔康又是发小好友，他对孙尔康说：“大哥，我这败家孩子啊，要不是他，嫂子也不能……”孙尔康说：“老二你净胡说，是咱大人没能耐，有孩子啥事！”邸万金他爸还是不再喜欢这孩子，认为他带来了不祥。

孙尔康的独生子孙文怀大邸万金两岁，他俩从小就好。邸万金虽长得高壮，无奈天性懦弱，受欺负是常事，这种时候，常常是瘦弱的孙文怀给他解围。

邸万金出生那天家里恰好收到义乌的书信，他爸向孙尔康求名，孙尔康写了“邸万金”仨字，取意“家书抵万金”。他爸不识几个字，杜甫的诗更是念不上一句，但听了这名字连说好名字好名字。这一来是因为他们这茬发小当中数孙尔康学问大，孙尔康给起的名字咋说都是好名字；二来嘛，谁不想家有万金。

这世上只有邸万金一个人称孙尔康为先生，其他人都在先生前边加上个孙字，称孙先生。

邸万金脑子不灵便，他爸本不想让他念书，是孙尔康给劝去的。他上学期间不仅学费全免，笔墨纸砚孙尔康还都给备好。邸万金每天最高兴的事就是去学堂，那意味着他并不比别的孩子差，甚至还比不上学的孩子风光。他把早晨去学堂当作宣示尊严的仪式，每天把脸洗得干干净净，背好书包，按队列的步伐挺胸挥臂往学堂走。一边走一边四下张望，一见着人，不管离多远，立马喊，二大爷！三婶！我上学去啦！全村都听得见。尽管学的东西记不住，尽管仍受欺负，他的好心情丝毫不受影响。

孙文怀天资聪慧，加之孙尔康教育有方，七岁便能诗文，十岁读遍家中藏书。孙尔康当年从哈尔滨归乡，所携行囊最重的也就是两箱子书。孙尔康都不知道儿子是啥时候把这些书读完的，直到发现他常引述典籍并时不时对古人的论述发表看法，才晓得这孩子是细读过这些书了。

孙文怀十二岁那年夏天，山水冲塌了龙王庙的后山墙。当时现场的成年人都紧闭嘴巴，生怕把那句晦气话顺口说出来。有一个小孩儿没管这套，张嘴就说："这可真是大水冲了龙王庙，自家人不认自家人！"声音脆快字正腔圆，这是他听过并记住了的不多的几句歇后语之一，这小孩儿是邸万金。现场更加鸦雀无声，有人赶紧往地上吐唾沫。

啪！邸万金脸上挨了个嘴巴。"胡说，滚家去，让你爸管好你的嘴！"打嘴巴的叫林啸天，一个车轴汉子，村里首户，这庙是他出钱盖的。

邸万金他爸就在不远处站着，林啸天打他儿子嘴巴，他心里不舒服，可也没觉得有多不妥。

孙尔康拉过捂着脸眼泪围眼圈转的邸万金，冷冷地对林啸天说："我说他林大叔，就算没有童言无忌这一说儿，就算这孩子该打一百个嘴巴，是不是也轮不到你来打？"

这村里中年以下念过书的都是孙尔康的学生，以他在村里的威望，即便林啸天很傲慢，儿子还在县里当差，也从来都对孙尔康恭敬有加，孙尔康这么一说，林啸天很下不来台。

两个月后九一八事变，日本人来了，扒了刚修好的龙王庙，把楠木梁檩拉去县里，据说给宪兵队打桌子用了。当然是没人能阻止也没人敢阻止。修庙的出资人林啸天也只能远远地站在家门口望着合抱粗的楠木被截成轱辘运走。

如果石门村的倒霉事也就到此为止，村民们或许会慢慢忘了倒霉事和邸万金"开金口"的关系。然而，灾祸才刚刚开始。

两年后的一天，大队日本兵包围了村子，抓走了林啸天和他的两个儿子。几天后，连同他在县里当差的大儿子，林家爷儿四个一起在县城被枪毙，原因是通匪。林啸天卖了县城和锦州的店铺，所得钱款全都给了郑桂林的东北抗日义勇军。这事是一个义勇军的叛徒告的密。

据说审林啸天时，他说我真是太后悔太后悔了，日本人赶紧问他咋后悔了，他说："我后悔没让儿子们跟郑桂林走，去拿枪杀你们这帮王八羔子操的！"日本人拿粗铁丝勒住他的嘴，用钳子拧在脑后，嘴巴都勒得豁到耳根。林啸天一直到临刑前游街示众都戴着这根铁丝。

伪满洲国搞保甲连坐，林啸天家和邸万金家在同一牌，林家之外那九户人家的户长都被抓到了警察局。其他几家陆续交足连坐金后放了人，邸万金家交了钱也没放人。一打听才知道，邸万金他爸邸长贵在里面说了句硬话："要钱没有，要命有一条！"就这一句话真就要了他的命，警察把他活活打死在牢里。邸万金他妈听到他爸死讯后当时就疯了，他爸刚下葬就投了石河。

村里有二三十个青壮年合计好要去投郑桂林，可常在村里驻扎的郑桂林再也没出现。这年年底传来郑的凶讯，他在北平让人给弄死了。弄死他的不是日本人，是老蒋。

至此，石门村人重又记起了那句"大水冲了龙王庙"。有人掰着手指头数："林啸天是被中国人告的密，邸长贵是被中国人给打死的，连郑天狗（郑桂林的绰号）都是中国人给害的。"这之后，奚落耍戏邸万金的人少了，大人们嘱咐孩子少跟这小子说话。

爹妈出事后邸万金比以前更不爱说话。孙尔康把他接到家当儿子养，可邸万金离不开家，说时候长了不回家他爸他妈给他托梦，于是每隔些日子孙尔康就让孙文怀陪他回家住一宿。

这年秋天孙文怀去锦州念"国高"。孙文怀走了，孙尔康便隔三岔五陪邸万金回家住一宿，直到看他渐渐长大了，才放心让他自己回去住。除了不爱洗脸，邸万金是个最听话的孩子，他每天跟孙尔康下地干活儿，回到家就帮着拉风匣做饭，吃完饭便捧起书本念。即使这样用功，他也一直背不全《春望》，这是最让他感到对不起孙尔康的事。每见他挠着脑袋吃力地想下一句，孙尔康便说：不急不急，咱再从头一句一句来，我陪你背。

去年村里羊倌死了，孙尔康问邸万金，你放几天羊试试？他是想让邸万金往后能有个饭碗。邸万金说不用试，这活儿我指定能干好。他的确很称职，把全村一百多只山羊照顾得非常好。

当上羊倌后他就天天回自己家住了，他不忍心每天早晨打扰孙尔康休息，更不忍心满身的羊粪味熏了先生。

第四章

目送邸万金回了村，孙尔康拿起水桶扁担去旁边水洼挑水。他此生还剩三件事要做，今儿个必须做完两件。做第一件事之前得先挑水。

山水清澈得稀罕人，他忍不住掬起一捧咕噜咕噜喝下，完事像喝过浓烈的二锅头一般咂巴了下嘴，又呲儿地长吸了口气。

那男的在门里边等着。“叔，我不敢出去，怕人看见。”他伸手接水桶，孙尔康看他手背上有不少擦伤。孙尔康没拒绝，他认为没必要对这个人太戒备，不仅如此，他甚至觉得这种时候就该出些状况，这个人以及那女人和孩子出现，似乎比出别的状况要好一些。

这座敌台里有一处非标准配置的机关，穹顶井口——底层拱室的正中央开了一个约两尺口径的圆形天井，用作向顶层吊运军械器物，亦可用软梯转移士兵，战时则收回软梯，用厚实的顶板牢牢压住井口。

“上边有绳子。”孙尔康指了指井口，示意那人上去把水桶拉上去。

“好。叔啊我姓罗，叫罗逸。”

孙尔康觉得他没必要报名号，就算名字是假的。“我叫孙尔康。”他说。

楼上铺房里，女人正从包袱里拿出一摞煎饼给小孩儿吃，见孙尔康上来，递过两张：“大叔，你也吃几张垫补垫补吧。”女人声音沙哑。她腮帮上有一条挺新的伤疤，有两寸长，很规则，像是刀疤。

孙尔康说：“你们吃吧，我在家吃了。”

“叔，这是我嫂子，这是我侄儿。”罗逸说。

“俺叫小虎。”那小孩儿说，和女人一样的山东口音，很浓，说完抬头看了看女人。小孩儿脸上有了点血色，对孙尔康也不像之前那么戒备。这小孩儿瘦得可怜，小细脖子大脑袋，不过眉眼开阔，额头方正。孙尔康看出这是个天赋异禀的孩子，挺稀罕，问：“几岁啦？”

“六岁。”

“个头不矮，以后能是个大个子。”

“是啊，像他爹也矮不了。”女人说。她是个漂亮的女人，只是有些纤瘦。她捏着煎饼的手很粗糙，是一双农妇的手。

“俺爹个子老高了，比你都高那么多呢。”小虎说，边说边指了一下孙尔康的头顶。女人说：“小虎，不能这么跟长辈说话。”

孙尔康把三张书桌并到一起，示意小虎母子可以上去休息。这间铺房大约长两丈宽一丈，南面开两窗一门，可以看出门窗经过修缮。这铺房顶部结构独特：内为青砖拱顶，外面夯土起脊敷瓦。铺房内摆着十套双人桌凳。

五年前，东北军何柱国的部队阻止日本人入关，作战中，一发日本人的炮弹炸塌了村里的私塾，幸好那些天私塾没开课，不然孙尔康和孩子们没准都得被炸死喽。那年的枪炮声持续了有一两个月，后来听说是国民党军败了。这之后山海关往西各个长城关口相继竖起了足有敌台那么高的“王道乐土大满洲国”界碑，这道大墙成了中华民国和伪满洲国的边界。石门村在长城的东边，村民也就成了伪满洲国的国民。

私塾被炸，为孙尔康提供了印证祖上行止的机会。他修葺了娃娃楼上的铺房，打了十套桌凳，把私塾搬到这里。

他不仅坚信祖上出过教书先生，还坚信这座娃娃楼曾经充当过学堂。这楼的名字就是证据，如果没有小孩儿并且是很多小孩儿在这楼里待过，当初不会这么称呼它。南方人才称小孩儿是娃娃，所以娃娃楼这称谓应该是祖辈们初到此地就有了。

他从小就爱到这楼里玩，这楼的每一块砖他几乎都摸过。他认定这楼和他的祖辈有专属的关系，贴近凉丝丝的青砖，好像能听到祖辈在里面召唤他。后来真就见到了他们。那次他玩累了在楼里睡着了，结果清清楚楚地看见两个反穿皮袄的先祖从墙里边走出来摸他的头，手都石头似的梆梆硬……然后他们极端失望地摇着头遁去了。他醒来时鼻孔里依然留着他们身上的烟草和汗卤子味。那俩先祖的模样他现在都还记得，大脸盘，大鼻孔，鼻孔里的毛扎煞出老长，络腮胡子，巨人般的个头。他尤其记得他们那极端失望的表情。那表情，让他从小到大，直到现在，都活在失败的阴影中。

铺房里过去似乎有地铺，他清理那些地铺碎砖时捡到了一副完好的砚台。别的敌台里常发现滚木礧石甚至成堆成捆的箭镞，唯独这座敌台里有砚台。他把那块砚台看作是祖上留给他的信物和证物，一直收藏并使用着。

像多数敌台一样，这楼里躲过逃荒的，藏过犯事儿的，放羊的更是常来避雨。由于它离村子近，多数时候被村里人用来堆柴火和圈牲口。收拾这楼的底层时孙尔康一桶一桶地拿水冲，直到冲出规整的青砖地面，可已经渗进砖里边的羊膻味去不掉。孙尔康不膈应这味儿，觉着这楼里就该有这种味道。

铺房里容纳十多个小孩儿虽不算宽绰，但还真够用。不方便的是孩子们上下楼太费劲。不过倒也无妨，小孩子权当玩了，要不他们也得爬高上树。孙尔康在这里教了多半年书，直到冬天林啸天的遗孀老林太太捐出她家的一处房子做学堂。

孩子们去乡里上学后孙尔康把桌凳又都搬回到这儿，连同那幅孔子像。没人来上学，都空摆着。他每天来这里干坐着。

他早丢了饭碗。乡里办了公立小学，村里的小孩儿都被撵去那儿上学了。公立小学使用日本文部省编印的教材，把日语称为“国语”，国语改为“满语”，孩子们每天得向长春的伪皇宫和日本天皇行遥拜礼。

天大亮，孙尔康要做他计划中的第一件事。

他把铁锅放到用几块断砖支起来的炉灶上，加满水。柴火现成的，铺房西山墙下堆着一大堆干布弄花、杂草和松树毛子。那个姓罗的蹲在铺房门口紧张地盯着看，孙尔康就要点火时他猫着腰跑过来阻止：“叔啊，能不能不点火？”

孙尔康说：“没火我干不了活儿，这活儿今儿个还必须干完。”那人搓着手，意思还是要阻止。孙尔康往村子里望了望说：“放心，村里没日本人，山外的日本人今儿个也不会来。村里人都知道我在这楼上，你别露头就行。”

火点着了，灰白的草烟在无风的山坳里慢腾腾地拔高。孙尔康往锅里倒了些江米。罗逸猫着腰退回到铺房门口蹲着。小虎也蹲在铺房门口看。

不长时间水开了，江米的香味随蒸气飘出来。罗逸心想原来他这是要熬粥喝。

孙尔康自顾走到被雷劈掉的那个垛口旁，把那里的一堆白灰用锹移出一部分，攒成个火山口形状的小堆备着，然后一块一块地掂量旁边备好的一堆城砖。

罗逸看出他是要修补这处破损的垛口，可弄不明白这活儿和熬江米粥有啥关系。旁边小虎肚子里咕噜咕噜响。

江米的香味越来越浓，小虎的喉咙不时响一声。罗逸把手搂到他肩膀上，又拍了拍。小虎赶忙说："叔，俺不饿。"

约摸江米熟了的时候孙尔康拿出带来的两个碗，擦锅底捞了两碗干的递给罗逸。"碗不够。"他说，拿过邸万金留下的那个罐头盒，用水洗了几遍后也盛满江米粥递过来。

"吃吧，最抗饿。"他说。之后便坐在铁锅旁抽烟。

罗逸他们在铺房里喝江米粥。女人从包袱里掏出一盒和那个罐头盒一模一样的罐头递给罗逸，小声说："就剩这一盒了，给这叔吧。"罗逸犹豫了一下并看了看小虎，小虎说："给吧，他肯定没吃过。"

罗逸把罐头送给孙尔康："叔，你尝尝吧，外国的。"孙尔康："好，我收下。你先把它放屋里吧。"

木头锅盖嗞嗞地往外冒蒸气，孙尔康蹲在旁边等火候。小虎吃过江米粥后困了，女人带他进铺房睡觉，门槛上就剩罗逸一个人。

江米被熬成糊状的时候孙尔康认为火候到了。他把这锅江米糊倒入半桶水里搅拌稀释并降温，然后用它和白灰。

罗逸终于看明白了，猫着腰过来帮忙。"叔，为啥要往里面兑江米糊？"

"这样白灰才结实。要不挺不了几百年。"

还没到晌午，这个被炸雷劈掉的垛口就被原样修复。砖料几乎没咋剩，看来孙尔康是按照垛口的原状计算好了所需的各种砖，然后去附近城墙下一块一块捡来备好。膏状白灰黏糊糊的不好摆弄，但孙尔康对瓦匠活显然很在行，家什也应手，又有罗逸帮着，所以干得很快。

砌好最后一块砖，孙尔康长出口气，背着手上下反复端详这一人多高的垛口。

孙尔康的相貌很特别，高额阔鼻加瘦削的长下巴组成了一张至少带有三分彪凛但总归是清癯疏淡的文人脸。罗逸本已从铺房内的布置猜出了他的身份，看到他用那双和瘦身板不相称的大手熟练地操作大铲刨锛时又犹豫了，现在看他背着手的姿势，重又确定了自己的判断。

深秋的日头并无太大热力，渐渐移到头顶的日光照在新修好的垛口上，反射出的也无非是平淡灰颓的冷色。松林里一只公野鸡叫了声——“咯！”叫声在空廓的山谷间折射传播了许久。

孙尔康似不舍得离开垛口，又用手指逐条砖缝抿了一遍。他的手指粗糙得与瓦匠无异，尚未干透的白灰经这手指抿过后呈现出均匀毛糙的凹槽。罗逸看旁边几百年前的砖缝就是这个样子，琢磨当初古人大概就是这么干的。

垛口底端的石条正中有一个擀面杖粗细的圆眼，罗逸问：“叔，这小眼干啥的？我看每个垛口上都有。”

孙尔康说：“架火铳用的，火铳座。”

罗逸说：“怪不得只在这个位置上用石料。我听说佛郎机也有铁架，是不是这个也可以架佛郎机用？”

孙尔康飞快地看了他一眼：“你知道佛郎机？”

罗逸说：“啊，在书上看的。”

孙尔康要做计划中的第二件事。做完这件事，他就可以从容地等待，等待做最后那件事。他跟罗逸说：我要去后山一趟，铺房里有现成的米和菜，你们自己做点饭吃吧。

罗逸说："叔啊，我想跟你上山。"见孙尔康要拒绝，他说："我想让你帮我指指路。"

一个时辰后他们攀上后山顶的那座敌台。孙尔康说它叫将军楼。

这山的顶峰是状如尖锥的石砬子，四周全是绝壁。石壁的裂隙中有古人开凿的石阶，通向山顶的敌台。

罗逸帮孙尔康卸下背着的两块城砖。出发时孙尔康拿出一副特殊的家什——一块一尺见方的木板，上面系着缠了布条的粗绳。这家什看来用过很久，布条都磨烂了，孙尔康用它背起两块城砖。罗逸要替他背，他拒绝。长城的青砖每块有十多斤重。

"老了，年轻时能背四块。"孙尔康说。他累得不行，脸色煞白地坐到台顶的草窠里。罗逸觉着有点热，摘下头上孙尔康那顶瓜皮帽。上山前孙尔康让他戴上的，说他的分头太扎眼，还让他在衣服外面扎了根麻绳。

罗逸给孙尔康点烟，孙尔康不再客套。他抽了几口，站起来走向敌台的南端，站在豁了的垛口旁继续抽。

这儿是视线之内的最高峰，脚下，燕山余脉雄险不减，群峰耸峙，气象苍莽。萧肃的云空之下，长城从东南西三个方向盘曲列阵而来，齐聚到这尖峰的脚下。敌台林立，万籁无声。秋风从辽西的山峦深处吹来，直吹向南边的渤海。正南方是灰浑海水造就的地平线。

台顶四周尚有残存的雉堞，一株两人高的油松扎根在坍塌了的铺房上。

孙尔康端着烟袋直挺挺地戳在那儿。秋风掠过垛口，烟袋锅里的青烟不待停留便旋着圈飘散。罗逸腰板溜直站在他身后，望着远处的海面，两腿并得像夹着东西。

冷不丁，孙尔康从喉咙深处发出一声似哭似吼，非哭非吼的声响：“呃——！”

罗逸吓了一跳，上前一步走到他身旁想看看究竟发生了啥。就见孙尔康望着山下，脸被受控的气息憋得发紫，脖子因过度用力而青筋暴绽。

罗逸知道这种极端举动不能也不必安慰和询问。每个人都有不想对人讲的故事，这老头儿看来是有极大的心思需要到这山顶来疏解。

孙尔康目不旁视，一边念叨啥一边使劲摇头，鼻涕眼泪从鼻尖流下来。罗逸想凑过去听仔细，孙尔康不再吱声。

等孙尔康的脸色慢慢恢复，胸脯子的起伏也平缓下来，罗逸试着帮他重新点着烟袋。

罗逸：“叔啊，我问你点事。敌台照说都是骑长城而建，下边咱刚修过的那个楼咋离城墙挺远不说，位置还在东边，也就是在长城的外面，这是咋回事？”他指着下边的娃娃楼。从这里看，娃娃楼是所有敌台中最方正完好的一座，也是唯一没长草长树的敌台。

孙尔康已经擦干净眼泪，狠狠地吐出一口气。现在他很乐意回答罗逸的问题。

他说：“其实它并不独立，村子过去是一座营堡来着，娃娃楼和它之间有城墙连着，就是楼前边那条高出地面的小道，现在那段城墙和村子四周的都被毁了。还有，你看——”他指向村边的河道，“那条河就是石河，对面半山腰的那个土丘子，过去是个和这边一模一样的敌台，六年前被日本人给拆了。在这崇山峻岭，鞑子的骑兵只能选择从山口河道进来。明朝时这儿设了一处关隘，叫石门口，河道上还有水门。石门村的名字就是这么来的。你别看沿着河道的那条小路不起眼，到现在也连着关里关外呢，很多背着人的行当专走这条路。”他扫了罗逸一眼，“石门口清朝以后废弃了，关外的强盗成了中原的主人，用不着再守着这些关口了。”

孙尔康心里想：人哪，挺有意思，最末了能说上几句话的，竟是个不知来路的陌生人。不过要是没了这个人，我岂不连最后几句话都不知说给谁听。

罗逸：“啊，原来这儿就是石门口，听说过。两座敌台地扼石河，雄踞石门口，果然险要。”

孙尔康：“说得对，就是这么回事。”

孙尔康哈腰抱起那两块砖，码到南面垛口下的一个砖垛上。码之前他先用手扑拉掉砖垛上的鸟粪和草梗，又用嘴仔细吹了一遍。砖码上去后他又比量着挪动了几下，直到认为已经把那两块砖安顿到最妥帖，最后又在砖上按了按拍了拍，就跟之前在娃娃楼上砌垛口一样。

罗逸观察那个砖垛，年代肯定非常久远了，靠底下的砖都被土给埋住了。砖垛从根上开始就码得整整齐齐，最上面的几层看起来是后码上去的，它们更是整齐得像用尺子量过。

孙尔康：“上山的人不能空手，必须得带砖或石头上来。这是本地的规矩。”罗逸：“叔你咋不早说，我这身强力壮的竟空着手上来了。”孙尔康：“故意不跟你说的。一来这规矩早就破了，二来，你又不是本地人。”

这之后孙尔康坐下来，一边抽烟一边给罗逸讲这规矩是咋立下的。

“修这长城不容易，平缓的地方还可以用牲口驮材料，陡的地方就只能靠人背。当时戚继光立了一条军规，凡是上山的人，不管是官是兵，上来就得背一块砖或石头。这座最高的敌台为啥叫将军楼，据说它是将军们的指挥所，他们不管年岁多大，每次上来都亲自背砖，手脚并用地往上爬，然后把砖码到这儿。”

孙尔康用手指着那个砖垛，“别的敌台都是把砖和石头堆在下边，我也不明白为啥当官的要把砖背到台顶上来，大概是为了比兵做得好。这条军规后来连随军戍边的女人孩子也都照办，她们从千里之外来，一到山根先找砖和石头背。有的小孩儿还太小，得他妈抱着，他妈便捡几块小石子塞进小孩儿的衣兜或包被。知道了吧，咱中国人是诚心诚意想把贼挡在这墙外头啊。”

孙尔康苦笑着看了罗逸一眼。罗逸不自在，感觉身后的枯草在晃，警惕地回头看了一眼。

“后来长城完工了，立军规的人也死了，可这规矩却传了下来。男孩儿长到十二岁得背砖上山给敌台磕头，才算成人了。一直到现在，每年清明，长城两边的大人都带着孩子背石头上山，去就近的敌台祭祖。这照说也不全是因为规矩，从隆庆年间到现在已经小四百年，人们大都找不着自个儿祖宗具体埋在哪儿了，只知道一茬茬的楼台军最末了都躺在这长城脚下，离家最近的敌台，肯定离祖宗最近。你看每座敌台下边都有不止一堆的砖和石头，那都是附近村民背上来的。唉，老规矩也就剩这一桩了，其他的已经没人守了。”

孙尔康的表情和语调愈加悲凉，罗逸觉得身下的敌台像是慢慢升起来，悬浮在凄楚无比的秋风中……风好像大了，台顶的枯草摇晃得更厉害。

罗逸看出孙尔康天性是个少言寡语的人，今天说这么多话绝对是特例。受他感染，罗逸也很想跟他多说些话，可孙尔康的话好像也就到此为止了。

他问罗逸："你想知道去北镇的路？"

"是。"

"晚上走？"

"是。"

"避开村子走山道？"

"嗯，是。"

见孙尔康目光如炬盯着自己，罗逸又补充道："叔，啥也瞒不了你，你都知道了。俺们只能走夜道，所以，今儿个后晌还得在敌台里躲到天黑。"

"那我问你，你知道这儿离北镇多远吗？"

"知道，四百多里，将近五百里。"

"你当真想带着女人孩子摸黑走五百里山路？"

孙尔康恢复了一贯的阴郁表情。

"没办法，叔。让你说，俺们这仨口音不同的人，还没有路条和良民证，如果在大道上走，是不是走不出几里就得被截住。"

"那好，你来看看你要走的都是些啥样的路。"

孙尔康往敌台阴面走，罗逸跟过去。

午后的阳光已经照射不到阴面的山坡，迎面吹来的秋风一下子变得阴冷。这面的垛口损毁严重，敌台之下是十几丈高的悬崖，悬崖下边是尖锐的碛石滑坡体堆积而成的陡坡。巨大的山影之下，那些石头森如犬牙。罗逸探头往下看了一眼赶紧退回来，他感到眩晕。

孙尔康站在垛口边沿往下望，许多年前他媳妇就是从这儿跳下去的。

孙尔康每年清明都要来这儿。他一直想不明白一件事：她一个女人，哪来的力气和胆量爬上这么陡的悬崖，继而扑向下面的乱石岗。

"害怕啦？再往北，比这更陡的多着呢，很多地方都得手脚并用，稍有不慎就会摔下砬子。"

"我知道。叔。"

"你要想躲着人，只有一条路可走。顺着这阴坡下到河边，再沿河道往上游也就是西北方向走出五里左右，见到山岔就一直往东北方向走。你得翻过虹螺山，绕过锦州和锦县……都是连军人和胡子都打怵的山道，有的地方根本就没道啊。"

"往东沿着长城走不行吗？"

"不行，也就能走二十多里，长城到金牛洞就断了。"

"顺着石河走到海边，然后沿着海边往东北方向走呢？"

"不行，从锦西到锦州，海边全是日本人的碉堡。"

"啊，是这样。看来我想得简单了。"罗逸脸上现出自嘲的表情。

"你得另想法子。"

"是啊，必须得想法子。因为俺们得尽快赶到北镇，然后在沟帮子想办法坐火车去佳木斯。"

罗逸是临时决定把佳木斯这个目的地告诉孙尔康的。孙尔康吃惊地看着罗逸。

“那还不是最后的目的地，说不定还得往北走。”罗逸已经决定把一切都告诉这老头儿。

“这可太难了。”

“再难也得去，都是定了的事儿。”

罗逸脸上的自嘲消失了，取而代之的是类似成熟少年做重大决定时才有的表情。就是那种虽无十足把握和绝对自信，但却下了十二分决心的表情……也就是虽然心里没底但还是决意要干的那种表情。

孙尔康太熟悉这表情，邸万金决定当羊倌时就这表情。这表情还曾让他愤怒，半年前他儿子孙文怀就是带着这种表情离开的。他没想到眼前这个三十开外的人会有这种表情。

“罗逸，你是当兵的？”他问。

“算是。当过，就在那儿——”罗逸往南指，“离这儿六十里，山海关。”

秋日天短，太阳已渐向西斜。山海关那边在斜阳中起了雾气。

孙尔康：“哦。”

罗逸：“叔啊你等会儿，我这辈子再回这儿的可能性不大了，我得冲那边鞠个躬行个礼，我跟你上来就是为了这个。”

他回到敌台南边，两腿并紧，啪地冲山海关方向行了个军礼，完事又鞠了仨躬。

“砰！”东边山里传来一声脆响，比炮仗声略小，单薄的声响立刻被山野吸收。

“是打枪，快蹲下！”罗逸喊，并俯下身子。

“是手枪。”他补充道，然后猫着腰去东边垛口往枪响的方向察看。

枪声消散后没再有其他响动。东边山洼里也没见有啥异样。孙尔康收好烟袋，眯着眼睛往那边看。

罗逸："叔，咱得赶紧回去。"

孙尔康："你自个儿先回去。我得去看看是不是万金出了事儿。记着，躲楼里别出来，等着我。"

第五章

罗逸认识他嫂子和小虎才七天。

七天前，他从昏迷中醒来时看到的第一个人就是他现在的嫂子齐润苗。那时他躺在卢龙县城以南三十里一个塌了顶的关帝庙里，脸上的血嘎巴和土面子已经被齐润苗用湿抹布给擦干净了。

"妈，这叔醒了，你看他眼睛动了。"这是他听到的第一句话，小虎说的。

其实他只受了几处皮外伤，是被震晕的。也幸亏震晕了并被石头瓦块给埋住，不然肯定得被随后上来的日本兵给捅死。

他带来的那一百多号人死的死散的散，跟了他一年多的小广东就是炸伤后被捅死的。齐润苗和小虎当时躲在村里一处没人住的旧房子里，日本兵走了后她们本想继续赶路，听到这边有人哼哼才过来察看。齐润苗壮着胆扒拉开传出声音的废墟，先扒出罗逸，以为是死人。呻吟的是那个叫二毛的矿工，最后入伙的那几个人中领头的。他在罗逸身底下，炸丢了一条腿，刚扒出来就断了气。

醒来后罗逸直勾勾地坐那儿不说话，齐润苗喂他水也不喝。齐润苗以为他被炸傻了，不忍心扔下他不管，又不知该如何安顿他。这工夫罗逸开始抽抽搭搭地哭——他看到了旁边的小广东和二毛，小广东的肚子被捅漏了，肠子花花绿绿流了一地。

为拉起自己的队伍，罗逸准备了一年多。

小广东是条汉子，罗逸还是第一次看见有人敢当着众人的面说要弄条枪去杀日本人。就这小干巴人，让罗逸知道了南方人不见得没北方人猛。那时罗逸刚去打理他叔的硫酸厂，小广东是厂里的工人，那天在街上挨了日本人嘴巴，回来后当着很多人的面发狠话，说我要是能弄条枪，这就去杀了那小日本，吓得别人赶紧捂他的嘴。他还一个劲儿扒拉别人的手，说你们就当一辈子亡国奴吧，怕啥。罗逸凑上去问，有枪就不怕日本人啦？小广东脖子一梗，说有枪还怕他妈个鸟，他们欺负咱不就是因为咱手里没枪吗？罗逸说那也不一定，有枪的多着呢，张学良有几十万条呢，敢不敢用才是真的。这之后他就留意观察这小子，发现他还真不是吹牛，小子敢玩命。

刘氏兄弟是工人中最霸道的，有一天弟弟和小广东起了冲突，两人滚在一起，体重也就刘老二一半的小广东毫无惧色。眼见弟弟占不了上风，刘老大出手相助，单手就把小广东拎小鸡似的提溜起来，刘老二爬起来没头没脸地打。旁边看不过眼的工友便劝小广东说你服个软不就完了，小广东竟挺着让他们打，说有能耐你们就打死我，打不死才是孙子呢。结果刘氏兄弟最后还真就当了孙子，这之后他们再见到小广东都绕着走。

罗逸最稀罕也最缺这样的狠人儿。他把小广东从厂房调到身边，出门办事只带他一个人，意在深入考察。还别说，小广东人也特机灵，虽没跑过江湖，但啥事一个眼神儿就能领会，办事特得力。为考验这小子人品，罗逸让他拎着装有四根金条的小包单独送给天津租界的合伙人。四根金条足够小广东回老家富足地过完下半辈子，这兵荒马乱的年月，他拎着包拐过街角就可以做到了，然而他没那么做。至此，罗逸决定让这个广东人当他的第一个部下。

他把小广东领到厂区靠山根一处被炸塌的废库房，挪开一些破东西，打开地面上的一扇厚铁门，那下边是一个没人知道的仓库，里面摆着整箱整箱的武器弹药。他打开其中一个箱子，拿出一支崭新的步枪，咔吧拉了一下枪栓，递给小广东，说枪有了，敢用吗？小广东兴奋得满脸通红，端起枪四处瞄，连说敢敢敢，不敢才是孙子呢。罗逸说，这我早就信了，可敢用和会用还不是一回事儿，从今儿个起我就教你咋用这些家什。

地下仓库里的家什足够装备一个营。有长枪六百多条，轻重机枪共三十挺，八十毫米口径迫击炮八门，还有两门少见的一百五十毫米口径迫击炮……全是法国和捷克货，弹药足够多。从这天开始一直到起事，罗逸只带小广东一个人来过这儿。后来训练队伍，都是事先备好枪藏在山上，所以其他人并不知道有这个军火仓库。必须这么做，当时冀东二十二县已经被殷汝耕的伪冀东防共自治政府统治，保安队和日本兵到处搜枪，藏一支土枪都会被枪毙。

一九三五年秋，驻河北的五十一军撤走的前一天，罗逸在军部里的兄弟万启良向他转达了军长于学忠的意思：藏在他叔厂子里的那批军火继续藏在那儿，并强调说军队里别人不知道这件事。后来万启良在兰州“剿共”时战死。

当时罗逸是五十一军军部的中校参谋，队伍按照“何梅协定”被迫开拔前，军长于学忠说，不想跟我去西北的都可以自讨方便。

那之前罗逸就决定脱离这支部队，到知道了这批武器将不被带走，他确定这是命中注定，是老天爷要成全他。

他只选敢拿枪的普通人，胡子山林队的一个也不找，枪法多准多能打也不要，他信不着他们。男之盗女之娼，渣子永远是渣子，这是他爸说的。流落在当地的散兵不少，东北军的就有很多，他也不想找，他相信凭他自己就能训练出一支好队伍。

直到这支队伍的人数快到两个排时他才意识到，要是没有真正打过仗的人在里边，这支队伍拉出去也是送死。

他想起了梅一刀那句话——打靶和杀人不是一回事。

他的队伍里没一个上过战场的，更遑论杀人了，包括他自己。他当过兵倒是真的，还是军官，可没打过仗，当然也就没杀过人。

他联络了董善洲，一个原来五十一军的排长。这人现在拉杆子打日本，有五十多号人四十多条枪，报号“灭东洋”。

除了董善洲的人，他的士兵差不多全是周边的工人农民。他在山里分批训练他们如何使用武器，如何利用地形掩蔽进攻……总之，他恨不得把所学全传授给他们。

从筹备起事开始，小广东就跟罗逸叫司令，罗逸说以后就算拉起一万人的队伍也不许这么叫，咱不是土匪。小广东说那可不行，你不当司令倒没啥，反正也是你说了算，可我还指望着当副司令呢。董善洲一加入，小广东更是十分认真地跟罗逸说，你要是安排俩副司令的话我必须排在姓董的前边。

现在，一切都没了。

见罗逸哭个没完，齐润苗不耐烦，说你一个大老爷儿们，哭啥！

远处似有人声，罗逸赶紧爬起来，齐润苗扶着他躲进村里那处旧房子。

罗逸渐渐从仓皇和悲恸中缓过来，他问齐润苗，这兵荒马乱的你咋带着个孩子来这儿，想奔哪儿去。齐润苗的回答让他大为吃惊。

“孩子他爹死在关外了，俺得去看看。”她说。见小虎瞪大眼睛看着自己，她忙改口道：“是和他一起做生意的人说的，俺不信，他肯定还活着。”

“俺爹没死！俺爹没死！”小虎喊。齐润苗说：“呸呸，是妈说错了。”

等小虎困乏睡了，齐润苗给他讲她家的事。

“俺家是山东黄县的，孩子他爹一直在黑龙江做皮货生意。两个月前有一个也在那儿做生意的老乡回来了，说孩子他爹在佳木斯被人给打死了。俺问是咋死的，他吞吞吐吐地说是让抗日的人给弄死的。俺说俺男人也不是日本人，咋还让抗日的给弄死了。他吭哧半天才说，其实你家大哥早就参加抗日了，后来反水了，就让他们过去一伙的给弄死了。俺当时真想给他俩嘴巴子，这不明摆着往俺家祖坟上扣屎盆子吗？孩子他爹抗日没抗日俺不知道，他没当俺说过，可他绝对不会当叛徒。俺婆家祖辈都是有名的忠厚人家，俺公公又是被日本人给害死的，孩子他爹要是干出那样的事儿，让人弄死了是活该，可他对不起祖宗对不起后辈啊。不可能，肯定是那个人说瞎话，要不就是他听岔了。俺当时跪下给他磕头，说大兄弟俺就求你一件事，千万别把这事儿往外说，俺婆婆要是知道了准得撞墙，外人要是知道了，俺孩子一辈子都抬不起头啦。”

齐润苗用浓重的山东口音平静地讲这些事儿。

“那个人劝俺，说大嫂，其实这也没啥，这年月保命要紧，谁还在乎这些。这不马上连咱山东都成了日本人的啦，要是抗日死的还麻烦了呢。俺爬起来朝他吼，说你给俺听好，俺家男人没死，就算死了也不是当叛徒死的！俺明儿个就给你找证据去，你要是敢出去瞎说，俺做了鬼也天天挠你家窗户去！第二天俺就领着小虎出来了，跟婆婆说孩子他爹捎信让俺们去，等安顿好了再来接她。日本人已经打到山东，她年纪大了，俺怕她照顾不过来小虎。再说，俺一个女人家出门，带个孩子也不显眼。”

“啊，啊，是这样。就是说眼下还不知道小虎他爸是不是真死啦？”罗逸问。

齐润苗道：“大兄弟啊，俺估计人是肯定死了，跟小虎不能那么说罢了。”

罗逸看了一眼齐润苗的脸：“大嫂，这满世界都是坏人，你不怕？”

齐润苗说：“怕就不出来了。你看这儿，”她朝脸上那条疤比画了一下，“男人死了，这张脸还留给谁看。俺本想刺破了相就不怕坏人了，可小虎进屋看见了，孩子吓得直哭，说妈你别刺了，俺害怕。俺心一软就没再往下刺。”

罗逸唏嘘地感叹了一声，“你们娘儿俩这是——走到这儿的？”他问。

齐润苗说：“也搭过车。一路上都在打仗，还到处都是花园口逃荒的，所以走得慢。”

罗逸道：“大嫂，刚才你都看见了，路上有多危险你该知道。快回去吧，整不好你们娘儿俩都得把命搭上。”

齐润苗说：“搭上也值。大兄弟，人要是没了名声，活着还有意思吗？”她细长的眼睛似轻蔑地盯着罗逸。

罗逸不由得又长长地嘘了一声。

天黑后他出去埋了小广东和二毛，然后领着这娘儿俩回到厂子里那地下仓库。那里面有干粮和罐头，他让小虎可劲吃。小虎要摆弄那些枪，齐润苗厉声喝止。

罗逸洗干净脸，换上便装。早晨出发时他和弟兄们都穿着五十一军的灰军服，他本人挂着过去的中校军衔。所有军服小广东都穿着肥大，但他坚持要穿那套最肥大的挂少校肩章的校官服。

“大兄弟，往下你咋打算？”齐润苗问。

罗逸说：“还没想好。不过我既然领你们来这儿，就是有了个大概的打算。大嫂，我先问你一句话，然后我再做决定。”

齐润苗说：“那你就赶快问呗。”

罗逸问：“大嫂，你说我干点啥才合适？”

齐润苗张口就来：“大兄弟，见你第一面俺就觉着你不适合当兵，你该去做学问当先生。要不是穿着军装，俺还以为你就是个先生呢。”

见罗逸满脸的吃惊加沮丧，齐润苗补充道：“你面相太善，没长愣眼毛。”

罗逸不禁长叹一声道：“唉，你跟那个人说得一模一样。”

当年梅一刀是这么说的：“罗逸，你这么聪明，还是应该去做学问。”

当时罗逸也没细想这句话的意思，脱口回道：“学问救不了中国。”

其实这之前他一直在学学问。他家是辽宁北镇县的大户，他本来在北京念大学来着。一九二六年夏天他报考了东北讲武堂北京黄寺分校，那是张作霖第一次也是唯一一次在北京招学生兵。结果他以一千名新生中第一名的成绩考入步兵科。

梅一刀是在罗逸射击比赛夺魁后跟人念叨有关打靶和杀人那句话的。至此，罗逸方明白这人为啥建议他去做学问。原来梅一刀一直认为他天生只是个书生材料，纵马杀伐非他所能为，认为他是个胆小鬼也不一定。

梅一刀独臂，他早年留洋，后在奉军中干到营长，第一次直奉大战时一只胳膊被炮弹炸得连皮带肉耷拉着，他自己挥刀给砍断的，之后人送外号“梅一刀”。这人以机智勇武闻名，张作霖“整军经武”时点名让他出任教官，说就是想培养像他这样真正的军人。

罗逸寻思梅一刀这种阅历深厚、学识和战绩兼具的人物照说不会看错人，但又十二分的不服气，心说谁天生会杀人，范仲淹会还是辛弃疾会。那段时间他心里憋闷，整天琢磨着是英雄是狗熊等上了战场让你姓梅的看个明白。

一九二八年八月罗逸从讲武堂毕业，迫不及待地开始了证明自己的旅程。旅程似乎命中注定南辕北辙，他被分到东北保安司令部当参谋，一直到“九一八”随部队退进山海关，他事实上也就是个配枪的资料分析员。眼见离战场越来越远，他憋闷得要疯，连续请求到作战部队去，当个排副都行。

旅程终于有了转机，长官同意了他的请求。一九三二年夏天，他被派到新调防山海关的东北军独立步兵第九旅第六二六团，任一营五连中尉连副。连长叫谢振藩，一个比他小三岁的俊小伙。他的营长，就是后来战死于此，声震华夏的安德馨。从见到安德馨的第一眼起，罗逸就觉着满腔的血都有了托付。

他到任那天傍晚，辽东湾上空的火烧云红得吓人，安德馨领着副连长以上的军官登上南城门。

对面，近在咫尺就是日军的工事和营房，北边山上可见大片的日军炮兵阵地，海面上有好几艘日军军舰。对面的日军岗哨见城门上来了中国军官，立刻连比画带骂。所有军官都青着脸不作一声。罗逸还是第一次以军人的身份这么近地看到日本兵，那俩日本兵异常丑陋异常凶悍，他们轻蔑地比画着抹脖子的动作。安德馨说："看看吧，这就是咱们接防的阵地。大伙儿看明白了吧，啥叫不战、不和、不守、不走，这就是了！"

罗逸心里琢磨，按作战条例，如果城门之外没有一定纵深的堑壕工事，这座城就成了死城，而山上的日军炮兵阵地和观察哨位更是居高临下一览无余，这是等着让人家往死里打啊。

安德馨又说道："如果都看明白了，那就请听明白我下面这句话。有我安某在这儿一天，日本人就一天不能过去。想过去，只能从我尸首上过。大伙儿听明白了就知道该怎么办了。"

那一刻罗逸就觉着浑身的汗毛都竖了起来，心咚咚剧跳，平生第一次同时承受了死亡将至的恐惧和壮志终酬的兴奋，这两种感觉扭在一起轰他的心脏。

安德馨操浓重的保定口音异常平静地说了那些话。他有一副极壮的身板和一张彪悍忠勇的红脸。面对他，罗逸觉得自己很弱很矮，他又想起了梅一刀的话。

随后的几个月是罗逸此生最感豪壮、最感活得有意义的时光。

随着海面上的军舰和城门外的日本兵越来越多，肮脏的杀戮气息渐速逼近。眼皮子底下，日本兵车穿梭忙碌，兵营里能数得过来的日本兵就超过了两千人。关城上空不时有他们的飞机低空掠过，山上的炮兵炮口朝着城内，每天没遍数地演习。可以清楚地看见他们不断往阵地运炮弹，欺我方没有反制武器，炮弹就那么放肆地堆在山坡上。而我方未见增兵不说，武器装备也没有一点儿改善。山海关前沿就何柱国这一个旅，城内只有六二六团的一千三百多人，他们手里除了机枪，再没一件重武器。

安德馨说得明白，罗逸当然听得明白，现在看得更明白了。现实就是，官方别说决定开战，就连应战的准备都没做，而日本人攻城只是时间的问题。面对强敌，国民政府任由敌人从容地完成战术部署并决定何时开打，守城官兵所能做的也就是操练和鼓舞士气。所以一旦日军攻城，我方必败。这将是一场奇观交战，我军没有作战计划、没有后援、没有预备队、没有后勤保障，且周围险要全被日军占尽。在准备充分的海陆空立体攻击之下，准确地说，我方官兵不过是一群可以还手的屠杀对象而已。

谢振藩长着一张倔强的娃娃脸，他为人率性仗义，和罗逸极对脾气，他跟罗逸说："安长官的话咱都听明白了，这一次上峰如果还是不让打，那咱们就能活着回去了，不过又得跟'九一八'一样被天下人和祖宗骂。如果上峰让咱们打，那咱弟兄就回不去了，回去肯定是当逃兵回去的，我不想那么办。我已经决定和安长官一块儿死。我没念过书，你替我给家里写封书信吧。我妈不认字，我侄儿能给她念。"

知道罗逸文化高，又有很多下级军官甚至士兵来找他写家书，罗逸全都照办。他唯独没给自己家里写信——虽已抱必死之念，但他更希望父母晚一些、一次性地得到不利的消息。他倒真想给梅一刀写封信，幸亏没写。

虽说罗逸等的就是这一天，可眼瞅着真要死在这儿，心里咋说也是慌得不行。安德馨带他和几个年轻军官去校场练拼刺，专对他说，听说你是讲武堂里拼刺最厉害的，来吧，咱过过手。结果罗逸第一个回合就被他在皮甲的心门处留下一个白点。

罗逸早听说安德馨从小习练石担石锁，膂力过人，心想拼力气肯定是斗不过他，常年练力量人的灵活性会差一些，尤其他身高体重，移动不会太快，便想扬长避短，使用两虚一实巧取。结果两晃都被安德馨猜中并轻巧地避开。近身格斗不吃晃基本上就意味着必胜，罗逸未及完成最后一刺便被安德馨刺中。

见罗逸端着木枪发愣，安德馨眼睛电火般的盯着他："罗逸，这要是来真的，你已经死了。"说完上前搂住他，贴着他耳朵小声说："放心，小日本子没一个有我厉害，放松点儿，放松就好了。"说完拍了拍罗逸的后背。

这一拍真就让罗逸放松了许多，从此不再心慌，还想出很多绝地制敌的点子。他把这些点子说给谢振藩，谢振藩领他去见安德馨，安德馨听后大加赞许。

按罗逸的建议，安德馨备下一支由罗逸率领的突袭小队，只待一开战便出城潜往山上的日军炮兵阵地，炸那些露天堆放的炮弹，进而捣毁那个阵地。罗逸领命后仔细勘察城中的水道，真就找到了一条通向北山的废弃暗渠。他亲自冒险爬到尽头，那是一处灌木之下的狭窄山沟，顺着这山沟可以直达上面的炮兵阵地。

那些天城里的两个铁匠铺里打铁声昼夜不停。安德馨指令要三尺环首鬼头大刀，打出多少要多少。样板现成的，就是他屋里墙上那把。

罗逸说重炮和飞机轰炸之下城墙必毁，所以要早做破城巷战的准备。战术是分段埋伏好白刃士兵，合围斩杀入城的日本兵。安德馨同意，并认为步枪拼刺不如传统兵器来得利索，便想到了那把鬼头大刀。

罗逸的突袭队想优先配上大刀，他亲自去南关铁匠铺领刀。老远就看见老百姓们端着家里的铁器家什来送铁……埋里埋汰的小男孩，小脏手里捧着俩顶针和一个刚掰下来的铜烟袋锅，说是他爷他奶让送来的。炉火旁，秃头老铁匠挥汗如雨，专注地盯着耀眼的红刀片打小锤，一身腱子肉的徒弟按他的指引呼呼地抡大锤。火星四溅，铁器铿锵，那时刻，罗逸的血几乎被催发到了沸点。

来不及配刀柄，所有大刀全用麻绳和布条缠着握把，倒十分应手。

安德馨自编了简单实用的大刀教程，在校场上亲自示范操练。他买下城内绸缎庄所有的红绸子，让士兵都给大刀系上红绸刀穗，副连长以上的由他亲自给系上。罗逸认为大刀系了这根布条不利于搏杀，容易被挂住。他以为这是安德馨迷信，为了避邪。安德馨变色道："必须都给我系上！"谢振藩悄悄对罗逸说："得系上，别小看它，战场上红色最瘆人，和小鬼子打照面时这点红能吓得他手软。"

从那天起罗逸每天背着那把系了红绸刀穗的大刀，白天训练士兵部署防卫，晚上就把它横在枕头底下。

枕戈待旦的日子没过多久，罗逸就因一个让他追悔一生的举动离开了山海关。

那天，士兵在城里抓住个疑似奸细，从身上搜出个写满洋文的小本。就是这个小本，中断了罗逸证明自己的旅程。

当时团部里没一个认识洋文的，有人便说，听说一营新来的罗连副很有学问，让他看看吧。罗逸看过后说，这人是奸细没错，上面用英文记着城里的兵力部署。那奸细被押赴西付店的临永警备司令部。这事儿照说也就过去了，可此事却让司令部的长官们记起来，有一个会说好几门外语的参谋被派到了山海关前线，于是一个电话把罗逸调到了司令部，他们正需要这方面的人手。

罗逸走时带走了那把大刀。像一场真切的壮士梦，在结尾到来前戛然而止，那大刀是它存在过的唯一证明。

向安德馨辞行时后者正在校场上和士兵赤膊练大刀。他啥也没说，只拍了一下罗逸的肩膀，他手厚，拍得挺重。这一拍让罗逸重又心慌不止。安德馨穿上军装戴上军帽，和罗逸行告别礼。他认真地系扣，脖子下边的风纪扣因汗湿不好系，他手又大，好一阵才系好。系好扣，他还仔细抻了一遍衣襟。从始至终，他一句话没说。罗逸不敢看他，只想哭。

谢振藩把他送出城外，那天没一丝风，四周静得发闷，日军的军营里也听不到往日的叫嚣。要分手时城里校场方向传来呜咽的军号，沉闷潮湿的空气中，号声也像因受了潮而凄楚走调。大概是安长官收操了，罗逸想。

谢振藩摘下军帽挠了挠青幽幽的头皮。他不善言辞，这是他有极端情感想表达的下意识动作。昨天他们一起新剃的头，谢振藩年龄不大，却是从死人堆里爬出来的，他说打仗前身上的毛最好全剃喽，不然伤了不好包。

谢振藩倔强的娃娃脸、厚嘴唇、悬垂的鼻头、上挑的明眸、女孩般的弯眉、青幽幽的头皮……这头像就此印进罗逸脑子，成了他对这座危城的最后记忆。二十天后他在报纸上看到这幅头像——那是阵亡的四位连长，其中只有谢振藩没戴帽子，露着青幽幽的头皮。

他走后不到半个月，日军攻城。在张学良已于战前会议上确定山海关为弃守之军事目标的情况下，安德馨回营下令死守。意料之中的杀戮，遇到了意想不到的拼死抵抗。六二六团守了三天，一营几乎全军覆没，安德馨战死，五位连长四死一伤，日军则付出了死伤四百余人的代价。

西付店离山海关不到二十里，罗逸每天在震耳的炮声中把战报翻译成不同的洋文提供给长官，以做向国际联盟抗议和寻求同情之用。那些天他几乎不吃不喝，战报一到就抖着手在上面找熟悉的名字。他也看报纸，和没有形容词的战报比，报纸上的文字能让他舒服些，尽管他明知道那些文章都是司令部之外或者压根没来过前线的记者们根据他剪辑的战报编写的。那时全国的报纸铺天盖地都是“榆关抗战、榆关抗战……”几家大报更是整版地刊登战斗纪实。罗逸本不想看，可还是忍不住反复看。

有家报纸写得仔细——“破城后，五连连长谢振藩带领全连与敌拼死巷战，不后退一步，最后全部殉国，谢连长阵亡时面向城门端枪仆地。营长安德馨身受多处重创仍手挥大刀与敌白刃战，一人独斩七名日军，后身中十数弹而亡。”

大战之前脱离战场让他脸上无光，更无光的是，旅里竟传出谣言，说他是动用他叔的关系离开前线的……这几乎是奇耻大辱了。

但这毕竟是谣言，罗逸南辕北辙的日子两个月之后才真正开始。

山海关失守后，日军在长城沿线全面进攻，国民党军抵抗了两个多月也就败了。跟大清国一样，败了当然就得有协定条约跟着，国民政府跟日本人签订了《塘沽协定》，把长城以西的冀东二十二县划为非武装区，中国军队不得进入，也就是放弃了这片国土的主权。这份协定还事实上承认了日本对东北、热河的占领。照说中国人签的卖国条约也不是一份两份，多出这一个虱子也不至于痒得受不了，但坑人的是这事儿把罗逸给扯进来了——国民政府军事委员会北平分会代理委员长何应钦相中了罗逸的外语才能，点名把他调到天津，让他在协定的签订过程中当日语翻译。

这一经历罗逸永远不愿跟人提及。

他多次向长官提出回东北军，后来总算如愿，让他就近去了驻天津的五十一军，在军部当参谋。他本以为这回终于可以重新正经当个军人了，又申请到作战部队去带兵，非但没能如愿，好记性的何应钦两年后又想起了他，让他在签订作孽的“何梅协定”中做翻译。

至此，罗逸终于明白，要想不在南辕北辙的路上走得更远，只有离开军队。

他做了，去了他叔的工厂。他叔在京津一带有多家厂子，其本人和很多军政要员有较深的交往，包括兼任河北省主席和天津市长的于学忠。时局动荡，他叔已实施收缩保全之策，名下企业相继处理余料变现资产。他叔身体不好，早就希望罗逸能来帮助打理，罗逸来了后他便去了美国治病，把这个硫酸厂交给罗逸。

本来罗逸想去黑龙江投陆维龙，知道那批军火的事儿后，决定留下来在本地拉自己的队伍。

他离开时曾发誓永远不回国民党军的部队，所以他最初的计划是要利用这批军火拉起千人以上尽可能多的队伍，联络早有抗日意愿的冀东保安队一起攻克卢龙县城，壮大队伍后以辽西山地为依托，在冀热辽交界地带打游击。但七七事变后事情有了变化，国民政府宣布抗日了。于是，他调整了计划，或者说是压缩了计划，他要拉出一支精干的、拿得出手的队伍去投奔抗日正规军，这支正规军就是已经随于学忠赴山东抗战的五十一军。

他计划把队伍控制在一个连以内。有两个原因：一是他得带队伍穿越畿南日伪占领区奔赴山东，队伍越精干越容易成功。二是，一年多的举事准备让他看清自己的队伍和日本兵的差距，而他只带过一个连的兵，还是以副手身份，他不敢高估自己和手下。

七七事变后河北的局势对他非常有利。随着日军兵力向中原腹地推进，河北相继爆发抗日起义，冀东二十二县几乎全部起了抗日队伍，至夏天达到高峰，人数最多时有二三十万。小广东和董善洲认为时机已经到了，小广东更是按捺不住，说再不动手就晚了，并建议执行第一计划，即谁也不投靠，自己拉大旗当司令。小广东说现在可真是一呼百应的时候呀，就凭咱们的实力，召集几万人都不成问题。罗逸却坚持要等到派去山东联络的人回来再动手，并坚持不能扩大队伍，说一呼百应聚起来的多半也是一触即溃的乌合之众。董善洲是个异常深沉的人，也不和罗逸争执，只是在某一天带走了他的原班人马，外加几个关外来的农民。非不辞而别，是辞行走的。这事对罗逸的打击不小，不光是因为董善洲，他早看出姓董的对他并不信服，一起拉队伍出去也不见得服从节制，走了照说也是好事。让他上火的是那几个弃他而去的农民，他们宁愿跟着一个排长也不愿追随他这个司令。连这些人都信不着自己，这让罗逸沮丧了很久。

董善洲没几天就聚起一千来人，其中有一部分是地方保安队起义的。按这些人提供的情报，董的队伍夜袭迁安县城，结果途中遭日军伏击，队伍被打散，董战死。起义的保安队里有人反水。

四处揭竿而起的情势之下，罗逸的队伍已经很难控制。董善洲的失败非但没让队伍冷静，反倒更激发了队员的复仇意识。尽管如此，罗逸还是坚持等到联络员返回。

万事俱备了，于学忠甚至派队伍去约定地点接应。

计划严密周详，吸取董善洲的教训，罗逸放弃了先打下只有十名日军防守的变电站以锻炼队伍提振士气的计划，他要趁日军忙于应对各路起义军，直接穿插行军奔山东，这是最好的时机。

按照设定好的路线，罗逸派出先头路探，确保一路上前方安全。如果遭遇敌军该怎么打、遇前方有战斗该如何迂回或在什么情况下方可参战……事先都有设计。证明他是个军人、是条汉子，不是个胆小鬼、不是个逃兵、不是个书生的时候终于到了。从讲武堂学成算起，这一天他已经足足等了十年，他不能有一丝一毫的闪失。

他让手下叫他连长，任命小广东为副连长，尽管后者依旧在私底下叫他司令并自称副司令，下面各排各班均按正规军建制配备齐全。他办事稳妥——连长职务远低于他原有授衔，回到五十一军也好向长官交代。

然而，到末了他的队伍竟这么……他和他的手下还都没来得及放一枪，准确地说还没弄明白是怎么一回事，就稀里糊涂地被炸没了。

对了，满天的炮弹啸叫响起来的时候，他扯着嗓子喊来着——“卧倒！”这是他作为连长发出的唯一一句命令。

全都没了，他精心训练的士兵、精良的装备、周密的计划……他不知道，造成这个结果的其实是一个意外，完全不是他无能，不是他的士兵不够勇敢。

那天，日军在此地设伏一支昌黎来的抗日队伍，炮兵已经按情报完成部署，只待抗日队伍进入伏击圈……罗逸没有通信装备，他的侦察兵及时发现了敌情，返回时被俘。罗逸的队伍和昌黎来的队伍几乎同时进入日本人的炮兵目标区。

罗逸在地下仓库不吃不睡坐了两天，齐润苗怕他寻短见，一直没敢离开。两天后罗逸对齐润苗说："大嫂，走，我跟你一起去佳木斯。"说完扑通一声栽倒在地上。

第六章

罗逸返回娃娃楼时，那里面已经发生了很大的变化。

他们离开时孙尔康用木棍插上钌铞来着，现在，钌铞上的木棍不见了，门虚掩着。

罗逸站门外想了想，慢慢推开左边门扇，没人。他随即飞起一脚踹开右边的，也没人。他小心地迈进门槛时右边券洞里可就闪出一个人，平端着匣子枪。

那人很高很壮，面色阴森铁青，他狎亵地咧了咧嘴："小样儿还挺机警，没想到躲这儿了吧。"东北口音。他示意罗逸举起双手，罗逸照办。"带家什了吗？"他问。

罗逸说没带。他注意到这人脸上有两条新鲜的划伤。

那人让他转身趴到墙上，枪口顶着他腰眼搜了身。然后关上门，押他上楼。

有两个男的守在铺房里，齐润苗和小虎畏缩在墙角。见罗逸回来，小虎喊："叔，他把那盒罐头抢走了！"他指着其中一个矮个瘦子。小虎的山东口音让那两个人有些吃惊，齐润苗赶紧拍了一下小虎。

罗逸打量那两个人，都四十开外，都满脸油汗胡子拉碴，衣服埋汰破烂，像是经过了长途跋涉。高个的脸盘方正眼窝深陷，矮个的长着一双锐利的鹰眼，身上背着一大一小俩背包。没见他俩拿家什。

身后那个铁青脸用枪捅了他一下："快进去吧，还等着请你呀。"

罗逸回头看了他一眼："轻点行不，没拉栓的枪比烧火棍子捅人疼。"

这句话显然很出乎那三个人意料，铁青脸和鹰眼不约而同看了方脸一眼。

"嘿，雏儿，看这意思是练过呗。"铁青脸咔吧一声拉开枪机。方脸皱了一下眉头，摆摆手示意他回底层去。铁青脸答应一声下去了。

罗逸用目光询问齐润苗，后者摇了摇头示意没事。

方脸开口了，也是浓重的东北口音："不用怕，俺几个是生意人，歇一会儿就走啦。"罗逸看他腰间鼓鼓囊囊的，猜他别着家什。

"倒没怎么怕，只是你们抢孩子的罐头好像不是生意人所为。"罗逸说。

方脸示意鹰眼把罐头还回去，鹰眼立刻照办。小虎抢过来揣进怀里。

"他们是坏人。"小虎贴着罗逸耳朵说。

方脸问："这位兄弟，你们要去哪儿啊？我刚才问这娘儿俩，她们都不吱声。”

罗逸说：“俺们就是这跟前的，在这儿等个人，也一会儿就走。”

鹰眼一直很紧张，方脸跟他说了句啥，他立刻出了铺房，猫着腰去四面垛口察看。

外面光线已经变暗，估计太阳正接近西边山尖，罗逸心里盘算啥时动身合适。

鹰眼在门口比画了一下，方脸也猫着腰出去了。齐润苗赶紧说：“他叔，咱快走吧，这几个人看着不善。山里刚才好像还响枪来着。”

罗逸说：“嫂子，得等一会儿，我答应那大叔等他。再说外面响枪还不知道是咋回事，等他回来看他咋说。这几个人啥时来的？”齐润苗说：“也刚进来一会儿。”

方脸回来了，问罗逸：“有个老头儿往这边来了，是你要等的人吗？”罗逸说：“我得看了才知道。”

方脸领罗逸来到东边垛口，罗逸看出是孙尔康从那边山坡快步往下走。“是他。他就是个农村老头儿，你告诉下边那个人别再拿枪吓唬他。”他说。

没见东边有其他动静，那边很静。西边群山的巨大阴影正慢慢压过来，太阳快落山了。村里渐次起了炊烟，鸡鸣狗吠之声间或传来。

有人出村。罗逸和方脸、鹰眼赶紧蹲下……是有人到屋后秫秸垛抱柴火。

方脸去了底层。罗逸猫着腰在敌台上巡视了一圈，没见有其他人。鹰眼并没阻止。

方脸和孙尔康一起爬上来，孙尔康肯定是下山走得急，气喘吁吁的。他脸色很不好，似有话要对罗逸说。

方脸问孙尔康：“你是本地人，我问你一下，长城对面有日本人吗？”

孙尔康回答道：“不知道。”

方脸又问：“村里有日本人吗？”

孙尔康说：“我不是这个村的。”

方脸道：“你们先待在屋里吧，最好别出声。”说完出去了。

他一出去，孙尔康立刻对罗逸说：“你们得赶紧走。”

“孙爷爷你快把罐头揣起来，刚才外面那人抢走来着，我叔给要回来的。”小虎把罐头递给孙尔康。

齐润苗说：“悄悄儿，悄悄儿，听大人说话！”

“出事了吗？万金呢？”罗逸问。

孙尔康说：“他没事。”他顿了一下，“我怕日本人来。刚看见乡里的刘三顺了，他在保安团待过，是日本人的探子。他领着日本人在山里转呢，我怕他看见你了。”孙尔康说。

罗逸道：“外面这三个人怕有麻烦。”

孙尔康说：“我来应付，你们快收拾东西。”

罗逸把那个大一点儿的包袱背上，伸手向齐润苗要东西。齐润苗犹豫了一下，从她的小包袱里抽出一把牛皮鞘的匕首递给他，罗逸接过掖到腰间。

孙尔康对罗逸说：“你们不能走山路，听我的，先躲河对面树林里，等天黑透了顺河道去永安堡。到了永安堡，你们去乡公所找一个叫董家富的人，晚上乡公所里就他一个人。你跟他提我，他能想法儿送你们去北镇。”

要出去时方脸和鹰眼挡在门口。

“谁都不能出去。”方脸说。

孙尔康说：“都得出去，连你们在内。”

方脸问：“为啥？”

孙尔康盯着他的眼睛：“你该知道是咋回事。”

方脸转过头看鹰眼，鹰眼又显得很紧张。

方脸上下仔细打量孙尔康，说：“我要是说我不知道呢？”

孙尔康说：“那我就告诉你，日本人没准很快就来。”

方脸眼睛犹疑地转。

孙尔康说：“我再告诉你，长城对面没日本人，你可以放心地走。”

方脸哦了一声：“我不急着走，我倒有点儿不放心你了。”

孙尔康说：“那正好，我陪你们，可他们得走了。”

方脸道：“不行。”

孙尔康问：“你有枪？”

方脸点一下头：“说对了。”

罗逸拽了一下孙尔康的衣襟。他们重又坐到铺房墙角，方脸在外面关了门。

“别急，会有机会。”罗逸说。

外面，鹰眼对方脸说：“看来真是这老头儿。他从那边山坡下来的。”方脸说：“先不管这个，你快去看看长城那边到底啥情况，咱得赶紧走。”

鹰眼要去时方脸让他卸下身上那俩背包。

鹰眼虽瘦，身手却异常利落。他轻捷地下楼，沿着水洼往长城根爬，身体低得几乎贴着地面。

罗逸盯着房门想辙。小虎眼尖，看见他左手往下滴血，说：

“妈，俺叔手出血了。”齐润苗赶紧从包袱皮上撕下一块布给罗逸包上。

铺房里暗了，孙尔康拿过马灯，想点着时又停了手。罗逸有了辙，他拿过马灯点着，要推门出去。齐润苗拉住他。

“他叔，他们三个人呢。”

“没事。你们先别出来。”罗逸说。

小虎说：“没事，俺叔会功夫呢。”

在路上时罗逸给小虎展示过单手倒立蹦着走，是小虎见过的最棒的功夫。

孙尔康坐在条凳上没动，他猜出罗逸是要把马灯扔到方脸身上，趁他扑火苗时下他腰里的家什，他觉得这办法可行。

罗逸拍了一下齐润苗的手腕，挣出胳膊，轻轻地推开门。

外面已经蒙蒙黑，台顶上没见人。罗逸正琢磨拎着点亮的马灯站在台顶是否明智时，砰！不远处一声枪响。

罗逸立刻熄了马灯伏下身。枪声来自长城那边。

方脸从旁边猫着腰跑过来，手里拎着那俩背包。见罗逸出来，他也没做啥表示，自顾进了铺房。罗逸赶紧绕到铺房西边，等他在垛口探出头时，就见长城上有豁口的地方，微蒙的天光背景下，站起来一、二、三、四，一共四个日本兵的剪影。

山坡上有了轻微的响动，有人哧溜溜跑下来，是鹰眼。

日本兵看来还在寻找目标——他们站在长城上往下望。

罗逸心说要是再不走可就走不了啦。他往回跑，合计着屋里就一个方脸咋说也能制伏。然而他还没到铺房门口，又一声枪响！来自村里。

罗逸愣了愣，赶紧跑到南面垛口看，就见有个人跑出村子奔敌台这边来了，看身形很眼熟，很快看清了，是邸万金。

长城上的日本兵肯定也看到了邸万金，有一个兵朝天砰地放了一枪。邸万金缩了一下脖子，跑得更快。

铺房里，方脸放下那两包，从腰里掏出家什，一把大眼撸子，猫着腰又出了铺房。见他出了门，孙尔康立马过去逐个包打开看。这举动让齐润苗非常吃惊，小虎也感到意外，他想表态，齐润苗赶紧嘘了声："悄悄儿！"

那两个包都是卡其布的，小的就是个普通的单背带包，大的挺特殊，有两个背带，里边还有硬壳内衬，很沉。孙尔康从容地翻看了它们，再从容地合上。

铺房暗，齐润苗离得又远，没看清包里面装的啥。

孙尔康起身拉过小虎说："咱走吧。"

外面，方脸蹲到罗逸身边，小声说："回屋去！"

罗逸回到铺房门口时，孙尔康正和齐润苗娘儿俩出来。罗逸告诉孙尔康邸万金往这边来了，孙尔康摆摆手示意赶快下楼。方脸并未阻止。

他们下到底层。铁青脸在前门扒着门缝往外看。

孙尔康带罗逸他们往后门走。后门关着，罗逸知道后门外面没有台阶，门槛离地足有一人多高。他想现在只有这个出口可以走掉，没有梯子，只能他先跳下去再逐个接他们娘儿俩。可是，他站住了——他想等邸万金进来再走。

孙尔康已经推开后门，摆手让他赶快过去。罗逸示意稍等，转身去了前门。铁青脸正打开门让进鹰眼，随即紧关了门。鹰眼哧溜溜上楼去了。

铁青脸趴在门缝上骂："操！"罗逸贴近他说："让他进来！"

话音未落，咣，门上受到撞击。见里面有人顶着门，邸万金一边拍门一边喊：“快开门，是我，万金子！”

铁青脸对开门之利弊重新做了权衡，随即打开门。邸万金气喘吁吁进了门，刚要大声说啥，见罗逸后面的孙尔康示意他别出声，便闭了嘴。他摸了一下腰，发现鞭子不见了，喊：“我鞭子丢了！”要回去找鞭子。

铁青脸抬起左手要扇他嘴巴子，没等手落下，罗逸接住他手腕。铁青脸十分吃惊十分恼怒，右手的匣子枪立马抬起来指向罗逸脑门。罗逸扣住他拿枪的手，一哈腰，铁青脸整个人被悬空摔到地上，匣子枪到了罗逸手上。

地面是坚硬的青砖，铁青脸摔得不轻，好半天才缓过气来。他缓气的工夫罗逸伏到门上望了望，见外面凸起的小道尽头恍惚站着俩日本兵，似在商量着啥。

铁青脸龇牙咧嘴地爬起来，脸已经变成酱紫色。“行啊小子！小瞧你了还。”

罗逸掂了掂枪，问：“想拿回去？”

铁青脸拿不准罗逸能否还给他，问：“想咋样，不想又咋样？”

罗逸说：“很简单，别再拿这玩意儿吓唬手里没枪的。”

铁青脸的气势已被杀去大半，耷拉着脸没吱声。罗逸把枪在手心转了半圈，枪把朝前递给他。

“日本人要来了，你挡着吧。”罗逸说。

铁青脸接过枪掂了掂，往地上吐了口唾沫，去门上趴着了。

邸万金还是要出去找鞭子，孙尔康瞪了他一眼才作罢。孙尔康拉着他往后门走，小声交代：“万金，你得跟他们一起走。记着，带他们去永安堡找你董家富大叔，他知道该咋办。完事你在山里躲几天，日本人走了再回来。”

“那你呢？先生。”

“我不能走，还有事要办。”

“那哪行，这儿出人命了啊。”

“快走！”

齐润苗一直搂着小虎蹲在后门跟前。罗逸扒门缝往外看了看，外面天已经很暗，四周没啥动静。罗逸要开门时齐润苗拦住他：“等等，小虎说外面有人。”

罗逸回过身看小虎，见这小孩已经退到拱室中央，用手指着外面小声说：“叔，别出去，外边有人！”

罗逸跑到他跟前说：“别怕小虎，我看了，没人。走，跟叔出去。”

齐润苗也过来拉小虎，可小虎就是不动，非常肯定地指着外面说：“我都听见了，人就藏在草窠子里！”

这句话让罗逸和齐润苗非常惊异。罗逸有一种很不好的预感，他回到后门，再次顺门缝往外看。但见远处的林子和近处的草窠都黑黢黢阴森森，新起的夜风倏地吹动了低矮的枯草……刹那间，罗逸感觉整个世界都向他压过来，空气也因这压迫而变得稀薄。他受不了，心想就算下面有人也得跳了。

他一把拉开门，双手搭住石头门槛小心地往下出溜。孙尔康和邸万金蹲在门里面，孙尔康招手让齐润苗快过来，可小虎死死拽住她不让动。

罗逸把身体放直了脚尖才勉强够到地面，他松开手落下去，随即蹲下身察看周围是否有人。

有两个人从不远的草窠里蹿起来，嘴里喊：“站那儿别动！”

孙尔康喊：“快上来！”

罗逸看清那两个人中有一个挥着手枪，心想我这要是往回爬肯定得吃他的枪子儿，便站着没动。两个人很快跑到跟前，孙尔康认出他们是保安团的人。

“老实儿地给我举起手来！”拿枪的那个喊，上来用枪逼住罗逸，另一个冲孙尔康和邸万金喊：“你们给我从前门出去！”

孙尔康犹豫了一下说：“好，好，俺们这就出去。”说着话猛地把门给关上了。

邸万金愣了，他没想到先生会这样，他不仅觉得不该抛下罗逸不管，更认为不该听下面那俩二鬼子的。他不明白先生为啥会做这么明显的错事。

没等他提出意见，齐润苗和小虎扑过来了。孙尔康立马迎上去捂住小虎的嘴，小声说：“别出声！”

齐润苗上来掰他的手，孙尔康抱起小虎就往拱室中间走，齐润苗不知这是咋回事，拽着小虎。小虎连踢带蹬往下挣，并咬住了孙尔康的手。孙尔康没撒手，也没停，一直拖着齐润苗走到拱室中央。

他抱着小虎单膝跪下说：“求你们了。”

齐润苗已经伸手要挠他，见他如此举动，方明白这里面或许有说道，便停了动作住了声，又朝小虎嘘了一声，小虎松了口。孙尔康松开小虎，跑回后门扒门缝往外看。

小虎说：“我叔还没上来呢！”齐润苗说：“等等看，他们兴许有办法。”

门关上后保安团那个拿枪的便让空着手的赶快绕到前门去接收里面的一老一少。空着手的这个转身没走两步，后面罗逸就把拿枪的那个抛摔在石头堆上，手枪自然是到了罗逸手里。听到动静，空手的转回身要往罗逸身上扑，被罗逸一拳打倒。

上面门又开了。罗逸一边用枪逼住地上那两个人，一边喊："万金先下来接人！"

邸万金正要下去时前门铁青脸"砰"地朝外面放了一枪，吓得他停止了动作。孙尔康连头都没回，催他赶快下去。

然而下不去了，伴着哇啦哇啦的喊叫，一个日本兵出现，端着步枪冲向罗逸。

罗逸抬手一枪，那个日本兵扔了枪，仰面倒下。

孙尔康喊："快上来！"和邸万金俯下身接罗逸。

罗逸把枪掖到腰里，纵身抓住他们的手，两下就攀上门槛。地上那俩二鬼子想爬起来抓他脚，没来得及。又一个日本兵出现，没等他举起枪，门已经关上了。先前倒了的那个日本兵爬起来，他并没受伤，只是帽子被打飞了。

"罗逸，你快带大伙儿躲楼上去！"孙尔康说。

罗逸说："我有枪，我在这儿！"

齐润苗说："还上去干啥，在哪儿不一样，该井里死河里死不了。"

罗逸说："嫂子，你们还是上去吧，有孩子呢。"齐润苗这才一手领着小虎，一手拉着邸万金往拱洞台阶走。邸万金挣脱她的手，他一来不情愿让一个陌生女人像牵着个小孩儿似的拽他，二来觉得不该留下孙尔康不管。孙尔康推了他一把："快去！"

方脸从拱洞台阶上下来，问铁青脸："你开的枪？"铁青脸说："不开枪他们就冲进来了。"

方脸扒门缝往外看。远处村子里已经有人家掌灯，附近不见有人。

“我枪一响他们就都跑没影了。”铁青脸说。

“然后咱就在这儿等死吧。山炮！”方脸骂。

铁青脸看起来很不服很不满。不等他反驳，方脸接着呵斥：“告诉过你不露枪才有活路！妈的就差这最后一步了，你就等着大炮来轰你吧。”

铁青脸嘎巴两下嘴，指了指后门说：“那儿也打枪了。”

方脸说：“你就给我看好这个门！”

铁青脸问：“再来人还开枪吗？”方脸说：“开，十步之内。”

方脸来到后门，见罗逸手里拿着枪，也没吃惊，好像觉着这人手里就该有把枪。他伏在门上听，外面没有一点儿动静，又顺门缝看，黑黢黢的也不见人影。他又逐个察看了一遍箭窗，把有窗扇的都关严实。

有三个箭窗没窗扇，他想找东西堵。他打着打火机在地上踅摸，踅摸到拱室中央，见地面上有些砖松动了，便蹲下用手抠，抠半天没抠动，他掏出把匕首撬，就要撬起一块时孙尔康过来了。

“这楼里的东西你不能动。”他说。

“不动的话咱都得死。”方脸指了指旁边没有窗扇的箭窗，“日本兵从那儿爬进来，要不扔进个手雷，咱就都完了。”

“那也不能动。”说着话孙尔康用脚踩住方脸撬的那块砖。方脸手摸着枪站起来。罗逸过来说：“叔，他说得对，该把窗户堵上。”

“那也不行。”孙尔康说，盯着方脸的眼睛。方脸慢慢松开摸枪的手。

孙尔康问：“他们想进来你堵得住？”

这话是冲着方脸说的。罗逸不想和方脸起冲突，抢先答道：“总比敞着强，得先堵住再想办法。”

孙尔康待方脸的眼睛避开才对罗逸说：“等着，我去拿堵窗户的东西。”他上楼去了。

方脸示意罗逸继续去守后门。罗逸说：“我听你的倒没问题，可你得去跟那冤神要几颗子弹。”他举起枪晃了晃，方脸看清是一把枪匠造的单子儿剋。

方脸要掏子弹，罗逸说：“这枪口径小，你的不行。”

方脸从铁青脸那儿拿来五颗匣子枪子弹交给罗逸，罗逸接过来，把其中一颗放嘴边吹一吹压入枪膛。枪膛边缘不甚平滑，他像农民对待所有不平滑的家什那样用拇指肚蹭了几蹭。这个动作让方脸很感意外——手指肚并不能把枪械的毛刺蹭平滑，这通常是老兵油子对待不应手的武器时做的妥协性动作。方脸心说这小白脸显然是个摆弄枪的行家，可他咋看也不像是个兵油子啊。

穹顶的天井口打开了，孙尔康在上面咳了声，他和邸万金用绳子吊下一捆拆好的书桌板子，方脸接住。

孙尔康和邸万金一起下来，他拎着马灯，邸万金带着菜刀和刨锛。

孙尔康把马灯放在地中央，拿根桌子腿去比量箭窗的尺寸，然后把桌子板拼齐铺在地上，掏出块滑石笔，像个裁缝似的在上面画出箭窗的形状，画好后用菜刀和刨锛下料。这两件家什不应手，勉强可以截断木板。孙尔康一声不吭地干活，邸万金给他打下手。铿！铿！菜刀砍在厚实的木板上发出钝响。

方脸拿起一块截好的木板要去安装，孙尔康夺过来扔回地上。方脸脸色阴沉地戳在那儿寻思了好一阵儿，终于没有发作。

孙尔康是个干活精细讲究条理的人，他按照惯常干活的节奏和眼下这活儿该遵循的程序，一步不差地进行着。对他来说，准备不充分尤其是工具不应手是这项工作的唯一不完美，眼下的凶险局面似乎并不能成为这工作可以草率完成的理由。

他本来只等着做最后那一件事，现在不得不做很多追加的事。他这辈子没做成过一件让自己满意的事，他不想到末了把和这座楼有关的事也做得不可心。他要把三个箭窗堵得严丝合缝规规矩矩。

然而要做到这一点并不容易。

方脸当然希望进度能快一点儿，但他权衡之后还是决定不做催促，只是提示干活的声音尽量小一点儿。他也一直没闲着，不停地逐个箭窗听动静。铁青脸对孙尔康不满，说："你绣花呢没完没了，凑合堵巴上得了！"方脸呵斥："闭嘴！"

罗逸一直守在后门。他调动全部听力收集门外的声音，孙尔康和邸万金砍板子时他需将一只耳朵紧贴门缝。即使这样，他也觉得错过了门外的某些声音——外面绝对不该这么静。

看着孙尔康百年大计般的堵窗户，他脑子里闪过这样的念头：我是不是不该躲进这座敌台？不过这念头也就是一闪而过，他毕竟是个军人，现在满脑袋想的当然是如何逃离。

齐润苗在楼上给小虎讲故事，已经讲了三段貔子精的故事了。小虎说妈你不用讲了，俺不害怕也不困，你累了你先睡会儿，俺给你打更。齐润苗说妈也不困，给你讲故事当营生吧。

拆书桌时孙尔康并没让齐润苗帮忙，她看孙尔康和邸万金干得费劲，过去翻过一张桌子，桌腿朝上摆在地面，上去一脚踏住桌面，另一只脚咔嚓一声踹下一条桌腿，再咔咔咔踹下剩下的三条。

孙尔康虽不赞同她的做法，但觉得这做法于眼下的境况很合理，便也照着做了。

孙尔康和郧万金下去后小虎想去外面垛口上看看下面有人没有，齐润苗说你胆子真是比你爹还大，不行。

铺房里只有他们娘儿俩，鹰眼一直守在外面。

小虎问齐润苗：“妈，咱还能去找俺爹吗？”

齐润苗说：“净瞎问，咋不能去。一会儿肃静了咱就走。”

“现在就挺肃静啊。”

“现在不行，你叔说啥时走咱啥时走。”

“俺叔能打得过外面的人吗？”

“一会儿外面就没人了。外面没人了咱才走。”

“妈，外面不可能没人。你故事里讲的，鬼敲门之前都很静。”

齐润苗吓得浑身的汗毛都竖起来，举起手想打他，小虎又坚定地补充道：“妈，你说过鬼神儿都是假的，可故事里的道理都是真的，得记住是吧。”

齐润苗放下手，“不许再这么说，晦气。”她说。

“那，外面的兵是来抓谁的呀？”

“小虎哇，这是大人的事，小孩儿别问那么多。”

“妈，这事儿得弄明白。他们要是来抓后来的那三个人，不就没咱们的事儿了吗？”

黑暗中，小虎的声音异常清亮。齐润苗摸摸小虎的脑袋说：“虎儿啊，事儿哪能那么简单。外面可是日本兵，他们高兴抓谁就抓谁。”

“嗯。”小虎终于点了点头。

“虎儿啊，一会儿要是往外跑，你不能出声，使劲攥着妈的手，妈要是跑不动了，你就跟着你叔，不用管妈。”

“妈，那孙爷爷也是好人。”

“妈知道。可他不想走。”

这是一个没星星的夜。密实的寒气从四面八方无声地涌入敌台，似要和黑夜一起挤碎它、吞掉它。偶有不知是啥鸟在林子里鸣地叫一声，不善的叫声不及扩散就被寒气和黑夜吸走。

孙尔康的工作干了足有一个多时辰，他终于用桌子板严丝合缝地封住了那三个箭窗，其他的箭窗也都用桌子腿顶实加固。

由于工作期间砍木板的声音未曾间断，所以敌台里的人无法判断这段时间内是否有人靠近敌台。

当他们终于可以无任何干扰地细听外面的声音，而外面除了偶有不善的鸟鸣再无其他声音的时候，恐惧在每个人的心里弥漫。

于是敌台内外同样寂静。

午夜时分，大概是为了验证这是否果真就是鬼敲门之静，“嘭嘭嘭嘭！”敌台的东西南北四面同时扔出一个引燃的草团！

一时间，敌台四周亮如白昼，想敲门的鬼提前现了形。

第七章

从堵窗结束到午夜之前的那段时间，敌台里发生了什么呢？

当时罗逸让孙尔康盯着后门，他要去楼上。方脸喊住他：“咱得商量商量了。”

罗逸说行啊。方脸说咱们今晚必须得走，天亮就走不了了。罗逸说这倒也不一定，你想咋走？方脸说不管咋走咱们都得一起走才行。

“俺们跟你一起走？”罗逸问。

“不是那个意思，可以各走各的。但必须同时行动，不然整不好谁也走不了。尤其是你们。”

“这个不用你操心。”

“到这份儿上就别嘴硬了。看你也像个行家，你比我清楚，带着女人孩子，凭一把单子儿剋冲不出去的，你需要俺们。”

“要是外面的人还在下面堵着，你们那两条枪也冲不出去吧。”

“我上面的人也有枪，还有几个手雷。够用吗？”

“要是硬冲，也还是送死。”

“那就想办法不硬冲。”

“说说你想的办法呗，我听听。”

“我想先听听你的高见。如果你的办法好，就听你的，我的就不说了。有吗？”

“没有。”

“真没有？我觉得你应该有。”

“真没有。”

“那我可就说了。不过，咱得把话说在头里，我不见得比你高明，但如果你没有比我更好的办法，你就得听我的。”

说这话时方脸盯住罗逸。罗逸知道他这话的意思，说：“我还没答应跟你一起走，答应了才谈得上听你的。”

方脸说：“那好吧。我没猜错的话你们是从关里来的，想去关外。只要能出去，俺们也可以跟你们一块儿走，去关外。”

罗逸说："你们不是从关外来的吗，还回去？"

方脸说："先活命再说吧。"说完叹了口气，掏出一盒洋烟，递给罗逸一根，罗逸没要。马灯下罗逸看方脸的手比自己的还修长，虽经磨砺和暴晒，但咋看都是一双读书人的手。方脸点着烟，烟头的火在他眼里映出一对飘忽不定的光点。罗逸发现方脸的两只眼睛有点不在一条水平线上。方脸察觉罗逸在观察他眼睛，说："小时候炮仗崩的，左边这个基本上看不见啥了。"

罗逸琢磨方脸可能真的想先跑回山里再说，因为明摆着这儿进关里的路被日本人给堵上了。可他同时也想，纵使方脸真是要同路逃命，也绝没怀啥好心思。逃命路上上赶着带上女人孩子，理由只有一个，就是必要时让他们充当炮灰或用作疑兵。

方脸显然看出了罗逸的心思，说："放心，要是一块儿走的话都是俺们打头阵。但俺们往哪儿走还得看外面的情况再定，最理想的方案还是分头走，那样成功的面儿大。我只是想确定一下你们要去哪儿。"

这之后方脸把铁青脸也叫到拱室中央，对他和罗逸详细地讲自己的方案，边讲边去门窗边上演示。

孙尔康一直在后门抽烟，方脸讲的他都听到了。他的手一跳一跳地疼，小虎的牙锐利，咬得挺深。

方脸计划在敌台四面同时扔出一个照明的火球以探敌情，暂定是点着了的草团。楼上有现成的柴草，如果不行再踅摸别的东西。火球熄灭之后四个扔火球的人立马返回拱室中央报告各自的情况，然后按对应的两套预设方案实施逃离。

方脸说："前后门都被堵着，东西两面没人，这是第一种可能，也是最大的可能。"

他说这种情况下，铁青脸和罗逸就分别在前后门打枪佯做突围，注意不能继续扔火球以免照到邻面真正突围的人。待他俩同时扔出一颗手雷后，敌台内的两拨人各自分别从东西两面的箭窗逃走。若被发现继而被追击，铁青脸和罗逸则冲出敌台从后面牵制追兵。

“第二种情况，要是只有一面没有人，”方脸说，“这就有点儿意思了，留出的这面肯定是套儿，但生路也就在这一面。日本人能在哪边设套儿呢？对于设套儿的，留出的这一面一定得有一条没有岔道的路才行，不然漫山哪儿都能走，伏兵就白伏了。西边长城那一侧不行，漫坡哪儿都能走，没有明显的路。南边也不行，二傻子也不会认为唯独这条正儿八经的路没人看守是正常的。只剩下北边和东边了，这两边都有小道通向山里，也就是说都有设陷阱的条件，但北边有后门，后门不设围容易引起被围者怀疑，所以从日本人的角度考虑，陷阱设在东边最合理，最不容易让被围的人起疑心。那么基本可以断定，要是留陷阱，应该就在东边。”

一旦真是这种情况，方脸的方案是：铁青脸负责在相反的那一面也就是西面继续扔火球打枪，二十个数后，罗逸和方脸在前后门打枪，但不扔火球。在这之前的二十个数内，前后门的敌兵即使人没被吸引到铁青脸那一侧，眼睛也被他的火球给吸引过去了，他们再扭头看其他黑咕隆咚的门窗肯定是很眼花，尤其更看不清留出来的东面。罗逸和方脸打枪吸引日本人的同时，鹰眼带着齐润苗娘儿俩和邸万金溜下没人的这面箭窗。

方脸继续道：“再往下是关键。留出的这一面他们把伏兵设在哪儿才合适呢，太近不行，会被看见，达不到陷阱的效果，太远也不行，不能及时和敌台这边的日本人呼应。照今天这情况，我估摸伏兵的位置应该在五六十步火光照不到的地方，不会太远。”

方脸说生路就在这五六十步之间，一般人肯定沿着那条小道走向陷阱，邸万金却不同，他是个天天钻山沟子的羊倌，可以闭着眼睛在这段距离内带领众人钻进路旁的棵子逃走。设定的拐弯位置在三十步之后，敌台附近的日本人和远处的伏兵都看不见。

罗逸说啥也没想到方脸本人会留下来做掩护，照说他该让鹰眼和铁青脸留下，自个儿带人逃命。

罗逸分析不出这个方案的动机，因为这个方案的可能成效是：有枪有手雷的一方只有一个非首领成员离开，而只有一把单子儿刴的绝对弱势方却除一人外全部逃离。这不合逻辑，也就是说难道方脸和铁青脸拼上老命就为了掩护鹰眼带着几个不相干的妇孺逃命？

无端之利必藏诡计，罗逸最终还是参透了方脸的机关。心说先别说日本人的陷阱，你在两个方案里都给我设好了陷阱。他不动声色地和铁青脸一起跟着方脸，听他讲、看他演示。

铁青脸的脸上全没了之前的懈怠，拧着眉头疙瘩，不知是在记程序还是在算计自己的命运。方脸大概是嫌他的表情还不够专注，回应也不够明确，停下来问：“听明白了吗？没听明白就吱个声。”铁青脸说：“明白了，这不听着呢吗。”

罗逸觉得方脸对于铁青脸是一个外人无法理解的存在——他的威严虽不足以让后者时刻毕恭毕敬，但后者信服他的分析判断，更会绝对执行他的命令，就算是今晚这种让其送死的命令。

明摆着，就算方脸的判断全正确，方案的实施也顺利，两种情况下也都不可能全员逃脱。承担掩护的人，其命运十有八九是被打死在敌台之下，或许将生机寄托在老天爷身上。尤其是第二种情况，那是老虎嘴里顺着牙缝往外爬的游戏，生路窄于毫发。

方脸问罗逸："你看这么办行不行？"

罗逸答道："我得去楼上商量一下。"

方脸说："好，我等你。不过得快点儿，该做准备了，半夜动手。"

铁青脸笑道："哈，小样儿，我就知道你是个说了不算的主儿，快去问问那娘儿们吧。"

方脸低声道："闭上你那嘴！"

罗逸上楼时齐润苗还在给小虎讲故事。他问齐润苗今晚走还是天亮再说，齐润苗说他叔你咋这么啰唆呢，不是说好今晚走吗？还等啥，俺一刻也不想等了。罗逸说得打仗才行啊，还不见得能成。齐润苗说这不明摆着不打仗走不了吗？你就快拿主张吧。

罗逸回到楼下，问方脸："我有俩问题，一个是，如果分别走，是不是得同时出发？"他盯住方脸。

同时出发是第一个方案能做成的前提，可方脸没交代。罗逸想，方脸这么精细的人不可能百密一疏，看来他是要滞后出发，让我的人先出去。如果先出去的人被擒，他们可以伺机而动，我的人被押走后他们重走这个路线都有可能。

方脸动了一下单侧嘴角，说："当然，当然得同时走。我刚才没说吗？"

罗逸说："你没说。"

方脸摆了一下手："那是我忘说了。现在说也不晚，必须同时走。"他看了罗逸一眼，"你没必要想太多。第二个问题呢，说吧。"

罗逸说："我想得不多。再就是由谁来扔火球？"眼睛仍盯着方脸。

他知道方脸留着一个要命的先手，用了这一手，所有的预备方案都是他备好的套儿。这一手就是：他的人扔完火球回来怎么报告还不是他们自己说了算，他们可以把有兵的那一面说成没人然后让我们去投罗网，他们则利用我们迷惑日本人以求脱身。

方脸又动了一下嘴角，这次是一个狡黠的笑。

“你说了算。”他说。

这让罗逸没想到，“各出两个人吧。”他说。

这是他预先想好的。他想过自己这方出三个人，但两个也就够了。俩对俩，双方的知情权和报告权对等，这种情况下方脸只能放弃那心思。

方脸痛快地说：“就按你说的办，还有别的要说吗？”

难道他不想用那一手？罗逸以为方脸会坚持让他的三个人全上。

“没了，你想得够仔细。不过智者千虑，谁也说不好动手之后会出现啥意想不到的情况，到时随机应变吧。”罗逸说。

方脸沉下脸：“那你说说，怎样随机应变？”

罗逸道：“事先能说出对策的就不叫随机应变了，这你比我清楚。”

方脸的脸更沉，继续问：“我再问你，我的办法已经说完了，你想出更好的办法了吗？”

罗逸知道他这是要较真章了，只得说：“没有。好吧，就听你的。”

罗逸真的想不出别的办法。敌台外情况不明，能确定的只有一点：天亮后更难走掉。

方脸说：“就等你这句话。听好了，随机应变不是谁想咋干就咋干，到时候得由我来做主。咱丑话说前头，要是有人不听话，可别怪我事先没说明白。”他提了一下裤带，大眼撸子颠了一下。

罗逸想，其实他本没必要这么麻烦，他有三条枪呢，想说了算还不就说了算。

方脸问铁青脸：“你好像有要问的，说吧。”

铁青脸道：“咱忙活了这半天，要是四面全他妈有人呢，咋办？”

方脸没回答。不早不晚，马灯灭了，拱室内的人随即没入黑暗。谁也没有动，谁也没吱声。黑夜和寂静的压榨感如冰水般从四面八方涌来。

“等着。”那边孙尔康说话了，他扶着墙走过来。

今早出门时刚给马灯加满了油，不会这么快就灭了呀，他想。

铁青脸划着根火柴，孙尔康借着光亮卸下灯罩，晃了晃油壶，又弹了弹灯芯。铁青脸重新点灯，着了，没问题。

孙尔康把灯交给铁青脸，一声没吱又回到后门。

方脸说话了。

“你咋没问？”他问罗逸。

罗逸说：“这还用问吗？”

方脸对铁青脸说：“听着了吧，要是那样，就没啥可说的了。”

铁青脸道：“啥意思？就是说没招儿了呗？”

方脸说：“如果真是那样，就放弃突围。”

罗逸说：“也就是说刚才那些心思全白费了，先睡个好觉，明儿个再想办法。”

铁青脸说：“还想个屁办法，只能等死个屁的。”

罗逸说：“想等死你自个儿等吧，别人未必。”

方脸道：“还没死到临头呢，不许说他妈丧气话！”

楼上的人被叫下来。罗逸把齐润苗、小虎、邸万金领到后门孙尔康身边，向他们交代了逃离方案。邸万金不耐烦："咋这么啰唆呢，这谁能记得住。"罗逸说："你不用全记住，到时候我让你咋办你就咋办。"

齐润苗说："这可不行啊，这不就是要把你给留下来，那你咋办呢？"

"他们安排得对，这是最好的办法。"孙尔康说话了。

齐润苗说："俺不想跟他们的人一起跑，信不着他们。俺带着俩孩子，明摆着斗不过他们。"

孙尔康说："放心，万金路熟，力气也大，在山里顶个大人用。"

邸万金道："我本来就是大人嘛。先生，你不走能行吗？"

孙尔康说："没事儿，日本人又不是抓我。"

邸万金问："对呀，他们是来抓谁呀？"

孙尔康答道："不管抓谁你们都得走。"

罗逸说："嫂子，别担心，我随后就能撵上你们。"

孙尔康说："罗逸，有一件事你忘了，就是他们没把我算数儿。其实到时候我能接替你，你随后就去撵他们，不耽误事儿。"

这时小虎说话了：

"其实，外边已经全给围上了，俺听见四面全都有人。"

这话让听到的人汗毛直竖。齐润苗打了他一下："瞎说，你咋听见的？"

小虎说："反正俺听见了。这门下边的人就在石头堆里蹲着呢。"

小虎压低了的童声细嫩沙哑，这细嫩沙哑的童声在夜半的古堡中像巫师的低唱，听得人瘆得慌。这小孩儿本来睡着了，被叫醒后又精神了，这会儿甚至很亢奋。他的眼睛像两颗火炭，于黑暗中闪着光亮。

齐润苗说：“虎儿啊，小点声。你跟妈说说到底是咋听见的？”小虎也不回答，自顾说：“你们另想法子吧，那些法儿都不管用。”

齐润苗说：“不好，这孩子中邪了！”她摸小虎的脑门，凉丝丝的。她搂住他说：“好了，别说了，妈不问了。”

孙尔康说：“孩子许是睡毛愣了。”罗逸则说：“小虎说的也许对。”他轻轻揉了揉小虎的脑瓜顶：“小虎，没事儿，一会咱就全知道啦。”小虎立马平静了许多。他不喜欢外人摸他的脑袋，罗逸除外。

孙尔康去了楼上，不长时间拿着一个狗头大小的草团下来。这草团用粗梗草做筋框，软草塞填而成。罗逸捏了捏又掂了掂，说应该缠得再紧点。他拿着去前门给方脸看，方脸他们正小声嘀咕啥，见他过来立马闭了嘴。方脸对草团很满意。罗逸拿回草团交给孙尔康，说就按我说的弄吧，尽量多弄点，四五十个吧。孙尔康带着邸万金上楼去做草团。

鹰眼被叫下来后就把那个小一点儿的背包交给方脸，方脸接过挎上，再没下过肩。他们仨在前门商量了很长时间。

铁青脸身上也有个背包，大小和方脸身上的那个差不多，都是普通的卡其布背包，只不过铁青脸的这个要破旧很多。

能看出方脸身份有别于鹰眼和铁青脸的，是他身上一直背着的那个牛皮公文包。这种公文包通常只有当差的和当兵的才有。方脸的这个已经很旧，四角的皮子都磨秃了。若他果真是当差的或当兵的，单从公文包上论，他的官儿不会太大。

鹰眼从自己的大背包里拿出把王八盒子掖到腰里，又掏出俩香瓜手雷，给铁青脸一个，过去递给罗逸一个。他问罗逸会用不，不会的话我教你。罗逸说会用。

罗逸有机会近距离观察了鹰眼。他发现鹰眼虽看似瘦小，实则非常精壮。他的手像鹰爪般灵活有力，把手雷拍入罗逸掌心时罗逸接收到了他凶悍的力道。这个阴鸷的小个子男人周身附着一团晦暗凶险的气场，这气场让见识过各种人物的罗逸不由得心生畏惧。

对应从箭窗逃走的方案，应该准备好绳索之类的东西，因为箭窗离地足有两人高，没有装备下不去。孙尔康把天井上那根绳子拿下来，在上面系了不少便于握持的疙瘩。这根绳子专留给齐润苗这一组用。绳子就这一根，孙尔康给方脸的人预备了那根扁担。

孙尔康把绳子和扁担分别摆在西面和东面正中间的箭窗下边。

罗逸有些不相信自己的眼睛！对方脸的所有猜疑都是自己内心的活动，并没跟孙尔康露过一个字……难道，我想到的他全想到了？罗逸想。

方脸面色阴沉地站在拱室中央的马灯旁，看着孙尔康按如上次序摆好绳子和扁担。

孙尔康摆好那两件东西后回到拱室中央，分别看了罗逸和方脸一眼，然后回到后门。

罗逸盯着方脸看他的反应。

方脸沉吟了一会儿，过去把绳子拿了过来。

他这样跟罗逸解释："绳子该给女人和孩子这没错，第一种情况下是两拨人分别从东西两面走，第二种情况就都得从东面走了，所以干脆把绳子放在东面最合理。"

罗逸冷笑了一声："就是说掉个个儿，把扁担放西面去呗？"

方脸道："是。"

罗逸盯着方脸道："那你还不如明着说第一种情况下让俺们走东面，你们走西面。"

方脸问："这有区别吗？"

罗逸反问："你说呢？"

方脸道："我说没区别。"

罗逸道："那我来提醒你。其实也都是你说的，并且你说的也确实有道理。你说东面最适合设伏，所以第一种情况虽然是空出了两面，但极有可能其中的一面设了埋伏，就在东面！不可能是西面，西面最安全。我理解得对吗？掌舵的。"

方脸嗤了一声，指了指孙尔康，问："你们俩商量的？"

罗逸道："商量没商量有区别吗？"

方脸又嗤了一声，说："你打过仗吗？日本人就算是猪配的也不会像你说的那么办。还有，你听着，不是所有人都有你们读书人那么多花花肠子，我这么办，就是为了方便。"

罗逸道："方便？你现在还不能肯定第二种情况里空出来的就一定是东面哪，不然扔火球干啥。如果空出来的是别的面，再到东面去拿绳子岂不是耽误时间？"

方脸的脸上第一次现出不安和窘迫。他这表情让罗逸心里很舒服。

"这之前你咋不说？"方脸问。

罗逸道："有啥说的，你想得够细算得够准。"

方脸的脸色十分难看，他皱着眉头寻思了好一会儿，最后叹了口气说："好吧，第一种情况你们走西面俺们走东面，满意了吧？"

他随即把绳子扔到脚下，说：“至于第二种情况，也按你说的，哪儿空出来从哪儿走。绳子放在这儿，到时候从这儿拿绳子。”

罗逸说：“行啊。扁担就不动了呗。”

方脸没接茬。他盯着罗逸，眼中又恢复了自信和狡黠。他有些口渴，去旁边水桶里舀起一瓢水，咕咚咕咚全喝了，完了把瓢递给罗逸。罗逸接瓢的当儿他说：

“活着出去要紧，别老动心眼。”

罗逸心说不动心眼能活着出去才怪呢。

扔出去的火球一熄灭，四面的箭窗立马重新关闭。现在，四个扔火球的人——方脸、孙尔康、鹰眼、邸万金——跑回到拱室中央。

“操，他妈的够勤快，也不睡一会儿啊！”这是铁青脸看见小道两边的日本兵后发表的感慨。

日本兵们半跪在地上向敌台瞄准。“哇啦哇啦！”有一个日本兵站起来，举着枪喊叫。他离敌台有十多步远，铁青脸把匣子枪顺门缝瞄准他，合计着他只要再往前走几步就可以按方脸的命令灭了他。可那鬼子立刻又蹲下了，别的鬼子也没有冲过来的意思。火球很快熄灭，那些鬼子也就重新被黑夜遮蔽。

四个火球都是从箭窗扔出去的。前门边上这个是方脸扔的，他在火球熄灭之前看清了小道两边日本兵的数量。

后门边上那个是孙尔康扔的，他看清下面守着的四个人就是之前那俩日本兵加俩保安团伪兵。罗逸则在门缝中看到那俩保安团伪兵的手里都有了枪。

邸万金和鹰眼负责两侧，邸万金在西，鹰眼在东。西面有两个日本兵紧贴墙根蹲着，邸万金的火球差点儿扔在一个兵的头上，他一边躲一边举枪往上瞄，吓得邸万金赶紧缩回头。

东面鹰眼的火球出了点问题，在半空中就散了，散开的那一刻发出异常明亮的光，但随即没等落地就熄灭了。这就足够了，鹰眼的眼神的确不一般，他在火球熄灭前把目光从远处收回来，看清墙根附近没有人。

四面都没响枪。

地上摆着卸掉灯罩的马灯，旁边是一堆狗头大小的草团，还有那根系了不少疙瘩的绳子。

刚才那第一拨侦察火球是这么运作的：四个人每人拿一个草团，方脸一声口令，四个草团便一起凑到马灯上，都点着后方脸再一声口令，四个人一起跑向各自负责的箭窗。

现在，四个人按既定程序报告各自看到的情况。

孙尔康说："有人，四个。"

邸万金说："有人，两个。"

鹰眼说："有人，四个以上，有一门迫击炮。"

鹰眼够厉害，他先看的远处，看到山坡上有两个日本兵在搬一门迫击炮，另有俩兵正往敌台这边走。

总决策人方脸先从胸脯子深处叹出一口气，然后说："有人，四个。"

于是，不用谁下令，所有人都沮丧地原地不动了。

齐润苗搂着小虎守在一旁，包袱紧紧地系在身上。听到四个男人的敌情通报后，她把小虎搂得更紧。

铁青脸道："看来我这臭嘴开过光。"

“我都说了嘛，你们白忙活！”小虎说，细嫩的声音在敌台里幽幽地回荡。

一刹那，死亡的气息从四面八方压过来。

半晌，方脸说：“都歇了吧。”

见谁也没动，他又说：“只能先这样了。”说完瞟了罗逸一眼。

那一刻，罗逸看见他的脸上现出像是累积了足有一万年的灰心和自嘲。

这表情倒让罗逸不忍，他说：“这也挺好，大家先睡个好觉呗。”

孙尔康重新给马灯罩上灯罩，敌台里一下子明亮了许多。

“要是先不用它，得灭喽，不然油不够用。”孙尔康说。

罗逸说：“行。叔，你带他们去楼上睡会儿吧。灯你们拎上去，下面用不着了。”

方脸还没从挫败的情绪中缓过劲来，听罗逸这么说，立马皱了一下眉头说：“咋，你开始发号施令啦？谁说下边不用灯啦？”

罗逸方想起来说好了让他说了算来着，没等回话，孙尔康拎起马灯说：“不用谁发号施令，灯是我的。”他喊邸万金和齐润苗跟他上楼。方脸说：“把灯放下！”

他枪口朝上举着大眼撸子。鹰眼拎着王八盒子站在他旁边，眼睛盯着罗逸。

罗逸赶忙把单子儿剋掖到腰上，上前去拿孙尔康手里的马灯。

“叔，给我吧。放心，马上我就灭了它。”他说。

孙尔康极端轻蔑地盯着方脸，没有松手。邸万金被这阵势吓得够呛，他当然觉得把马灯留下是上策，于是在后面扯了扯孙尔康的衣襟。

罗逸拍了一下孙尔康的手背说：“叔，一会儿没准我还得用它。给我吧。”他冲孙尔康使了个眼色。

孙尔康松了手，但眼睛仍盯着方脸。齐润苗说：“叔，咱走吧，上楼。”孙尔康这才移开目光，跟他们上楼去了。

目送孙尔康他们上了楼，罗逸立马熄了马灯。敌台内一下子变得伸手不见五指。黑暗中罗逸说道：“看来你挺喜欢说了算。”

“咋，你不服？”鹰眼的声音。

罗逸道：“倒也没啥服不服，你们枪多而已。不过你们听好了，我最看不上拿枪的吓唬手里没枪的。要是都能活着出去，你们这毛病得改改。”

方脸说：“这事不用你操心，今晚你看好后门就行了。”

罗逸道：“我看老兄你是说了算上瘾了，都放弃突围了你还不放弃权力？”

鹰眼说：“放肆了吧你！”

方脸说：“哈，没事儿，读书人都爱咬文嚼字。不过不管咋说他总能和我想到一块儿。”

罗逸道：“那你说说，今晚这门窗还用得着守吗？”

方脸说：“照说不用了，因为明摆着他们天亮前不会动手。但不用我说你也肯定想守着，我说得对吧。”

罗逸心说我当然得守着，要是我也上楼去，你们在下面做啥手脚就没人知道了。

“把东西还给我吧。”鹰眼说。

罗逸掏出那个香瓜手雷递给鹰眼。黑暗中他们的手碰到一起时罗逸再一次感受到他手指的粗硬锐利。

方脸领着鹰眼去了前门，随即没了动静。罗逸想他们不太可能是睡了。

孙尔康下来了。他蹲到罗逸身边小声说："你们今晚必须走，天亮就走不了了。"

罗逸说："很难，我尽量想办法。实在不行就只能等天亮再说了。"

"不行啊。"

"为啥？"

"山上有个日本人被杀了。"

后半夜三点，罗逸站在拱室正中央。

他独自站着。孙尔康上楼去了，方脸他们一直没动静。

四周只有看不穿的黑暗，满耳是压迫耳鼓的死寂。

在这让人绝望的黑暗和死寂中，还就脚下松动的地砖让他感觉舒服些。罗逸轻轻踩了几下，咔哒咔哒，青砖发出钝响。这大概是方脸撬过的那块，罗逸想。

没等他想完，一股浓烈的烟草加汗卤子味逼近，他本能地哈腰闪避，来不及了，他被撞倒。咚咚咚，有人分别向东西北三面的箭窗跑去。

他知道是方脸他们动手了。

那三面的箭窗同时打开，立刻又被关上，"轰轰轰！"外面响起手雷的爆炸声。东西两面的人摸索着跑回来，经拱室中央跑向后门。就听方脸喊一声："走！"后门被打开，山野的寒气混着硝烟扑进敌台。那三个人就要扒着门槛往下跳时，已经站起来的罗逸看见两支火把凌空飞到后门底下，随即"嗒嗒嗒"，机枪声响起，后门框立刻传来啪啪啪的砖石碎屑横飞发出的声音。有一颗子弹射入拱室，吱地擦着罗逸的耳朵飞过。方脸他们噼里扑棱全都倒下，其中一个躺在地上用脚把门给踹上了。机枪声立马停止，有日本人在外面哇啦哇啦地喊叫。

“操，完犊子了！”就听铁青脸骂。

马灯在罗逸手里，他点着马灯，拎着去后门。铁青脸满脸是血和土面子，正在使劲擦眼睛。方脸靠墙坐着，手捂着肋部，鹰眼蹲在旁边帮他捂着。

外面的火把肯定还没灭，隔着门缝能看见外面的光亮。

从这一刻起，敌台内的每个人都明白，灭顶之灾已经锁定他们。

第八章

天亮了。

迁徙的嘴巧山雀早已走净，山里留下来过冬的飞禽只有三种嘴笨的：野鸡、啄木鸟和秃尾巴鹌鹑。它们当中唯一能弄出点大响动、可以勉强充当报晓角色的也就是野鸡了。“咯——！”有野鸡在林子里沙哑地叫了声，这叫声在清冷的空气中传播得很慢，它与远处村子里家鸡的鸣啼一起，宣布新的一天到了。

然而这新的一天并未见有新的生机出现。娃娃楼仍被阴冷的山雾裹挟，那雾气比昨天更阴更厚。日光尚未越过东面的山头，它还不能照透和驱散敌台四周的晦暗。村子里，早起的村民远远地往这边望，他们看到敌台铺房上的青瓦仍泛着诡异的幽光……唯一的变化，也是非常大的变化，是敌台露出的上半截身子变完整了。

今天早起的村民多，有多少呢，除了孩子，大人们全都早早起来了。他们站在院子里或墙头上往娃娃楼这边望，胆子大点儿的干脆爬房上望。没人敢去村后。

其实，昨晚的响动已经让整个村子彻夜未眠。以往的枪炮声虽剧烈，但都来自远方。昨晚的虽是寥寥几声，但声声近在咫尺，声声震人心魄。

傍晚时分村里就来了十多个日伪军，他们兵分三路，一路去了村部，另两路分别去了长城豁口和后山。后来就听见长城豁口那儿打枪，随即见万金子从村里往娃娃楼跑，日本人在后面撵。

村子里最提心吊胆的当数郭少奎他妈。本来这些天她瞅着风声不紧，已经让郭少奎回屋里住了，今儿一见这架势，立马又让儿子钻回菜窖。天完全黑下来后，她壮着胆子出了院，想去村部打探动静。刚走上正街，就见前面呼呼啦啦的一帮人抬着具尸首往村部走，旁边举着马灯的是乡里那个万人恨刘三顺。她没敢去村部，拐进常去串门子的老佟三奶家。三奶的大孙子树田说："麻烦了，后面山上死了个日本人，听说这事儿和万金子有干系呢！"

郭少奎他妈说："唉呀妈呀，孙先生知道这事儿不？"树田说："今儿一早我就看见孙先生去娃娃楼了，万金子送他去的。这下可好，爷儿俩都被堵楼里了。"

村里人并不知道娃娃楼里来了很多不速之客，他们寻思这么多日本人，进去抓那手无寸铁的爷儿俩还不容易。人们不敢睡，等着听不愿听到的坏消息。

佟树田送郭少奎他妈回家。他其实是要去和郭少奎商量事儿。这佟树田长得高大魁实，是郭少奎好友，他们都是孙尔康教过的学生。

当初想去关里投抗日队伍的可不止五个人，佟树田就是其中之一。是老佟三奶拿铁链子和他拴在一起关屋里待了三天，才把他这条命给拴住了。

佟树田一到郭少奎家就下了菜窖，后面郭少奎他妈一步不离地跟进来，说你们想都别想！你们斗不过日本人，树田你赶紧给我回家去，不然我把你也关里边！

这一夜，村民们并没有等来不愿听到的消息。半夜的火球没有声音，自然是没人看到，可后半夜的枪声和爆炸声大家却都听到了，但没人看到孙尔康和万金子被押出来或者被抬出来。

现在，太阳慢慢越过了东山，村子因太阳的照射而有了生气。家畜们变得活跃，尤其是山羊。有羊栅栏的人家山羊开始撞着栅栏咩咩叫。没栅栏的，山羊们已经走出院子，自动去村口集结。也难怪，每天的这个钟点，万金子已经赶羊上山了。

其实，羊也好，鸡鸭猪狗也好，它们都到了该吃早饭的时间，它们是饿了。然而别说它们，就连它们的主人到现在也都没吃饭呢。村里不见炊烟。

就在这时，人们看见那娃娃楼上竟升起了一缕灰白色的炊烟！

这个钟点，只能是炊烟。

没错，是炊烟。此时，齐润苗和孙尔康正猫着腰在铺房外那个临时炉灶前做早饭，邸万金帮着生火。

铺房里，罗逸和方脸对坐。

小虎还在梦中，盖着孙尔康带来的那套铺盖。

天亮前，罗逸来到楼上。

孙尔康坐在铺房外的条凳上抽烟。他拍了拍凳子示意罗逸坐下。敌台上面很冷，脚下有些发滑，肯定是昨晚下了很重的霜。罗逸坐下。

东边天上稍稍泛白，山峦和天空的界线尚不明朗。几颗寒星挂在头顶，四下里林莽幽黑，听不到、看不见的凶险就藏在周遭的黑暗里。没有声音——秋虫已死净，只有寒气持续地涌上来。

罗逸问："叔，让我尝一口？"

孙尔康把烟袋递给他。"建昌的小叶烟，我表弟拿来的，忒冲，你这不会抽的人估计受不了。"他说。

罗逸接过烟袋抽了一口，呛得咳嗽。他把烟袋还给孙尔康。

"天快亮了。"孙尔康说。

"是快亮了。"罗逸说。

建昌小叶烟有一股硝烟的味道，这味道在罗逸胸膛和鼻腔里驻留不散。

有关命运，他们昨晚已经谈了很多。现在，似乎没啥可谈的了。

"叔，离天亮还得一阵儿，咱爷俩再唠唠嗑？"罗逸说。

"你该睡会儿。"

"我不困。"

"唠啥呢？"

"唠唠你的事儿吧。你昨晚说很小就去哈尔滨了，在那儿应该挺好的，咋又回到咱这山沟里来啦？"

孙尔康的烟袋灭了，他在鞋底上磕了磕烟灰，没再续烟。

"那就唠唠呗。"他说，往东边天上望了望。山和天已经有了清晰的界限。山像一张戳着的黑色剪纸，除了很多突兀的奶头，看不出任何细节。天像松花蛋的蛋清，呈着半通透状。

"哈尔滨就算是挺好我也肯定要回来，但没想到是那样回来的。有个老毛子兵去我家调戏孩子他妈，我失手打死了他，就携家带口跑回来了。”

对于孙尔康手上有人命，罗逸并不感到意外。

“凡事都有来龙去脉。我祖上出过的最大的官儿是把总，大概也就是现在的营长，也都是几百年前的事儿了。我爸老拿这事儿跟别人炫耀，还拿出家谱做证。人家不信，并且也没人觉着把总有啥大不了，结果他常招奚落。我的祖辈应该还出过教书先生，可我爸觉得那不值一提，建节食俸才叫光宗耀祖。我不赞成，先生才是最了不起的行当。要是没人教书，天底下的人没准儿到现在还茹毛饮血。所以我从小的志向就是多学学问，长大当个跟祖上一样的先生，还必须回石门村当。为啥这么说呢，我没想过光宗耀祖，但想过替我爸争回些颜面。咋争颜面呢，就是回村当先生。村里人不认把总，可对先生那是一百个敬重。为了这个目标我去了哈尔滨，可手里没钱，靠打零工勉强念完了初级师范学堂，没学着大学问。后来我就想多挣点钱回来盖个最好的房子当学堂，结果呢，这个目标也没能实现。”

小虎在屋里说梦话，齐润苗咳嗽了两声。

“别的就没啥可唠的了。百无一用是书生，说的就是我孙尔康。”

孙尔康把烟袋锅伸进烟荷包，捻了两下又放弃了。他把烟袋锅空着拿出来。

四周的寒气不断涌来。呜！呜！林子里连着传来两声阴沉低哑的鸟叫。这不多见，这种没人见过的鸟从来都是只叫一声。这两声连续的鸟鸣格外发瘆，本来就浑身冻透了的罗逸不禁打了个寒战。他看看东边的天，松花蛋蛋清的颜色淡了些。

"叔，你确信这娃娃楼当过学堂？"

"是。不过肯定是在兵荒马乱的年月，太平盛世不会用它。"

"乡里办了公立小学后你没做别的打算？"

"一个土埋半截子的人，还能做啥别的打算。不过对于我来说，已经啥都用不着了。"

孙尔康向村子方向望，那里也无外乎黢黑一片。

"罗逸呀，人这一辈子其实很简单。能专心守着的东西不多，可能也就那么一样两样，最后能剩下的就更少了，没准儿一样都剩不下。"

他终于重新装上烟，罗逸忙掏出火柴给他点着。建昌小叶烟燃起通红的火炭。吧嗒，吧嗒，伴随孙尔康吸啜的节奏，火炭忽明忽暗，不断映亮孙尔康的脸。破晓前的敌台上，这是唯一的光亮。像是要对这光亮做出回应，东边的天终于变得通透了。

"说得对。我也活了三十岁了，到现在好像啥都没剩下。对了，是一无所有。"

"你有一样最金贵的东西。"

"啥东西？"

"好年纪。它千金不换。"

"哦。"

"有了它你啥都能有。"

"叔，我不需要啥都有，我只想当个够格的军人。"

"这容易啊，在咱中国，干别的没机会，军人可是随手就能当。你杀一个日本兵就是军人，不一定非得高头大马千军万马，是你想啰唆了。"

孙尔康的话冰冷，这是他第一次以如此口吻跟罗逸说话。

“说得好，说得好。”罗逸说。

昨晚，罗逸跟孙尔康讲了自己的过去，当时孙尔康非常吃惊地问，你有那么多枪，当真就连一个日本兵都没杀成？罗逸答道，是啊，我是个窝囊废。

“照说，你的愿望就快实现了。”孙尔康说。

“是啊，叔你说得对。”罗逸感觉自己的脑门都出了汗。

东边，剪纸的边缘出现了黄色。

孙尔康接着说：“不过，活着出去才算数，死了不算。”

罗逸擦擦脑门，“叔啊，你就跟俺们一起走吧。”他说。

孙尔康说：“不行。这楼是我这辈子守着和剩下的最后一样东西了，我得和它在一块儿。”

他使劲抽了口烟，烟袋锅的火炭在眼睛里亮了一下。

“叔，你也还有很多东西呀，村里的房子、地不说，你不是还有个儿子吗？他是你最金贵的呀。”

“啊。”孙尔康的声音立马变得喑哑。光线还不足以让罗逸看清他的脸，但罗逸感觉出他的脸色变得异常阴沉。

“我没守住，他走了。”

罗逸心说怪不得他没咋提他儿子，原来他儿子死了。

铺房里有了动静，是邸万金。

这敌台里大概只有他睡得最实，也只有他起得最守时。每天的这个钟点他都得起来给自己做早饭，通常是余剩饭加地瓜窝窝头，然后再揣俩地瓜或窝窝头留着晌午吃。

邸万金揉着眼睛走出来，要去北面垛口找地方撒尿。罗逸一把拉住他，指了指后山说：“记着，千万不能去铺房后面，将军楼上能看见。”邸万金：“啥？将军楼上有人？”罗逸：“嗯，肯定有日本人猫上边往这儿看呢。”

昨天在将军楼上时罗逸做了观察，那里到娃娃楼虽然远超出步枪的射程，但用望远镜应该能看到台顶北面的情况。不过还好，铺房挡住了多半个台顶尤其是两个台口。也就是说，只要不到铺房北面去就不用担心被将军楼上可能的观察哨看到。

邸万金便去东边撒。孙尔康叮嘱：“蹲着撒！别露头！”

铺房里齐润苗轻咳了一声，随即走出来。她肯定一宿没睡，脸色蜡黄。衣襟压出了褶子，她一边走一边抻。

罗逸说：“嫂子，我想跟你商量点事儿。”

齐润苗说：“除了吃饭，没啥急事了。我还是先给大伙做饭吧。”说完径直奔水桶去了。

罗逸看她舀出水，仔细地洗手洗脸。他叹口气说：“嫂子，一会儿看好小虎，千万别让他去铺房后边。”

邸万金撒完了尿，猫着腰去西房山抱柴火。

孙尔康小声对罗逸说：“罗逸啊，带他们走，让他们都活着。”

现在，罗逸和方脸对坐在铺房里谈事情。旁边，小虎发出孩童特有的鼾声。门外，铁锅里已经飘出高粱米饭的香味。楼下，铁青脸和鹰眼分别守在前后门。

罗逸刚洗了脸，浓密的头发用水摩挲过之后整齐地分开伏帖在头上。方脸脸色灰白，额前的头发耷拉着，但坐相依旧威武。他腰板挺直，双手放于膝上。

他尽力保持威严，可罗逸还是从他的眼睛里看出落魄和沮丧。

昨晚，在鹰眼没解开他的衣服之前，罗逸判断他受了很重的伤，因为他手捂的地方血已经洇出来了。事实是子弹只擦过他的软肋，造成并不深的皮肉伤。鹰眼从包里拿出药水和纱布，很麻利地给包上了。

铁青脸的脸和眼睛是被墙砖的飞屑给崩的，虽无大碍但右眼肿得几乎封口，鹰眼干脆拿纱布给他缠上了。铁青脸骂："操，成他妈独眼龙了。"

"你说吧，咱们怎样才有活路。说得对我就听你的，让你说了算。"方脸说话了。他的脸上又重现那一万年的灰心和自嘲。罗逸很舒服，这是他乐于看到的。

"看来，就算到了这份儿上，你还是很在意谁说了算。"

"当然，玩命的活计必须一个人说了算，要是都想说了算那就谁也活不成。"

"你压根儿也没想让俺们活，对吧？"

"昨晚的事儿既然都没成，你也就没必要老琢磨它了。琢磨下一步咋活着出去吧。"

"不用琢磨，俺们压根就能活着出去。因为俺们没杀日本人。"

"呵，那你们为啥还张罗往外跑？"

"有女人和孩子，不想落日本人手里受惊吓，能跑当然还是尽量跑。"

"你好像向日本人开枪了，单凭这一条他们就可以弄死你。"

"哈，所以，你的意思是，我必须跑，还必须跟你合作？"

"这倒也不勉强。"

"好吧，那你就等着看，俺们不跑了，看能不能活着出去。"

听了罗逸这话，方脸现出一丝冷笑，不在一条水平线上的眼睛盯着罗逸。罗逸发现，对方只在有了掩饰不住的极端情绪时，双眼才明显地不在一条水平线上。

“这要是在昨儿个后半夜之前，你说这话我还信。三个手雷扔出去之后嘛，这话我可就不信了。因为就算炸着一个半个日本人，这敌台里的人谁也就别想活着出去了。我说得对吧？”

“我要是说你那仨手雷连根兔子毛都没炸着，你信吗？”

“扯，不可能。”

“那好，要是不怕被子弹钻了脑袋，你自个儿扒垛口看看去，看到一滴血就算我扯。”

方脸不相信地摇了摇头，并下意识地往外看了一眼。

昨晚，小虎临睡之前跟他妈说，楼下蹲着的人都走了，都去山坡上蹲着了。齐润苗把这话告诉孙尔康，孙尔康告诉了罗逸，罗逸深信不疑。

“哈，他们都提前躲开了。你想到没有，外面那个说了算的鬼子不是一般的鬼子，你的那些算计他都预先猜到了。”

罗逸说完这话方脸的脸色愈发苍白，他眼睛看着门外的垛口半天不说话。罗逸猜他的脸上大约又要出现那一万年的表情，可是这回没有。

“所以，”方脸说，“我才让你说了算。”

他收回目光，声音略微沙哑。

罗逸说：“我不想说了算。其实你根本没必要拉上我。”

方脸说：“有必要。你和那老头儿关系好，他是本地人，你们俩更容易商量出办法。放心，俺们会听你的，咱们还是一起走为好。”

罗逸说：“我问你，山上的日本人是你们杀的？”

方脸说：“不是。”

罗逸说：“那你咋知道这事儿？没人说过。”

方脸说："俺们看见了。"

罗逸说："看见是谁干的？"

方脸说："只看到了尸首，没看着是谁干的。你该问问那老头儿。"

罗逸说："既然不是你们干的，你们也没必要拼了命往外跑。"

方脸说："这个嘛，也许跟你们一样，不想落日本人手里。"

方脸望了一眼外面的天。门框圈定的那块不大的天上正有一朵灰色的云彩慢腾腾地往南飘。

"差一步就逃出这伪满洲国了。"方脸的太阳穴上凸起青筋，"要不是那个二傻子准当儿地把鬼子引到这儿，这工夫俺们已经在关里喝豆腐脑儿了！"

"喝豆腐脑儿又咋样，难道你不知道，长城里边也早就不是中国人的地盘了。"

"那好歹也算逃出去了啊。"

齐润苗出现在门口。"他叔，吃饭吧。"她说。

除了眼皮有些浮肿，她精神状态一点儿不差。她洗过脸梳过头，脑后的发髻一丝不苟。方脸想象不出这个瘦女人咋就能在这几乎死到临头的时候还能如此从容地做早饭。不想当饿死鬼的死囚和士兵他都见过，可有这等气概的女人他还真未曾见识。他不由得多看了她一眼。齐润苗发觉了，没像一般女人那样扭头走开，而是警惕地直视了他一眼，然后去叫小虎吃饭。

邸万金和孙尔康分别端着饭锅和菜盆进来。孙尔康脸色异常阴沉，他没理睬方脸，把菜盆放下后又出去了。

"来一起吃吧。"罗逸对方脸说。

没受到齐润苗和孙尔康的邀请让方脸不自在，但这也在他的意料之中，就算罗逸不邀请他，他也认为是合理的。

敌台里只有两副碗筷，邸万金把它们递给齐润苗娘儿俩。孙尔康回来了，拿着一把切得跟筷子一般长的布弄花秆和一摞洗干净的脊瓦。

高粱米饭有些串烟，白菜炖土豆倒是很好吃。铺房里寒气仍浓，高粱米饭和白菜土豆冒着很壮的白汽。村子里依稀传来鸡犬之声。六个人围坐在剩下的书桌旁，吃这不知是否还有下一顿的早餐。

小虎没用瓦片吃过饭，觉得好玩，非得用碗跟邸万金换，邸万金说你叫声叔我就跟你换。小虎说俺妈让管你叫哥，邸万金不吱声了。小虎便喊了他声哥，邸万金说等你吃出沙子可不许再往回换。小虎没吃几口又用筷子换下邸万金手里的花秆。

方脸吃得很少很快，准确地说别人还没吃几口他就吃完了。

“我，能去换他俩上来吃吗？给钱。”他问，冲着罗逸问的。罗逸看了一眼孙尔康，孙尔康依旧脸色阴沉，没做任何回应。罗逸看了看饭锅和菜盆说：“今儿这顿饭照说该比山珍海味值钱，不过有命吃才算数，所以你得让他们快点儿来。”

方脸把手伸进上衣胸口处的内兜，罗逸以为他是要掏钱。

方脸的手停在里面好一阵没动，好像在想啥心思。等把手掏出来时，握着的是一块怀表。他打开表盖看了看钟点，然后给表上弦。那表挺旧，铜壳的外缘已经磨得褪色。和一般怀表不同的是，这表没有链子，用一根牛皮枪纲拴着。方脸一边上弦一边瞄着齐润苗问：“这位大嫂，听你口音是山东人吧，老家是哪儿的？”

这时小虎说：“妈，你看他的怀表跟俺爹的一模一样！”

齐润苗呵斥：“吃饭时别说话！一样的表多着呢。”

随后她就唱起歌来：

“莫笑鱼婆两鬓霜，

鱼婆愈老愈刚强。

儿郎尽管去打仗，

我为儿郎缝衣裳。”

满屋的人都惊呆了，邸万金嘴张得老大。小虎吓得喊：“妈，妈，你咋的啦？”

齐润苗像是变了个人，嗓音苍老低沉，听得人头皮子发麻。这四句唱词如诵经般发声开阔，又像宣誓似的慷慨顿挫。没人听过这歌，有中原戏曲的味道，但又说不上是哪个剧种。

唱完了，她冲方脸冷笑一声道：“我家即墨的，有事儿吗？”

方脸说：“没事儿，我就随便问问。山东是个好地方啊。”说完揣好怀表下楼了。

齐润苗脸色煞白。小虎要说啥，她说你快好好吃饭，一会儿还得上来人，不许再乱说话。

罗逸不知道这是咋回事，他看了一眼孙尔康，后者照旧不紧不慢地吃饭。

大概是真怕没命吃这顿饭，要不就是太饿了，鹰眼和铁青脸很快就上来了。

鹰眼先掏出三块大洋摆在书桌上，然后坐到罗逸身边。

“这是饭钱。要是不够就吱声。”他说。

铁青脸看了看锅和菜盆，咧了咧嘴说：“这他妈连一点儿荤腥都没有，太贵了点儿吧。”说完一屁股坐到齐润苗身边，手里的匣子枪啪地拍在桌子上。齐润苗皱了下眉头，往小虎这边挪了挪。

一看到这两个人邸万金就很紧张，看到铁青脸把枪拍到桌子上，他吓得赶忙用目光探寻孙尔康的反应。孙尔康仍按原来的节奏夹菜吃饭。

鹰眼发现并没人给他们盛饭，站起来拿个瓦片自己盛，同时呵斥铁青脸，说你还等人给你上菜咋地，快闭了臭嘴来盛饭吧！铁青脸倒很听话，立马乖乖地盛饭、吃饭。

大概是铁青脸“没有荤腥”这句话提醒了孙尔康，他从怀里掏出那盒罐头。

“跟大伙儿一起吃了吧，本想给你留着来着。”他把罐头递给邸万金，“你这叔给你的。”

邸万金乐得两眼放光，放下碗筷接过罐头，双手捧着逐面端详。

“我的妈呀，这么沉！”

小虎说：“让俺叔帮你打开，旁人弄不开。”

邸万金舍不得吃，问孙尔康：“先生，要是就这么吃了，村里谁也不知道哇。我要是光把空罐头盒拿回去，他们还得说我吹牛呢。不行，还是……还是……让我拿回村里给他们看看，看完了再吃吧，行不？”

孙尔康没吱声，眼睛看着桌面。

罗逸说：“这就吃了吧，叔这儿还有不少呢。等你回村时叔多给你带几个，跟你好的一人给一个。”

邸万金说：“那好那好！不过给我俩就够了。他们都不跟我好，我不给他们。我就是想当着他们的面吃，慢慢地细嚼慢咽地吃，好好馋馋他们！馋他们不算，还得让他们以后再不敢小瞧我！另外一盒我想给我文怀哥留着，他肯定也没吃过。”

孙尔康说：“那就快让你叔打开吧。”

邸万金还舍不得松手。小虎这次很乖，他本想说我叔已经一盒也没有啦，想起齐润苗的嘱咐，就没说。

铁青脸从他的背包里拿出一张崭新的钞票拍在桌子上推给邸万金："舍不得吃是吧，正好我馋了，卖给我吧。"

那是一张谁也没见过的灰绿色票子，左右分别印着宫殿和一个白胡子老头儿，中间竖着印有"百圓"俩字。

邸万金见过的最大面额的钞票是印着财神爷头像的五毛钱，这张钱上的"百"字他认得，下边那"圓"字就不认得了。小虎探过头大声念："百圆，'满洲中央银行'，大日本帝国内阁印刷局制造。"

"哈哈，对了，这是你们'满洲国'最大的票子，顶一百块大洋呢。这钱刚印出来没几天，还没几个人见过，拿去吧。"铁青脸说。见邸万金脸上呈现出没有概念的表情，他把钞票翻过来。

钞票的背面画着一眼望不到头的绵羊群，铁青脸指点那些绵羊："能数得清有多少只吗？这张票子能买下这整群羊！"

邸万金脸上现出难以承受的惊愕，他本想摸那张钱来着，听铁青脸这么一说便嗖地把手缩了回来。他脸涨得通红，抬头请示孙尔康。

孙尔康的脸变得蜡黄，腮帮子微微哆嗦。他盯着那张钱。

邸万金本想说这群羊比我放的都多呢，要不咱跟他换吧，一见孙尔康如此表情，吓得赶紧闭了嘴。

"钱你留着买羊吧，他不换。"罗逸说。

铁青脸使劲拍了一下钱："没问你，我问这小子呢！小子，到底换不换痛快儿给个话儿！"他眼冒凶光地盯着邸万金。

邸万金的脸更红，再一次用目光请示孙尔康。孙尔康把目光从钱上收回，拿过罐头递给罗逸。

“打开吃了吧。没人说过要换。”他说。

铁青脸想发作，鹰眼使劲吭了一声他才作罢。罗逸把罐头打开递给邸万金。

罐头的肉香在铺房里扩散，看着邸万金把肉块分给他们的人，铁青脸不由得使劲咽了口唾沫。他馋得发慌，看了一眼鹰眼，后者自顾低头大口吃饭。他不想放弃，问罗逸：“喂，你不是还有不少吗，我再加钱，你卖我两盒咋样？”罗逸嗤了一声道：“跟你说了钱你留着买羊，还非得让我再说一遍？”

铁青脸抓过枪噌地站起来，嘴里说：“我他妈还就不信了！”

鹰眼说话了：“你他妈不信也得信，从你一进屋，人家的单子儿剋就瞄着你呢。”

铁青脸立马停了动作，但有点儿不相信。

罗逸一只手放在桌子下面，眼睛盯着他。看他不相信的样子，冲他动了一下嘴角说：“要不试试？”

鹰眼谁也不看，自顾扒拉了一口饭，嘴里含着饭说：“快坐下吧，不然你他妈也变成单子儿剋了。”

方脸一下楼罗逸就把枪放到大腿上了。

铁青脸坐下，狠狠地瞪了罗逸一眼，咬着牙说：“小白脸，别急，有我收拾你的时候。”

罗逸笑着点点头：“嗯，听着了。”他又对鹰眼说：“没人说要收饭钱，大洋你也收起来吧。”

邸万金被这场面吓得不轻，端着饭碗半天没敢动。小虎倒没在乎，依旧吃得喷香。

孙尔康的脸色仍然难看，他大口吃完饭，去旁边对着墙抽烟。

这很少见，他一般喜欢去门口或外面敞亮的地方抽烟，尤其是屋里还有他厌恶的人。

齐润苗很快吃完，催小虎快点儿吃。她的脸色依旧苍白。

铁青脸临走时从背包里抻出一沓跟刚才一模一样的钱，冷笑着撕开牛皮纸绕子，使劲往上一扔，那些钱天女散花般满屋飞散。

“老子要走了，过了长城这些钱就他妈连烧纸都不如了。你们留着吧，就怕你们没命花。”

他狠狠地看了一遍屋里的人，和鹰眼一起出去了。

邸万金稍愣一下，扑下去捡满地的钱。孙尔康本来面壁抽烟，听到铁青脸的话转过身子，见邸万金捡钱，厉声喝道：“万金！”声音很大，吓得邸万金住了手不说，委屈得眼泪都要下来了。

有生以来，他还从未受过先生如此严厉的呵斥。

他眼泪围眼圈转地说：“先生，这……这么老多钱哪！咋办哪？”

孙尔康：“不许动它！”

邸万金万分不舍万分不解地站起来。

小虎突然说：“悄悄儿！悄悄儿！”

所有人都停了动作住了声。小虎皱着眉头往门外看，他显然听到了啥危险的声音。“虎儿，你听着啥啦？”齐润苗问。小虎不吱声，看来他还不能分辨出听到的是啥声音。

到这时人们才发现外面较之前更静——村子那边似乎连畜禽的声音都没有了。

罗逸屏息静听，并没听到有啥特殊的声音。齐润苗搂过小虎，脸色愈发苍白。孙尔康冲门端坐，手里平端那杆两拃长的烟袋。

只有邸万金未对小虎的话产生关注，他仍盯着满地的票子。

终于有了声音，满屋的人都听到了。

就听东边山坡上嗵的一声响，随即天上有吱吱的钻天猴升空般的啸叫。没等声音变大，罗逸喊一声："快趴下！"一把就把小虎和齐润苗按倒了。这喊声和动作把邸万金吓坏了，他愣在那儿，直到迫击炮弹在外面炸响，他才捂着脑袋趴到地上。

孙尔康依然端坐。

铺房的拱顶被震得哗哗掉土。炮弹大约是在敌台外面炸的，因为除了强烈的炸响和震撼，并没见有石头瓦块崩进来。

小虎要站起来，罗逸继续按着他说："别动！"

第二发炮弹迟迟没有打过来，罗逸想站起来时它才来了，连着来了三发。拱顶被震得掉下好几块砖，幸好没砸到人。门外还是没有石头瓦块崩进来。

四发炮弹过后外面似乎有人在喊。罗逸爬起来，猫着腰跑出铺房。

敌台上没见有弹坑，喊声来自东边。罗逸跑到东面的垛口底下，想了想又跑过去端起饭锅，擦巴擦巴，举着去了垛口。他先把锅举出去，看没挨枪，才慢慢把头伸到锅后面。

他把锅稍微往上抬了一点儿，看到东南方向的山坡上竖着一门迫击炮，炮边上站着俩鬼子，有一个手里还捧着一发炮弹。在他们前面几步远的地方站着个军官模样的鬼子，是他在喊话。

敌台底层，方脸拿着一只望远镜顺门缝往外望，看清喊话的是个枯瘦的日本军曹。

那军曹的嗓门倒不小，罗逸听清他在用日语循环喊："限你们一个小时交出杀人者，不然就炸平敌台……只要交出凶手，我保证其他人没事……你们考虑好，一个小时后炮弹就不会落在敌台四周了！"

罗逸方明白刚才那四发炮弹是有意打在敌台周围的。山坡上的鬼子看到了铁锅，但没开枪。

罗逸回到铺房对齐润苗说："嫂子，你带小虎出去吧，就说是来寻亲的，他们不会把你们咋样。把万金也带出去，他一个放羊的，照说没事儿。"

齐润苗说："不行了，俺得留下。让万金带小虎出去吧。"

邸万金说："不行！我不出去，他们非弄死我不可。"

罗逸问齐润苗："为啥？出去总归能活着。"

齐润苗说："你呢，你不走？"

罗逸说："当然走。你们先走，我随后再走。我是说，你们用不着跟我硬往外闯。"

齐润苗说："俺也随后才能走。"

罗逸说："嫂子，到底为啥？"

齐润苗说："那好，俺告诉你。俺就想看看那小子的怀表盖里是不是刻着俺孩子他爹的名字。"

第九章

这是个晴朗的天儿。日头出足之后气温升得很快，没风。要是平常，老头儿们早该聚到正街的南墙根晒太阳了，今儿个都站在自家院子里往娃娃楼张望。跟清早不同，家家户户的大门都紧闭了。

村后东边的山坡上，瘦军曹不喊了，但一直保持立正的姿势。

他一只手不时举起来示意，那手里攥着一只手表。他身后的鬼子并没把炮弹放回箱子，炮弹沉，俩鬼子轮流抱着。

这里的十多个日伪军归这军曹指挥。他本来是带领这个分队到长城一带"剿匪"的，昨天刚到永安堡，队伍还没休整就接到新命令，让他率队到石门村接一个叫鬼作的日本人。命令很简单：天黑前在村外的长城脚下等这个鬼作，对上暗号后把他安全地带到锦西县城交给一个叫麻秸十一的中尉。他不知道这个鬼作是啥人物，但能肯定这人不寻常，不然不会让他带着全分队的人马来接。乡里派刘三顺给他当向导，说是方圆百里最好的、最可靠的向导。

军曹行事精细谨慎，他刚过晌午就到了，为了不过早惊动村民，他和队伍藏在林子里，天傍黑了才进村。然而他还是办砸了差事——活着的鬼作没接到，死了的日本人倒是抬下来一个。日本人和中国人模样上没啥区别，若不是那人死透之前嘟囔了半句日本话，他们甚至不知道他是一个日本人。

没人认得鬼作长啥模样，也就是说无法判断死尸是否就是鬼作。军曹立刻派刘三顺带着个日本兵连夜去往永安堡，那里有电话，可以向他的上级汇报，他则布阵围住了疑似藏有凶手的娃娃楼。

那个日本人是被攮死的。死尸的旁边有血迹延伸至下山的小路，说明杀人者受了伤，并向村子这边走了。

昨晚军曹几乎一宿没睡。楼里究竟藏了多少人不知道，对手有多少武器也不知道，但起码是不止两条枪，而他得把里面的人一个不差地活着抓出来才好交差……所以，攻楼，尤其是夜里攻楼不是明智之举，那样双方都会有伤亡。他还得保证楼里的人一个也不能逃掉，也就是说一个也不能死、一个也不能逃。这很难，因为楼里的对手显然不是普通的流匪，而他手里只有并不算多的兵马，所以，这一宿他够累的。

但他不能光这么围着，他咋说也得在太阳再次落山之前把人全部抓出来，因为再黑天他没把握还能围得住。

太阳出来后他下了决心——他不想等太久，他要在去永安堡的日本兵带回新命令之前有所作为，这作为就是让敌台里的人自己走出来。

听齐润苗说出有关怀表的话，罗逸大吃一惊，他没想到那三个人会和齐润苗的丈夫有关联。

或许，她不必去佳木斯了……或许，一切都可以在这座敌台里找到答案，他想。

像是要肯定他的想法，就听孙尔康说：

“等会儿再走就等会儿再走吧，不急，没准大伙儿要找的东西都在这楼里面。”

孙尔康仍保持炮弹炸响之前的姿势，只是脸色有所恢复。他缓缓地扫视一遍屋里的人，脸上飘过一丝不寻常的冷笑。

这笑让罗逸后脊梁发凉，他看了一眼齐润苗，发现她竟然也在冷笑！并且，她的笑里面还带着几分亢奋。

罗逸说：“可是，日本人一个钟头后就要把这楼炸平啊。”

齐润苗说：“那就在炸平之前死个明白！也让下边那三个人死个明白。他叔，你能帮我最好，要是不方便，就把枪借我用用。”

孙尔康问罗逸：“刚才那日本人是咋说的？”

罗逸说：“他们限一个钟头把杀日本人的人交出来，不然就炸平这座楼。还说只要交出这个人，别人都没事儿。”

一听到这话，邸万金的脸都红得有点发黑了。

“我不去！我不去！”他喊。

孙尔康说：“万金啊，别害怕。我说了这事儿跟你没关系。”

邸万金愣了愣，又喊：“先生，我没撒谎！我没撒谎！是我杀的，是我杀的！你咋就不信呢！”

他终于哭了，委屈的眼泪成双成对往下滴。他一边抽搭，一边把手伸进怀里掏出一块大洋。

“那个日本人求我饶了他，给了我五个呢，下山都跑丢了，就剩这一个了。我寻思留着过年给你买槽子糕和打酒呢。”

他举着那块大洋。

孙尔康接过大洋放到桌子上，说：“万金哪，没人说你撒谎。只是，只是，这事儿不是没人看着吗？”

邸万金赶紧说：“没人看着。哦，我快进村时遇到刘三顺带人往山上走。”

“所以说，这事儿只要你自己不说，别人不会知道。日本人追你也是瞎猜的，你不用害怕。这事儿还不能让楼下那三个人知道，他们要是知道了估计得绑你去领赏。所以再不许说这事儿了，记住了吗？”

孙尔康的这句话让邸万金长长地出了一口气，脸色立刻有所缓和，眼泪也止住了。“嗯，记住了，先生。记住了。”他说，然后逐个看了一遍屋里的人，包括小虎，或者说尤其是小虎。

看着后者正像他期待的那样吃惊地仰视他，邸万金一边享受着人生第一次被崇拜，一边感叹原来被崇拜竟然如此美妙。他的眼泪又流出来了，还是大滴大滴成双成对的。

“哥，你真是条汉子！”小虎说。

他的这句话是跟他爹学的，这是他第一次用这句话夸人。邸万金幸福得几乎眩晕，他抖着手摸了下小虎的头说：“这算啥，不算事儿！等会儿我慢慢给你讲是咋弄死那个鬼子的。”

齐润苗说：“日本人的话不能信，不能把人交出去。交出去了大家只能死得快。”

孙尔康没表态。

罗逸说：“这话说得对。嫂子，我这就下去想法看看那个人的怀表，如果上面果真有小虎他爸的名字，你就留下，如果没有，你马上带俩孩子出去，行不？”

齐润苗说：“行，就这么办。不过俺看那表有九成是孩子他爹的，除了链子，太像了。”

外面又有喊声，罗逸跑出去了。

孙尔康说：“万金，小虎，你们俩干点活儿，帮我把地给扫干净喽。”

说完他站起来，转过身面向墙上的画像。

邸万金答应一声，去墙角拿过笤帚和撮子。齐润苗要拿笤帚，邸万金说这点活儿不用你伸手，我和小虎几下就干完了。小虎很高兴大人能给他分配活儿干，他去地上捡那些钱。

邸万金先把掉下来的砖抱出去，然后扫地上的土面子和钱。扫了几下，觉得不该就这么把钱扫进撮子，便也和小虎一样一张张地捡。

这时就听小虎说：“哎，这钱上的老头儿是不是就是墙上的那个呀！衣服一样呢，都是唱戏的衣服。”

听他这么一说，邸万金赶忙拿起一张票子吹干净端详，一边端详一边说："不像不像！这老头儿白胡子，墙上的是黑胡子。小虎你可不许乱说，墙上的可是孔夫子，我和我先生每天早晨都得拜三拜呢。"

他抬头仔细看墙上的像。

"再说了，"他接着说，"钱上这老头儿多好看，四方大脸排排场场的。墙上的挣乎着鼻孔眼、龇俩大门牙不说，还大奔儿楼头扫帚眉，多砢碜呀。"

"万金，别说了。"齐润苗赶紧制止。她看到孙尔康的腮帮子又在哆嗦。

邸万金这才意识到说错话了，咧了下嘴，脸又通红。

齐润苗不认得钱上的老头儿，她认得墙上的。她小时候上过几天私塾，私塾里也供着跟这张一模一样的像，连画像下边的字都一模一样——大成至圣先师。她那时每天也必须和先生一起冲画像行礼。她记得先生说过，只要是个两条腿的人，不拜如来都得拜孔子。她虽然到现在也没悟透先生这句话，但毕竟知道墙上这个确实很丑陋的老头儿是不可亵渎的。

"其实，其实，"邸万金望着孙尔康的后背掂量补救的词儿，"其实人不可貌相……再说了，我先生说了，孔子天生就长这模样，这是他爹妈给的，没办法啊。"

孙尔康没回头。齐润苗捅了一下邸万金，小声说："万金，住声儿吧。"邸万金这才闭了嘴。

齐润苗赶紧帮着捡钱。那些钱她没见过不说，如此嘎嘎新的纸她都没摸过。崭新的东西都招人稀罕，齐润苗一时间也不太忍心就这么把钱和土面子混在一起，她捡起一张吹一吹弹一弹，立刻，咫尺之间，白胡子老头儿在鲜亮的纸面上凝望着她。

齐润苗的心不由得呼扇一下。让她心里呼扇一下的倒不是老头那气宇非凡的相貌和似悲似哭的表情，而是老头的眼睛。那双像是含了泪的眼睛倒竖着，外眦几乎睁得开裂，眼中的悲悯和哀伤直刺人的心肺！

齐润苗被刺得不忍再看，赶紧把钱翻过来……背面看着舒服多了——低矮的流云之下，数不清的绵羊在吃草，绵羊个顶个健康肥硕，远处，一个戴高帽的牧羊人在看守着这些羊。

她不由得抬头仔细端详了墙上的孔子。被万世崇仰的孔子长着一如郾万金描述的相貌，他颔首低眉，呈极其谦卑的表情和礼姿，一只留着长指甲的拇指露于袍袖之外。

这时，小虎问了一个最该问的问题："那，钱上这白胡子老头儿到底是谁呀？他要是不出名也不能印钱上啊。"

这一问救了郾万金，他终于可以说话了："小虎，不许再瞎问！这都是大人的事，说了你也不明白。"

小虎不服气，想向他妈寻求答案。齐润苗说："你哥说得对，快干活儿吧。悄悄儿点，听着外面的动静。"

孙尔康说话了："不能糊弄孩子，该告诉他。"他转过身，"万金，小虎他说得对，那钱上印的，也是孔子。"

齐润苗愣在那里。

孙尔康的腮帮子已经不再哆嗦，脸色也不那么难看，但说话的声儿变得细哑怪异。

在这座敌台里，只有他知道钱上的老头儿是孔子，因为他知道钱上的宫殿是哪儿。

那是哈尔滨文庙的正殿，叫大成殿，是规制超过了曲阜孔庙大成殿的祭孔殿堂。那座文庙是张学良建的，孙尔康专程去拜过，带着孙文怀。

说完话，孙尔康上前双手摘下墙上的画像，端详了一会儿，嚓嚓几下扯了。

邸万金吓得张大了嘴。齐润苗说："叔，这是咋的啦！"

孙尔康自顾把扯碎的画像扔进撮子，然后看了一眼齐润苗，说："他救不了咱。"说完从邸万金手里拿过撮子和笤帚，把最后几张钱扫进撮子，再把桌子上那块大洋也扔进去。

他拎着撮子出了铺房，为防止撮子里的东西被吹走，用笤帚捂着。他也没猫腰，就那么走到敌台北面，一扬手把撮子顺垛口扔了出去。远处的日本兵哇啦啦喊了几声。

罗逸跑过来拽他蹲下，"大叔，不能让日本人知道楼里有多少人！"他说。当时他正蹲在拱洞口往下面张望。

垛口外面，一百张票子和碎画随风飘下。

"日本人说啥？"孙尔康问。

罗逸压低声音说："日本人说他们只想抓杀人的，只要把人交出来，他的兵就全部撤到村子里，敌台里的其他人可以顺山道离开。"

孙尔康说："啊。"

罗逸说："杀人的八成就是下面那几个人。我先不能下去，咱得把顶板压上，他们不见得听不懂日本话，我怕他们上来抓咱们顶罪。"

孙尔康立马就过去搬顶板，但还是晚了一步，他和罗逸只来得及压上一侧的顶板，鹰眼和铁青脸端着枪从另一侧拱洞上来了。

他们用枪逼住罗逸和孙尔康，鹰眼说："你们俩老实儿地蹲在这儿别动，不然枪子儿可不认人。"铁青脸示意罗逸把枪交出来，罗逸掏出单子儿剋递给他。铁青脸往后退了一步说："扔地上吧小子，我怕你再给我来个大背跨。"

孙尔康问："你们要干啥？"

鹰眼说："对不住了，大伙儿得保命，不能陪你们一块儿死。一人做事一人当，要是个爷儿们，你们就痛快儿说出是谁干的。"

罗逸说："这话得问你们自己吧。你脸上的伤是咋弄的？"他问铁青脸。

铁青脸一咧嘴："那日本人挠的。你信吗？"

鹰眼说："你废话不少，明摆着就算是俺们干的俺也不能把自己绑出去自首。所以你们好歹交出一个吧，交出一个救下七个，这事儿合算。再说，让女人孩子陪着一块儿死也不仗义不是？"

孙尔康说："把枪收起来吧，我出去。"

他站起来。

罗逸说："大叔快蹲下，也不是你啊！"

孙尔康站着没动。

鹰眼嘻嘻一笑："不是他是你呗，你想替他去？我看你下山时手上就有伤，没准儿真就是你干的。"

罗逸说："说对了，就是我干的。走吧，我出去。"

鹰眼和铁青脸对视了一下。鹰眼说："行，是条汉子。不过就算是你干的也不能让你出去，你还有用处。"

孙尔康说："跟别人都没关系，是我杀的。"

鹰眼又一笑："没想到这事儿还有争着抢着的，佩服。虽然老头儿你手上的伤是后来弄的，但从一开始我就知道肯定是你干的。不过你也给我蹲下，不能让你出去，你也还有活儿干。"

他用枪逼孙尔康蹲下，示意铁青脸去铺房。铁青脸端着枪进了铺房，铺房里传出邸万金的喊声：“我不去！我不去！不是我！”

铁青脸押着邸万金出来了，他用匣子枪顶着后者的背。张皇无助的邸万金一看到孙尔康立马拼命喊：“先生，他们要抓我出去！”见孙尔康蹲在那儿没说话，便回头自己跟铁青脸解释：“真不是我干的！我放羊回来时见那个日本人躺在路边，身上都是血，他还没死，举着五块大洋，嘟囔着日本话让我救他。我害怕，拿着大洋就跑了。”

铁青脸说：“那你他妈跑啥！你要是不往这儿跑不就没这些麻烦了吗？操！”

邸万金说：“刘三顺带日本兵去我家找我，我要是不跑，他们非把我抓去审问不可。”

“看来审问你是脱不了啦。”铁青脸拿枪捅了他一下，“走吧，你去最合理。别人去了他们也还得要你！”

邸万金绝望地看着孙尔康：“先生，你帮我说说呗。其实，其实我是吹牛呢，我真没杀人！”他眼泪啪嗒啪嗒往下掉，“先生，从小到大我没干过一件给你长脸的事儿，谁都欺负我，谁都瞧不起我，我寻思反正也没人看见，我要说是我杀的，村里就再也没人敢欺负我了。都怪刘三顺那王八犊子，要不是他瞎说，日本人咋地也不能抓我呀！”

铁青脸嘿嘿一笑：“知道吹牛得上税了吧！看来抓你抓对了。那就走吧小子，还磨叽啥，再不走他们该放炮了。”说完又拿枪捅邸万金。

见孙尔康还是没说话，邸万金脸上的绝望变成了惊讶，他无论如何也想不到先生会不救他。终于，他用袖子擦了擦眼泪对孙尔康说：“先生，那我就跟他们去了啊。我就求你一件事，还是跟村里人说是我干的吧，那样我就能给你和俺老邸家长脸啦。我要是死了，求你把我埋我爸脚底下顶脚！”

他最后抽搭一声，要跟铁青脸走时，孙尔康抽出袖子里的匕首捅向鹰眼！

匕首是罗逸的那把，昨晚交给他的。

鹰眼的枪口本来一直对着罗逸，见孙尔康拿刀扎过来，一边往后躲一边要朝孙尔康开枪。罗逸扑过去托他的手腕，另一只手冲他脸上就是一拳。砰！枪响了，子弹射到空中，鹰眼仰面倒下，王八盒子掉到地上。罗逸去捡枪，枪刚抓到手后脑挨了一下，就啥也不知道了。

罗逸醒来时发现自己倚在垛口下，脸上凉丝丝的，是齐润苗在拿湿抹布给他擦脸。

“妈，俺叔醒了。”小虎在说话，他也蹲在旁边。

罗逸看着齐润苗和小虎，眼珠转了几下就往旁边撒目。“小广东呢？二毛呢？”一边问一边要站起来，无奈腿脚不听使唤。齐润苗知道他脑子还没恢复，以为是在八天前。

罗逸眼眶子疼得厉害，恶心，想吐，他闭上眼睛。小广东和二毛出现在他脑子里，小广东的肚子被捅漏了，肠子花花绿绿流了一地。

罗逸再次睁开眼睛时人基本清醒了，他摸了一下，头上缠着布。他扫视了周围，方脸蹲在不远处，没见其他人。

“万金呢？万金哪儿去啦？叔呢？”他问，还是要站起来。齐润苗说：“没事了，万金和叔在屋里呢。”罗逸松了口气，不再试图站起来。

方脸把手里盛着水的碗递给齐润苗，示意她喂给罗逸喝。

方脸上来时鹰眼正在扒拉看罗逸是否还有气，旁边孙尔康和邸万金被反绑着拴在一起。鹰眼的鼻子还在流血，他从衣兜里拿出块纱布卷成卷塞住鼻孔。那边铺房的门关着，小虎伏在门上一边哭喊一边拼命拍门。没见到铁青脸。

方脸把枪掖到腰里，过去拉开小虎，冲门里喊："够了，出来吧。"铺房里传出齐润苗不是声儿的嘶喊，门没开。方脸抬脚踹，没踹开，显然是里面用桌子给顶上了。方脸用膀子撞，撞了两下撞开了。他进去，随手关上门。小虎被关在外面，更大声地哭叫着拍门。

门很快又开了，齐润苗衣衫不整地跑出来。小虎抱住她："妈，你咋的啦咋的啦！"齐润苗蹲下身抱住他，一边说："虎儿别害怕，妈没事儿。"一边咬着牙捋头发。

铺房里，铁青脸一边提裤子一边满脸讪笑地冲方脸说："我说大哥你也真够可以的，再等半袋烟的工夫我就成了。"其实，他一关上门就把自个儿裤子褪了下来。他脸上脖子上新添了好几道挠痕。

方脸也不吱声，径直走到他跟前，待他系好裤带后一个嘴巴子扇过去，很重，扇得铁青脸身子都晃了一下，他继续讪笑。方脸又扇了一个，更重。铁青脸依然讪笑。方脸骂："妈的，把你劁了才能有记性？"连着又扇了俩。铁青脸终于不笑了，嘟囔了一句："那娘们儿的咂儿也忒大了。"方脸吼："快滚！不然我崩了你！"铁青脸这才抓起桌上的枪出去了。

罗逸是被铁青脸用砖给拍晕的。当时邸万金被吓得一动不动，铁青脸一脚把他踹跪下，从地上抄起一块青砖拍在罗逸的后脑勺上，罗逸立马软塌塌地趴地上不动了。鹰眼被打倒后一个就地十八滚滚出老远，孙尔康没扎着他，自己反扑倒了，匕首脱手飞到垛口下。他爬起来要去捡，被鹰眼先捡到了。他要回来捡地上的枪，枪已经到了铁青脸手里。

鹰眼和铁青脸绑好孙尔康和邸万金，鹰眼说快点儿下去吧，一会儿该到时间了。

方脸从铺房里出来，对鹰眼说："放了他俩！"

听方脸如此说，鹰眼便问："咋，变啦？"口气相当不满。铁青脸咧了下嘴，一副意料之中的表情。

"是，变了。咋，不想照办？"方脸说，盯着鹰眼，眼睛里射出阴森的威严。

鹰眼使劲儿叹了口气："我哪敢哪，司令。"

方脸喝道："闭嘴！"

这之后鹰眼和铁青脸按着方脸的指令给孙尔康和邸万金松了绑，然后先下楼去了。

罗逸喝下几口水后站起来。

"叔和万金到底咋的啦？我去看看。"他说。

齐润苗说："万金吓得犯病了，上不来气，俺给掐半天人中才缓过来。完事就跑屋里不出来，叔陪他呢。"

方脸问罗逸："你能走吗？能的话马上下去。"

他掏出怀表，打开盖，看了一下时间。齐润苗离得很近，想要探头去看时方脸把表合上了。

"大家都去下边吧，日本人马上该打炮了。"他说，看了一眼齐润苗。

罗逸不知道这期间发生了啥，他觉得只能听方脸的，便去铺房喊孙尔康和邸万金。他头晕，走路有点闪脚。

铺房里，邸万金坐在凳子上，孙尔康在一旁给他摩脑袋拽耳朵。见有人进来，邸万金把脸埋进孙尔康怀里，喊："我不去！我不去！不是我干的！”他的脸已经不再紫红，变得青灰。

孙尔康和罗逸好不容易才把他哄下楼，他一直紧攥着孙尔康的手大口捯气儿，随时要窒息的样子。

底层拱室，鹰眼和铁青脸分别守在前后门。一看到这两个人，邸万金立马浑身哆嗦地抱住孙尔康。

铁青脸半边脸肿着，见到齐润苗，猥亵地打了个响舌。小虎朝他使劲吐了口唾沫，指着他一字一顿地说：“你个老鳖羔子，不得好死！看俺爹回来不宰了你！”

铁青脸没想到这小孩儿敢这样骂他，还骂得如此沉稳。他挠挠脖子，没吱声。

齐润苗拉小虎走开。

孙尔康靠着墙坐下来。他从没这样席地而坐过，以往即便是下地干活，也得屁股底下垫上东西才坐。他毕竟老了，刚才的体力透支让他承受不住。他示意齐润苗和小虎坐到他身边。

方脸和罗逸站在拱室中央。

罗逸问：“咋改主意啦？”

方脸说：“因为那不是最好的办法。”他直视了罗逸的眼睛，眼神不再飘忽不定。

“现在，连最差的办法都没有了吧？”罗逸说。

“不一定。”方脸说。

外面传来几声喊，是那个军曹。罗逸听出是在警告还剩最后五分钟了，这之后外面一片寂静。

鹰眼和铁青脸都回头往方脸这边看。

方脸掏出那盒洋烟，过去递给孙尔康一根，孙尔康没理他。他也没在意，去后门送给鹰眼一根，再去前门给铁青脸一根。他回到罗逸跟前，示意是否也来一根。

罗逸要了一根。那烟不是个味儿，有股马尿臊，罗逸抽了一口就扔了。

方脸说："现在如果让你说了算，你说，还有活路吗？"

罗逸苦笑一下："炸不死就有活路。我算计他们这种迫击炮没个几十发轰不塌敌台，所以不急，就算他们的炮弹够用也得轰好一阵子呢。这工夫不短，容咱们这好几个脑袋慢慢想办法。"

方脸又掏出怀表看时间。近在咫尺，怀表在方脸手里握着，表盖外面冲着罗逸。罗逸有了主意，他抬起手腕看了看手表，然后探过头去想跟方脸对时间，这时小虎说话了。

"大马！有人骑大马过来了！"

这声喊，让敌台里本已经高度紧张的人们更是屏住了呼吸。外面还是那么静，没人听出有马蹄声。

方脸收了怀表，去南门往外望。

马蹄声没有，军曹的喊声倒是又来了。罗逸听出他是在喊："预备！"

罗逸跑到东面的箭窗，顺木板缝往外望，见山坡上的军曹和迫击炮手都直勾勾地往村子那边望。

村子那边似乎有了骚动。

罗逸跑回来，对孙尔康他们说："你们谁都别动，等我！"说完顺拱洞上了台顶。这时敌台里的人开始听到马蹄声。

罗逸爬上台顶，猫着腰接近垛口，捡起锅，举着探出头。就见村子里跑出一人一骑，是个鬼子。马跑得风快，径奔东边山坡。马上的鬼子不停地呜里哇啦喊，罗逸听出他是在喊："停！停！不许开炮！"

军曹和炮手们还是直勾勾地往骑马的这边望。

马很快到了他们跟前，马上的鬼子飞身下马，军曹和炮手立正敬礼。那鬼子也不还礼，上去就扇了军曹个嘴巴子。离得远，罗逸听不清他嘴里骂的啥。打完骂完之后那鬼子指着敌台给军曹下命令，军曹直溜地听着，听完后敬礼，让捧着炮弹的那个炮手把炮弹放回箱子。

骑马的鬼子重新上马，没奔村子方向，而是径直往敌台这边来了！罗逸赶紧往回缩了缩头。

那鬼子控制着马，碎步走下漫坡，眼睛一直盯着敌台。他越来越近，罗逸看清这鬼子的年龄和自己相仿，长着凶悍的三棱子脑袋和同样凶悍的小眼睛。他精瘦矮小的身体随马步的节奏同频起伏，一边前行一边上下观察敌台，脸上呈调控过的平淡和轻蔑。他肯定看到了罗逸的铁锅，但目光并未做停留。到罗逸能看清他的领章时，才拨转马头，贴着那条凸起的小道往村子跑去。铁青脸在下边大声骂：“小日本我日你祖宗！”

小道两边站起几个日本兵向马上的鬼子敬礼。

骑马的是个中尉。他眼睛里的凶光让罗逸想起了山海关城外的日军哨兵。

第十章

村后面有一块平展光敞的开阔场地，是村民共用的场院。粮食早收完了，打场造就的地面像柏油路一样硬实。

一个时辰后，场院中央摆了一只帆布条的马扎子，军曹直溜儿地站在马扎子旁边。

三棱脑袋到了之后军曹就交出了指挥权。他派去的通信兵给他带回了新命令：他的队伍临时配属给麻秸十一的部队，直到任务结束。也就是说，在麻秸十一认为他可以离开之前，他和他的手下都得受这个无直接隶属关系的军官指挥。

三棱脑袋就是麻秸十一。昨晚他得知情况后立刻带着十多个鬼子坐汽车赶往永安堡，在那里弃车换马奔石门村来。刘三顺和军曹的通信兵一同回来。他们的马队后面还有一挂单驾辕的马车，上面绑着一老一少两个男人。

现在，三棱脑袋站在军曹身后五十步开外的矮墙边，准备实施他设计好的仪式。他身后站着三个刚带来的日本兵，其他的都充实到山坡上助围娃娃楼了。之前军曹带来的几个伪军全被撤走，眼下敌台外边除了刘三顺全是日本人。其实三棱脑袋最初的想法是让军曹的人全部撤走，听了军曹的汇报后改了主意。

仪式开始。一个日本兵嗷地喊了一嗓子，仨日本兵齐刷刷地咔嚓一声跺脚立正，远处的军曹也同时跺脚立正。立正完毕，三棱脑袋直视正前方的娃娃楼，手扶军刀正步往前走。他个子矮，军刀几乎拖到地面，扶着或者说握着军刀一方面可以提升威严，另一方面主要还是为了把刀拎起来一点儿，避免耷拉到地上。

他一步步走到军曹身边，转身，咔嚓一跺脚，和军曹互相敬了个礼，然后再转身，面对敌台坐到马扎子上。他左手拄着军刀，右手放在膝盖上，腰挺得溜直。

铁青脸一直用匣子枪瞄着三棱脑袋，嘴里不时发出“啪啪”两声。场院的位置长枪都够着费劲，短枪根本够不着。

方脸他们仨一直在底层，方脸坐在一只倒扣的水桶上，端着望远镜，拧着脖子往外看。门缝窄，还是竖的，他只能这么看。望远镜还不错，三棱脑袋的马扎子怎么摆的都看得清清楚楚。他过去一直不太明白日本兵为啥不像常人那样舒服儿地横着坐在马扎子上，而是把马扎子顺裤裆骑着坐，今儿个见到这三棱脑袋的坐姿，方明白是咋回事——这么坐可以最大程度地拔高腰和脖子，从而让上半身显得高一些，进而增加威严。

鹰眼蹲在铁青脸腿旁，一边用火柴杆抠牙一边眯缝着眼睛往外看。

罗逸举着铁锅伏在垛口，孙尔康他们在铺房里。

三棱脑袋制止开炮后齐润苗就主张到楼上去，孙尔康坚持要留在底层，后来邸万金也不停地央求要去上面，孙尔康才不再坚持。

三棱脑袋坐稳后，刘三顺从后面碎步跑上来，手里拎着个纸壳子糊的大喇叭，他跑到三棱脑袋左边站定。三棱脑袋向右边的军曹伸出手，军曹递上一个和刘三顺手里一模一样的纸壳子喇叭。

三棱脑袋清了清嗓子，对着喇叭喊日本话。喇叭扩音效果不错，娃娃楼里的人都听到了，只是不懂日语的人听不明白。

三棱脑袋喊了两句，停下，向刘三顺摆了下手。刘三顺举着喇叭翻译："楼里的人听着，楼里的人听着，杀人的凶手已经抓着了，已经抓着了。你们不用害怕，皇军不会杀你们了，你们可以走了。"

对于敌台里的人，这句话所产生的震动不亚于此前的四发炮弹。

反应最强烈的当数邸万金，他松开了紧攥着孙尔康的手，喊："总算抓着了啊，先生，咱能回家了！"

孙尔康对他嘘了一声，又示意齐润苗看好孩子，然后猫着腰出了铺房。他来到罗逸身旁，顺铁锅下面的缝隙往外望。

就算不知道四周的日本兵增加了一倍，敌台里的成年人也不信日本人会这么轻易让他们离开。铁青脸骂："操，猫玩耗子呢！"

方脸紧锁眉头。其实，他日语的水平不次于罗逸，三棱脑袋话一出口他就知道这是日本人要新花样了。因为三棱脑袋的原话是"可以不杀你们"，而不是刘三顺翻译的"不会杀你们了"。

三棱脑袋似乎也对刘三顺的翻译不够满意，他瞪了刘三顺一眼，刘三顺吓得赶紧立正哈腰。

三棱脑袋接着说日本话，停顿后刘三顺接着翻译："可是……可是你们得把拿走的东西交出来！"

"皇军不要人，光要东西。你们交出了东西，皇军就全部撤退。"

"只要东西！"三棱脑袋阴沉地低声纠正。看来他不仅会说中国话，还不是一般的会。

刘三顺赶紧纠正："只要东西！皇军只要东西！"

军曹凑到三棱脑袋身边耳语了几句，三棱脑袋摆了一下手，军曹回到原位。军曹的这个动作吸引了方脸的视线，他这时才发现军曹身上多了样东西：一个破旧的背包。方脸记得他早晨站在迫击炮前喊话时身上没这个背包。

方脸放下望远镜，骂："妈的到底还是坏在他手里了！"

他把望远镜递给铁青脸："你自己看看吧，看那军曹身上背的啥！"

铁青脸接过望远镜，他右眼包着纱布，只能用单只左眼往外看，看完了骂："操！"

三棱脑袋继续说，刘三顺继续翻译："如果你们交不出东西，一会儿就能看到下场！"

三棱脑袋扬了下手指，刘三顺退后站立。

敌台内的八个人眼下呈三个临时集团，听完以上喊话，三个集团的人均沉默互视。

军曹向后转，喊了一声。矮墙后的房子里应声而出三个人——俩日本兵押着一个中国人。

那个被五花大绑的中国人身形高大壮实，满脸是血，看不出有多大年纪。他拖着一条腿走路，看来是受了很重的伤。

虽然离得远，孙尔康还是一眼认出这个人是董家富，他表弟。

他扶着垛口的手哆嗦了一下。

日本兵押着董家富往这边走。走到半道时董家富停下来往娃娃楼上望，日本兵拿枪托戳了他一下也没动地方。方脸在望远镜里看到他的一只眼睛都肿封闭了。

孙尔康觉得他是在看这口铁锅。

董家富被押到场院中央时三棱脑袋站起来掏出枪，军曹赶忙凑到他跟前说话，像是在劝他不要杀这个人。三棱脑袋盯着他骂了一句，他才退后站立。

俩日本兵踹董家富的腿，想让他跪下。董家富的腿已经很软，一踹就弯了。但他没跪，而是顺势侧坐。三棱脑袋不满意，日本兵使劲把董家富提溜起来，踩住他的小腿肚子架住他的肩膀，才完成了仪式要求的跪姿。

三棱脑袋拎着枪站到董家富身后，枪口对着董家富的后脑，就要开枪时董家富仰头喊了一句："不用了！没事了！不来了！"

军曹又凑过去跟三棱脑袋说话。

三棱脑袋凶狠地摆了一下手，军曹退后。三棱脑袋拎着枪绕到董家富对面，低声喝问："说，啥意思？"

董家富盯着他吐了口血唾沫。三棱脑袋咬着牙原地转了一圈，然后回到董家富身后。手枪响了，俩日本兵松了手，董家富的脑袋往前蹦了一下，身子被脑袋拽着仆倒。

孙尔康跌坐在地。

三棱脑袋掏出块布擦了擦手和枪，把枪装回枪套。他又坐到马扎子上，从军曹手里接过喇叭，喊了几句日本话。

刘三顺翻译："如果交不出东西，你们谁也活不了，这个人就是下场！他全家已经全被皇军给杀了！"

孙尔康气儿不够用，大口大口喘。

罗逸虽说见过小广东花花绿绿的肠子，但还从未现场看过杀人。他想吐，赶紧蹲下来，干呕了几下没吐出来。

昨天被杀的日本人确是鬼作，杀他的，确是孙尔康的表弟董家富。

董家富走山路来石门村找孙尔康，快到了时遇到个埋里埋汰的小个子跟他打听山下是不是石门村，这人虽操一口流利的中国话，但常年跟日本人打交道的董家富还是听出了日本腔。也该着这鬼作死，也该着和这件事有关的人要有劫难，鬼作转身时脚下一滑摔了一跤，这一跤，把背包里的手枪给摔了出来，是一把锃亮的小张嘴蹬撸子。

表面上，董家富是个交游广泛八面玲珑的人，加之他在乡公所公干的身份，所以没人会想到他和造反抗日有关系。其实，他很早就给郑桂林当过联络员，眼下正和山林队的人商议举事。

鬼作那把张嘴蹬撸子是董家富梦寐以求之物。他认识的人中只有两个人有这种枪，一个是郑桂林，另一个是狮子山大当家的马大牙。后者曾在他面前没完没了地拿鹿皮擦那宝贝。他知道这枪金贵，拥有它的都不是一般人，就算不是郑桂林那样的真司令，起码也得是马大牙这种敢自封司令的。当时看着那把稀罕人的小撸子掉进草窠，其貌不扬的日本人俯身去捡它，董家富心中生出十二分的愤慨和胆气，心说你个来路不明的小日本也配有这么好的枪，天赐良机与我！便扑过去抢。

当时他就是冲着枪去的，并没想杀人。

令他没想到的是，那瘦小的日本人身手异常敏捷，以不可思议的速度抓枪在手打开保险，仰卧在地上朝着董家富就是一枪！近在咫尺的董家富本能地用胳膊一搪，子弹射向天空，枪又掉进草窠。董家富仗着身高体壮，死死压住日本人，他一手掐着对方的脖子，一手掏出随身带着的小攮子，想照着心口窝一下取了他性命。那日本人竟反关节擒住他掐脖子的手，一下把他从身上掀下来……虽说之后的搏斗时间并不长，但董家富还是被自己的刀给划伤了手。

他把攮子拔出来时听到山上有羊叫，那是邸万金牧归了。他曾想过立马返回永安堡，但一想今天必须见到孙尔康，加之看村子那边也没啥异常动静，便按原计划下山进村。

他走得慌，也没在意日本人还有气儿。他离开不久邸万金到了，孩子没撒谎，五块大洋的事儿千真万确。只是邸万金有所不知，他拿着大洋逃开的过程，被伏在树林里的方脸他们看得一清二楚。他们几乎和邸万金同时到达，不同的是他们藏在树窠中没有动。

董家富快接近村子时远远望见刘三顺领着几个日本兵从村子里跑出来，他只得返身钻进树林，回到永安堡。

刘三顺迎面遇到赶羊下山的邸万金，并没搭理他。孙尔康到达出事地点时刘三顺他们正抬鬼作下山，他躲在树后面没让他们看到。

罗逸是贴着长城根下山的，没路过出事现场，所以不知道那里发生了啥。他手上的伤是下山时着急，踩秃噜了，手掌让石头给蹭掉一块皮。

敌台外，三棱脑袋和刘三顺又在喊："给你们半个小时时间，如果交不出来，你们就全等死吧！"

罗逸拉着孙尔康回到铺房。

他问："大叔，你捡回啥东西了吗？"孙尔康摇摇头，他显得很虚弱。

"你呢？"他问邸万金。

邸万金："我就拿回那五个大洋，跑丢了四个，剩下那个不是扔楼下了吗？"他重又攥紧孙尔康的手。

罗逸看了看齐润苗，齐润苗说："肯定是下面那几个人弄的。"

敌台底层，方脸和鹰眼盯着铁青脸身上的背包，铁青脸也低头看那个包。片刻，他摘下背包，先脱了衣服铺在地上，再打开包倒拎着一提溜，哗啦，沉甸甸的大洋金币和珠宝首饰落到衣服上。

他把那包大头朝下敲打几下，再掉过来扒着看一遍，然后递给方脸。

"你们看看吧。拿到手的时候里面除了几块大洋再就是些针头线脑啥的破东西，我当时就全给扔了，要是不扔，我旧包里的东西也装不下呀。你们当时不都看见了吗！"铁青脸说。

昨天，邸万金揣着五块大洋离开后，他们仨来到鬼作身边。铁青脸相中了鬼作身上的背包——那背包虽说也很破旧，但毕竟比他的那个强多了，他的已经缝了好几处，就要承不住里面的金银财宝了。鬼作还有气儿，摘他背包时曾努力用眼神阻止。方脸也想阻止来着，后来一想这一路上阻止铁青脸的事儿太多了，眼瞅着就要进关了，算了吧，就没有阻止这宗最该阻止的事儿。鬼作在最后时刻抬手挠破了铁青脸的脸。

方脸端着那包颠过来倒过去看了半天也没看出有啥特别，他递给鹰眼，鹰眼接过来，扒着看看又使劲捏了一遍。

“不会就是要这个包吧。”他说。

方脸道：“一个空包不值得他们这么兴师动众吧。”

罗逸下来了。方脸问：“你们拿了日本人的东西？”

罗逸回答道：“几块大洋不该算吧。”

“大洋呢？”

“丢了，扔了。”

方脸把包递给罗逸，“你看是不是它。”

罗逸接过来仔细看过一遍，对鹰眼说：“把刀还我。”

鹰眼用目光请示方脸，方脸点了一下头，鹰眼掏出匕首递给罗逸。

罗逸把那包翻过来，用匕首划开内衬。

一块巴掌大小的布袋被缝在内衬里。铁青脸发感叹：“操！”

罗逸拆下布袋，拱室暗，他把布袋拿到前门。上午的好阳光顺门缝射到那只倒扣的水桶上，罗逸把布袋放在水桶底，用刀尖小心地拆开布袋。方脸他们围在旁边。

里面是一张折叠的熟宣，画着配有文字的地图。

方脸抓过来看，当然看不明白——文字是他不认识的洋文。他递给鹰眼，鹰眼看过后也摇摇头。铁青脸探过头看看，说：“就是这玩意儿闹的呗，看来它价码不低呀！”

方脸递给罗逸：“这楼里或许只有你能看明白。”

罗逸接过来仔细看过，然后还给方脸。

“上面的洋文应该是俄文，我也认不全。不过能肯定的是，这是一张军事地图。也就是说——”罗逸不往下说了。

方脸一直盯着罗逸的脸。“也就是说，这楼里的人一个也活不了了呗？”他说。

“对，都得死。”罗逸说。

铁青脸骂道：“要不你他妈的还想活咋的！”

罗逸道：“你嘴巴干净点儿。刚才是我没防备，下次咱俩一人一块砖，看谁被拍死。”

铁青脸龇牙一笑：“不服呗？要是有防备我也不会让你来个大背跨呀。好办，反正也他妈活不了了，爷成全你，这就陪你玩玩！”

罗逸说：“行啊，不然你一直憋屈不是。”说着就往拱室中间走，一边走一边活动脖子压手腕。

铁青脸笑着拔出匣子枪和单子儿剋拍到水桶底上。方脸脸色平静，没阻止。他把那张图叠好揣进胸兜，靠在墙上等他俩过手。鹰眼似乎对这场冲突毫无兴趣，拿起望远镜顺门缝往外望。

铁青脸走到罗逸对面站定，罗逸掏出匕首扔到后面墙根。

“老大，你也觉得那是军事地图？”鹰眼说，声音很小。他仍然看着外面。

方脸道：“怎么说呢？”

鹰眼说：“十个洋字码我还是认得的，军事地图上是不是该有很多洋字码？”

方脸说：“那也不一定。”

鹰眼说：“你说不一定就不一定呗，反正是啥也都无所谓了。”

他回过身看了方脸一眼，然后坐到水桶上。

他的话和眼神让方脸不舒服，虽然方脸预料到最后他会这样。

外面，刘三顺喊：“过一半了，还有十五分钟！”

拱室中央，铁青脸喊声“操！”抡拳砸向罗逸面门。这一拳的分量很重，它包含的不仅仅是对罗逸的恼怒，一天来的郁闷在里面，绝望和恐惧也在里面。他身材魁梧，足高罗逸有半头，这反差也是他恼怒和藐视对手的原因。

罗逸低头避过拳头，一拳打在铁青脸完全开放的下颌，铁青脸仰面倒下。

鹰眼嗤地吐了口唾沫。方脸掏出烟想抽，见这么快就有了分晓，便夹着烟等待往下的结果。

罗逸站那儿看着铁青脸。铁青脸老半天才爬起来，嘴里流血，牙把舌头硌漏了。

“我还就不信了，死人堆我都爬过，还怕你个雏子！”

铁青脸又扑向罗逸。罗逸接过他一只手，一哈腰又一个过肩摔。

这一次铁青脸差点被摔背过气去，爬起来的速度比刚才又慢了很多。见他又爬起来，鹰眼有些不耐烦，拍着枪使劲踮脚尖。方脸点着烟。从一开始他就没想干预这场较量，也可以说他倒希望姓罗的能赢。看铁青脸又挣扎着爬起来，他知道这个人其实是自己需要被摔得更惨。

铁青脸的腿有些软，嘴里的血顺着嘴角往下流，他使劲吐了一口。

“还不够劲呢小子，来，接着整！”

他又往前扑，罗逸放他近身，一脚戳踢在他脚踝上，同时勾牵他前手腕，他往前扑倒，罗逸躲开。

铁青脸终于没再站起来，龇牙咧嘴地坐起来擦脸上的土。

“这回舒服啦？”罗逸问。

搏斗方面，纵使铁青脸杀人如麻也没法和罗逸比。罗逸十岁就拜北镇摔跤名家韩少武为师，又曾在讲武堂跟德国教练练过两年西洋拳击。

铁青脸说：“行啊小子，要不干脆死你手里得了，好歹比死小日本手里强。你敢吗小子？”

罗逸说：“你咋死我不管，你就记着以后别再欺负女人！”

铁青脸满嘴是血地龇牙一笑：“那肯定得下辈子了。”

两人的较量看来到此为止了。方脸和鹰眼都看出来其实三个回合中罗逸都没用全力。

“我说小子，你也别太嘚瑟，你这三拳两脚能保命吗？活着出去才算你能耐。”鹰眼说。

罗逸冷笑一声：“看来你很想活？”

鹰眼说：“别吹牛，你也想。不过好像谁也活不了了吧。”

这时，拱洞台阶上传来幽幽的声音：

“既然都活不了了，你们就没想过死得光堂点儿吗？”

是孙尔康。原来他早就坐在拱洞的台阶上。

拱室里的四个人都闭了嘴，看着他一步步走下台阶。洞口窄，台阶又陡，他两手撑着。

他走过罗逸跟前时看了后者一眼。

他问方脸：“说说，你想咋个死法？”

方脸说："这不急吧，离天黑还很远呢。"

孙尔康说："你觉得日本人能让你活到天黑？"

方脸说："没问题。只要我愿意，只要你的高粱米够用，再活多久都没问题。"他拍了拍胸口，"明摆着他们连炮都不敢放了，是怕伤了楼里的人吗？不是。是怕伤了这张纸！信不信我就是把门打开他们也不敢轻易往里冲？这图能要了咱们的命，也能暂时保住咱们的命。"

方脸依旧靠在墙上，他抄着手，一手夹着烟。

"然后呢？你就想这么着多活些时候？"罗逸问。

"只要活着就有办法。"方脸说。

"没错，俺们仨就是这么着走到这儿的。"铁青脸说。他爬起来，走到鹰眼旁边，鹰眼把水桶让给他坐。

孙尔康说："问题是我的高粱米没带你们的份儿，水也只剩半桶，你活不了多长时间。"

方脸说："多活一会儿是一会儿。"

他盯着孙尔康，眼神不再游移，声音也变得镇定深沉。

孙尔康说："就知道你们也不过是这样的温吞货。"

"老家伙，咋说话呢！"铁青脸说。

孙尔康没理他，上楼去了，临走又看了罗逸一眼。

罗逸对方脸说："你想拖到天黑？那就抓紧拖吧，不然到时间了。"

方脸像是找回了全部自信，掏出怀表看了看，然后给铁青脸下指令："去上面，拿棍儿顶着这包晃几下。记住不能露头……"说着又改了主意，"算了，我自己去。"

他示意罗逸跟他一起去，罗逸跟他去了。他们到达台顶时恰好刘三顺喊：“商量好了吗？可快到点儿了，还有五分钟！”

齐润苗搂着小虎坐在铺房门口，见罗逸上来，用目光询问，罗逸示意她们回铺房等着。小虎小声说：“叔，俺想出去！”齐润苗赶紧捂住他的嘴。小孩的嘴唇都爆皮了，小脸蜡黄。

方脸拿根桌子腿顶着那个包，在垛口下慢慢举起来晃，嘴里喊：“东西在这儿！你们先把人撤喽！”

外面没有回话。罗逸举起锅往外看，见三棱脑袋、军曹、刘三顺等仍保持原来的姿势。董家富的尸首不见了。

方脸又喊了一遍，然后放下包蹲在垛口下听动静。

还是没有动静。场院上的人个个像木头人似的一动不动，军曹也未凑近三棱脑袋出主意。

方脸的脸上渐渐现出不安。

他掏出怀表，要打开时好像意识到罗逸在他上方，赶紧抬头往上看了一眼。罗逸的注意力都在场院上，并没看到他这举动，可不远处的齐润苗看到了。她并没进屋，一直搂着小虎坐在门口。

这时小虎伏在齐润苗的耳朵上说：“妈，俺听有人往这儿爬呢！”

齐润苗赶紧把目光收回来，捧着小虎的脸小声问：“在哪儿？”

“那儿！”小虎往村子方向一指。

“多少人？”

“听不出来。”

孙尔康和邸万金就坐在铺房门里，小虎娘儿俩的对话孙尔康听得清楚。他拍了拍邸万金的手小声说：“你自己待会儿，我去跟你叔说句话。”

邸万金并不知道外面杀了人，他比之前平静了许多。

孙尔康来到罗逸身边拍了拍他的腿，罗逸蹲下来。孙尔康把小虎的话跟他学了。罗逸赶紧站起来仔细观察了一遍那条凸起的小道，两边的山坡也都看了，除了守着的日本兵，没见有人往这儿爬。

“你快下去看看，是不是有人爬到墙根底下了！”他对方脸说。

方脸的脸上已经失去了刚才的自信。显然，外面的回应超出了他的判断，也冲击了他的自信。小虎屡屡应验的超常听力更让他怀疑自己的举动是徒劳的，他无法阻止灭顶之灾的脚步。

他跑下楼。

罗逸和孙尔康并肩蹲在垛口下。罗逸把匕首递给孙尔康，孙尔康接过掖到腰间。

罗逸说：“看来还得等。”

孙尔康说：“他说得也有道理，能拖到天黑最好。”

罗逸说：“实情告诉我嫂子吗？”

孙尔康说：“先不用。”

日头很毒，没有风。罗逸觉着有点儿热，他仰头望了望天，没见一块云彩，也不见有飞鸟。没有参照物，啥都没有的天成了看不透的空无，那是万物起始前和覆灭后的状态。罗逸有些眩晕，好像一下子进入了梦境，杳无界线的三界六道在他天灵盖上旋转……他想起一本解释宇宙万物的书上有一句话：世间万物，唯心所造、唯心而灭，诞生和毁灭都是人臆想出来的，因为生命本身都不过是一个永不终结的梦境……“扯蛋！”他骂了一句，挥一下手赶走了梦境。

类似的幻觉也出现在孙尔康的身上。他看到自个儿的学生们在台顶上玩老鹰抓小鸡，邸万金和孙文怀也在其中。孙文怀当鸡头护着后面的鸡群，而充当老鹰的，竟是穿着长袍的孔子……孔子挓挲着留了长指甲的手，焦急地左右移动，寻找下手的机会。袍子忒长，都耷拉地了，他几次被绊得打趔趄……孙尔康也挥一下手赶走了幻觉。

“不对，不该这么静啊。”他说。

罗逸说：“是啊。”

罗逸看了一眼小虎，想起昨晚的“鬼敲门之静”。冷不丁，他打了一个冷战。

小虎正皱着眉头抠手指甲，好像一直在搜索和判断外面的声音。齐润苗的嘴唇和儿子一样干得爆了皮，她盯着罗逸，脸上现出焦躁。

“孙尔康听着！”外面冷不丁传来一声喊，是刘三顺。

对于孙尔康和罗逸，这声喊所产生的效果不亚于昨晚看到火光中站起了日本兵。

罗逸站起来，孙尔康没动。

“孙先生，时间到了。皇军知道你在里面，不想让你跟他们一块儿死，请你现在就出来吧！”刘三顺喊。

听到喊孙尔康，邸万金从铺房门口探出头。看他要说话，孙尔康赶忙示意他别出声。

罗逸又蹲下来。他看了看孙尔康，后者脸色惨白。

“不好，不好。”孙尔康念叨。

像是在肯定他的判断，刘三顺又喊：“孙先生，你必须马上出来，不然你儿子就和你表弟一个下场了！”

孙尔康噌的一下站起来，罗逸赶忙站起来拿锅挡他的脸，他一把把锅扒拉开。

罗逸用锅遮着脸往场院上看。

场院上，军曹和刘三顺之间，站着个被反剪双手的瘦高少年。

邸万金要往垛口这边跑，被齐润苗死死抱住。

被绑着的，果真是孙尔康的儿子孙文怀。

昨天刘三顺上山找鬼作时远远地看见有个人钻进树林，身材体量有点像永安堡乡公所的董家富。他赶到永安堡时在乡公所见到董家富，后者的一只手上缠着布。刘三顺不露声色地等锦西的援军，三棱脑袋一到他便让日本人绑了董家富。

吊打之下董家富也没承认杀过人。日本人去他家里搜，搜出那把张嘴蹬撸子。一见撸子被搜出来，董家富一个劲儿叹气，说刘三顺啊刘三顺，我先把你这犊子宰了好了。三棱脑袋问他东西在哪儿，董家富说除了这把枪再啥也没拿。三棱脑袋又问你有几个同党，董家富说哪来的同党，就我自个儿。三棱脑袋绑了他全家，包括他表侄孙文怀，然后当着他的面杀了他媳妇，说你要是不招就杀你全家。董家富说我真的没啥招的啊，三棱脑袋便一口气杀了他俩儿子，然后把他和孙文怀用马车拉着来到石门村。

第十一章

今年春天，清明过后没几天，村里来了几个县乡两级的公差，还带着一队鼓乐，一进村就吹吹打打，走在头里的公差举着一张大红硬纸。队伍行进到孙尔康家大门口停住，举红纸的那个喊："老孙家！有喜事到了！快出来接状元榜！"

当时只有孙文怀在家，孙尔康在娃娃楼里。孙文怀出来接了那张红纸，是“新京建国大学入学通知书”。

很多人围到孙家门口，乡里的公差问孙文怀你爸呢，快叫你爸出来，县里的长官要宣读嘉奖文书呢。孙文怀的表现让众人很感意外，几位公差甚至怀疑是走错了门。他心事重重，入学通知书连看都没看就揣起来，旁边有人哄哄让他发喜糖他也没回应。一个公差拿出备好的炮仗要放，他客气地阻止，说等我爸回来再放吧。

“我爸一时半会儿回不来，有事儿你们就当我说吧。”他说。

县里的公差便举着一张文书大声宣读，大概意思是说“值此‘满洲国’之盛世，亚洲一流大学新京建国大学落成，这是我们‘满洲国’民之幸事……而首次招收的五十个本土学生中，我们县就喜中一名，而且是第一名！这是孙家的荣幸，也是石门村的荣幸，更是全县的荣幸！为此，县公署奖励孙文怀‘满洲国’币一百元！望孙文怀百尺竿头，精研学业，以不负众望，报效家国。”

公差读完后有人恭喜道贺，也有人表情冷漠地议论，甚至有吐口唾沫就走的。孙文怀的脸色更不好，但他毕竟是个知书明理的孩子，他向公差和村民行礼道谢，并邀请公差进屋喝茶歇息。

早有村民去娃娃楼告知孙尔康，孙尔康脸色铁青，一言未发。

众人散去后孙尔康回到家中。

“你前些天去长春就干这个去啦？”他问孙文怀。

孙文怀道：“爸，我得念书啊。”

孙尔康坐在柳木太师椅上，脸阴沉得吓人。孙文怀站在地当中，手里攥着那张入学通知书和一沓用红纸包着的钱，他把通知书展开，双手递给孙尔康。孙尔康没接，盯着那上面的几行字：“……以民族协和为国是，培养‘满洲国’自己的领导者，共同建设王道乐土……”孙尔康的腮帮子开始哆嗦。

孙文怀说：“爸，你说我是回家种地好呢，还是先学了知识再说好呢？”

孙尔康问：“学啥？学咋当亡国奴？”

孙文怀说：“爸，我看了，这个学校能学科学不说，毕业了还可以做官参政，那样的话我就可以当县长省长，替咱中国人说话办事争取利益了。”

孙尔康说：“狗屁！”

已经到了该做饭的时候，邸万金放羊回来了。他在街上就听说孙文怀中状元了，以为家里喜气洋洋做了很多好吃的，见屋里这种气氛，吓得站在一旁不敢吱声。

孙尔康问：“你定了要去？”

孙文怀说：“嗯。”

孙尔康接着问：“我不同意也去？”

孙文怀说：“嗯。”

孙尔康说：“行。进了那个校门你就不是老孙家的子孙了，去吧。”

孙尔康双手紧攥着太师椅扶手，眼睛看着门口。

孙文怀的俊脸在压力下变得通红，但他咬着牙不说一句话，就那么直溜儿地站在地当中。

邸万金没见过这场面，吓得不知所措。

那学校五月二日开学，孙文怀提前三天离了家。走的时候孙尔康在娃娃楼上，他也没去告别，只冲娃娃楼磕了仨响头。邸万金要送他，他死活没让。

从那天起，包括邸万金，石门村的任何人都不敢在孙尔康面前再提孙文怀，更不敢提他中状元的事。

望见孙文怀被绑在场院上，孙尔康对罗逸说："看来我咋说也得先走一步了。"他掏出个手雷递给罗逸："这个你留着。"

罗逸拧着眉头说："先别，得先想想——"

孙尔康说："没啥想的，得去。"

他扳过罗逸的肩膀，贴着他的耳朵小声说了几句话，罗逸点点头。

临走时孙尔康又补充道："我得带万金一块儿走。"

罗逸的眉头拧得更紧。

孙尔康过去拉着邸万金的手往台口走，到了台口时又要贴着邸万金的耳朵说话。这时就听外面刘三顺喊："孙尔康，限你五分钟出来！快点儿吧！"

孙尔康停住，似乎在琢磨该不该对邸万金说想说的话。

后边罗逸说话了："叔，你定吧。不过你要是带万金走，我就啥也不用干了。你该明白，他挺不住。"

孙尔康和邸万金停在台口。

邸万金回头看了看小虎和齐润苗，又看了看罗逸，突然哇的一声哭了。

"先生，我不走了！我陪他们。"他说。

齐润苗对罗逸说："他叔，要我说还是让万金走吧，咱们听天由命。"

罗逸看着她，又看了看小虎，眼圈一下子红了，没表态。

齐润苗对孙尔康说："叔，没事儿，你带上万金走吧。"又对邸万金说："万金听话啊，快跟你先生出去吧。"

孙尔康像是面临一个需百年长考方能落棋的困局，他攥着邸万金的手，一动不动。

邸万金也正经受着恐惧、求生和怜悯的多重折磨。他虽然还未完全从吓傻了的糟糕状态中走出来，也并不知道跟着孙尔康出去将面临怎样的凶险，他只有最本能的判断：出去或许能活下来，留下则必死无疑。但他还是想留下来，因为，他实在不忍心就这么把小虎娘儿俩留在这儿不管，那样做实在有些不仗义，他甚至怀疑先生的做法是否有悖于惯常对学生的教育。

“先生，要不，咱把小虎她娘儿俩也带出去吧！”他说。这是他能想得出的唯一的两全之策。

终于，孙尔康松开了手。

“万金，还是我自己先出去吧。”他说。

一下子，邸万金的脸上恢复了之前的绝望，他呆呆地望着孙尔康，但很快，他后退一步说：“嗯，你去吧先生，我陪他们。”

孙尔康交代：“一切都听你罗大哥的。”说完就下了拱洞。

方脸和鹰眼守在下面的出口。

“你不能出去。”鹰眼说。

孙尔康掏出匕首说：“割了舌头不就行了。”说完伸出舌头用手捏，舌头滑捏不住，他低下头，用匕首挑开夹袍上的补丁，哧啦一下扯下来，拿它裹上舌头捏住，另一只手拿匕首抵住舌头根。

这些动作十分突兀，方脸和鹰眼没想到他会这样。

“割了舌头你不还会写字吗。”鹰眼说。

孙尔康放开舌头说话：“那求你帮我剁了手。”他一直看着前面的门板。

铁青脸说话了：“依我看这老头儿是条汉子，你们就告诉他咋说得了，他不会瞎说。”

方脸盯着孙尔康沉吟片刻，之后对鹰眼说：“算了，让他去吧。”

鹰眼对这决定很不满，他瞪着方脸想说啥又忍住了。

方脸把他叫到拱室中央小声商量，商量完了把孙尔康叫过去，压低声音交代：“听好了，日本人要是问楼里有多少人，你就说不算你和那二傻子还有二十来人，具体多少没数清，你都不认识。你说他们手里都有枪和手雷，长枪短枪都有。”

孙尔康：“他不是傻子。”

方脸：“行，他不是傻子。能按我交代的说吗？”

孙尔康：“记住了，就按你说的。”

铁青脸在一边说：“哈，本来就该这样嘛。操，吓死他们！”

方脸骂：“你他妈小点声！”

外面刘三顺喊：“孙尔康，到点儿了！再不出来你儿子可就挨崩了！”

铁青脸躲在门后打开一扇门，孙尔康走出去，把匕首扔在身后。

上午的阳光直刺孙尔康的眼，他有些眩晕。远处，军曹正给孙文怀松绑。孙文怀身子瘦，远看就那么细溜一条，裤子在阳光下白得耀眼。

孙尔康一步步往前走。眼睛刺得生疼，但他没眨眼也没低头，他得保持这直视的姿势往前走。后面林子里，那不知名的鸟又呜地叫了声。这更少见，它通常只在晚上叫。

从看得清三棱脑袋的脸开始，孙尔康就一直盯着他的眼睛。孙尔康觉着自己的眼睛火燎燎地发烫，三棱脑袋的眼睛里有寒气，盯着它很舒服。

一直走到三棱脑袋跟前，孙尔康才看了一眼旁边的孙文怀。孙文怀比春天走时好像又长高了些，也更瘦了些，他脸上没有伤。

孙尔康站住，军曹上来搜他的身。先摸的肚子，军曹嗖地退后掏枪——他摸到孙尔康腹部藏着个梆硬的东西。

孙尔康举着双手一动不动。旁边又上来一个日本兵拿枪抵住孙文怀。

军曹用枪指着孙尔康，手伸进他的衣襟，掏出一个红布包着的物件，方方正正、沉甸甸。他把物件交给三棱脑袋。

三棱脑袋把它放到膝盖上小心地打开。

是一块破旧的砚台和一本同样品相、折成两折的很薄的线装旧书。

三棱脑袋抓起那本书，小心地展开看。

他看得很仔细，逐张看完后又弹了弹抖了抖，直到确定这和他想要的东西没啥关系才又折叠好放下。他拿起那块砚台掂了掂，各面仔细看过，看完后朝军曹摆了下手，示意后者可以按程序进行下一步。

军曹朝孙尔康和孙文怀说了一句日本话，刘三顺翻译道："请吧两位，去村里说话。"说完带路往村里走。

孙尔康看了一眼三棱脑袋膝盖上的东西，没动。

军曹又说了一句日本话，大概是催他快点儿走。没等刘三顺翻译，马扎子上的三棱脑袋说话了，说的是中国话：

"放心，东西会原封不动还给你。"

孙尔康迟疑了一会儿，跟在刘三顺后面往村里去了。

孙文怀一直盯着红布里的东西来着，见孙尔康走了，他也跟着走。

三棱脑袋眯缝着眼睛盯着敌台的门，一个脚跟不停地颠。从他这里看，孔洞都堵得严严实实的娃娃楼很像一只灰色的大柜，孙尔康刚才走出来的那扇门，很像柜子上一块活动的木板。这块木板被挪开、孙尔康走出来时，他曾努力往柜子里面望，但他只能看到一个黑洞，并且黑洞立马又闭上了。他脖子上就挂着望远镜，他本可以看得更清楚些，但他不想那么做，他相信不借助那个东西也能做出判断。

他身后的村子里，村民已经接到警告：所有人不得离开自家屋子，否则格杀勿论。村后紧邻场院那几户后窗能看到娃娃楼的人家更是被撵出家门去村里投亲靠友。但即使这样，还是有胆大的村民偷偷爬上房顶往娃娃楼这边望。他们看见从山上撤下来的二鬼子当时就都走了，日本人几乎全去了场院和山上，村里除了留俩日本兵守着村部那具尸首外，并没安排人盯着村民。

于是，娃娃楼周围特别是场院上发生的一切也就随时被村民们知晓。

知晓得最快的当数老佟三奶家。佟家是紧邻场院那几户之一，日本人把他们撵出来，他们全家去了郭少奎家。老佟三奶怕佟树田惹事儿，到了就让他进菜窖和郭少奎一起猫着。佟树田他老叔佟老三是个盖房子的外作木匠，身板好，也不用梯子，顺墙头就上了房，他一直趴在烟筒根下盯着自家的房子和后头场院。

现在，他看到刘三顺和军曹押着孙尔康爷儿俩往他家去了。

佟家房门口站着日本兵，军曹让刘三顺留在院子里，他一个人把孙尔康爷儿俩带进上房里屋。他示意孙尔康坐下，自己站在门口。

孙尔康坐到炕沿上。没烧炕，炕上冰凉，但孙尔康还是感到很解乏。毕竟，他已经一天一宿没挨着炕了，他真想身子往后一仰躺下去。

孙文怀站在他对面，眼圈发黑满眼血丝。

“爸！”孙文怀叫了声。孙尔康没吱声。

孙文怀扭头看了一眼军曹，军曹示意可以随意说话。孙文怀看他是个老谋深算的，猜他不可能不懂中国话，知晓这是日本人有意安排他们爷儿俩在一起。

“爸，你手咋的啦？”孙文怀问。孙尔康还是没吱声。

孙文怀说：“爸，那书我不念了。昨天下了火车先到的我表叔家，正赶上日本人抓他。”

孙尔康依然不吱声。孙文怀知道这也不是他想听的。

“爸，你说得对，是我错了。”孙文怀扑通一声跪下。

孙尔康仰头望了望房薄，是焦黄的没一点儿油烟的上好苇薄。佟家算是石门村的大户，大户才用得起苇薄。

“学校里一个中国老师，就为说了句‘华字就是中华的华’就被日本人弄死扔江里了，我以后就算是当了县长省长也不过是这个下场。”

军曹的表情没变化。孙尔康的目光从房薄上落下来。

孙文怀问：“爸，我还是老孙家的子孙呗？”

孙尔康从嗓子深处发出一声：“啊。”随后闭上眼睛。

孙文怀俯下身咣咣咣磕了仨响头。

场院上，三棱脑袋又展开那本书看。纸虽说都发黄了，但质地柔软，上面的字也很清楚，看来没经过曝晒没受过潮。三棱脑袋用手指卡着，一行一行地看那上面的字。

他认真地看完，然后自己拿起喇叭用中国话朝娃娃楼喊：“楼里的人听着，只要交出东西就可以像孙尔康一样回家，不然只有死路一条！你们的底细我很快就会知道，不用耍花招，你们插翅难逃！”

他的中国话不仅流利，还有东北口音。

他站起来，向旁边的日本兵摆了一下手，那日本兵站到马扎子旁边。他转过身，手扶军刀，操着来时一样的步伐往村子里走。

场院中央就剩下一个日本兵守着空了的马扎子。

三棱脑袋进到佟树田家外屋时，趴在里屋门口偷听的刘三顺赶紧凑上来说：“他们没说啥正经事儿。”

三棱脑袋撵走刘三顺，让军曹带走孙文怀，屋里就剩下他和孙尔康。

他把红布、砚台和书扔到地上。那本书就是孙尔康祖上传下来的家谱。

孙尔康俯身去捡，三棱脑袋一脚踩住他的手。孙尔康不说话也不抬头，就那么弯腰待着。后来三棱脑袋抬了脚，孙尔康慢慢地拿起那三样东西，仔细吹了上面的土，用红布包好砚台和书，揣回怀里。

三棱脑袋拉过一只凳子坐到他对面，拄着军刀。

他盯着孙尔康说：“就算你的祖宗很厉害，也救不了你和你儿子，所以你没必要把那本家谱传给后代。我看砚台也用不着留，汉字写得再美妙，也只配给征服者作颂辞，或者帮杀人者写布告，要不就是替这两类人编造理由来证明征服和杀人都是合理的。我说的对不，你这先生？”

孙尔康坐在炕沿一动不动，视线越过三棱脑袋头顶平视对面的墙，脸上没一丝表情。这一天一宿他瘦了不少，腮帮子上的新胡楂儿长了出来，花白的硬胡楂儿让他瘦长的下巴显得愈发长。

三棱脑袋缓慢地往脚下吐了一口唾沫，吐的时候眼睛也没离开孙尔康的脸。

孙尔康喉结动了一下，眼睛依然平视对面的墙。那墙焦黄，和头顶的苇薄一个色儿。墙原本应该是白色的，烧香熏的——旁边桌子上有一个不大的神龛，里面供着观音老母，老母前面的香炉里留着密密麻麻的檀香杆，香灰已经溢满香炉。

三棱脑袋料想孙尔康不会回答，他眼里的凶光渐重。他说：“言归正传吧，告诉我楼里有几个人，多少武器？”

孙尔康说：“是不是说完了我就可以回家啦？”

三棱脑袋说：“当然。不过你要是敢撒谎，你和你儿子都得死。”

孙尔康：“好吧，我告诉你，楼里不算我还有三个人。一个是村里放羊的，叫邸万金，另两个我不认识，昨晚自己跑进来的，他们都有枪，还有手雷。”

三棱脑袋：“有长枪吗？”

孙尔康：“没有。”

三棱脑袋：“那两个人长啥模样？穿啥衣服？”

孙尔康：“都挺壮实，都胡子拉碴的，看着能有三四十岁。都穿着老百姓的衣服。”

三棱脑袋：“他们的背包里都有啥东西？”

孙尔康：“我没看着。”

三棱脑袋：“他们怎么商量的？”

孙尔康：“我不认识他们，他们也没跟我商量。”

三棱脑袋：“你表弟杀了日本人，你又和偷走东西的人一起躲进敌台，然后你跟我说不认识他们。你说给鬼听鬼能信吗？”他逼视孙尔康。

孙尔康：“信不信由你。”

三棱脑袋：“老东西，信不信我现在就一刀劈了你。”

孙尔康：“也由你。”

三棱脑袋握刀的手直哆嗦，他咬了咬牙，问：“他们没拦着不让你出来？”

孙尔康：“没拦。他们还让我说里面有二十来个人，手里都有枪和手雷，长枪短枪都有。”

三棱脑袋的鼻子古怪地抽动了一下。

“啊，很有意思。”他阴沉地盯着孙尔康。

“里面有吃的和水吗？”他问。

“有，有差不多二十斤高粱米，还有不少白菜土豆。有一桶水。”孙尔康回答。

“柴火呢？”

“有不少。”

三棱脑袋一言不发地盯着孙尔康。孙尔康的目光一直停在墙上。

“你眼睛看着我！”三棱脑袋说。

孙尔康的眼睛没有动。

三棱脑袋抡起军刀砍向孙尔康！

孙尔康没躲，带鞘的军刀刀背朝下砍在孙尔康的头顶。啪的一声脆响，刀背和铁鞘的撞击声盖过了头颅受击打的声音。孙尔康还是一动没动，瓜皮帽里冒出一股酱红的血，顺着高耸的奔儿头流下，一部分从突出的眉骨直接往下滴嗒，另一部分流经并不算高的鼻梁，沿宽阔的鼻头淌下来。

他也不擦，仍那么坐着。

三棱脑袋拎着军刀站在对面，眼里的凶光几近失控。他退后一步，按下刀的崩簧，刀身从鞘里跳了一跳。他一手握刀鞘一手攥刀柄，做拔刀的预备姿势，眼睛一直盯着孙尔康。孙尔康头上流下来的血已经浸满一只眼睛，他睁着血葡萄似的眼睛，没眨，也没擦。

三棱脑袋的姿势维持了好一阵，终于，他把刀推回刀鞘，朝门外喊了一句日本话。

一个日本兵应声而入，用枪逼住孙尔康。

“我能走了吧？”孙尔康问。

三棱脑袋说：“可以了。不过在你的话没得到证明之前，你和你儿子得受监视。”

他摆了一下手，日本兵收枪退后。他去到外屋，喊来军曹交代了几句。

孙尔康从里屋走出来时，孙文怀在外屋等着，三棱脑袋和军曹站在一旁。孙尔康已经满脸满胸脯子都是血。孙文怀也不说话，拉过凳子让孙尔康坐下，他摘下孙尔康的帽子察看了一下伤情，然后脱下外套，里面是白衬衫，他脱下衬衫一把扯成两半，用一半叠成方块压在孙尔康头顶。孙尔康一动不动地坐着。

孙文怀用另一半衬衫包住孙尔康的头，兜着下巴颏儿系住。勒得太紧，他解开松了松重新系住。他做得异常从容，脸上也没啥表情，像是在完成包扎演习。包扎完了，他拿起放在旁边箱子上的外套，用外套的袖子给孙尔康擦脸。血太多太浓，擦不净，他径自去外屋地找水。三棱脑袋和军曹也没阻止，日本兵端着枪跟出去。

孙文怀把外套袖子上的血洗干净再拧干，拿回屋里继续给孙尔康擦。马褂的前襟全是血，孙文怀使劲擦也擦不净。孙尔康阻止他，示意可以了。

孙尔康拿过帽子戴上，自己站了起来。

他撩起马褂，手伸进夹袍，掏出那个红布包递给孙文怀。孙文怀接过掖在肚子上。他光着上身，肚皮精薄一层，肋巴条一根一根都能数得清。他把那件黑色学生服外套抖一抖，穿好，然后要扶孙尔康走。孙尔康抬了一下胳膊，自己往外走。

孙尔康爷儿俩一前一后走出屋子，走进院子，一直走出院门。三棱脑袋和军曹一言不发地跟在后面。

佟树田家大门很宽，有气派的石刻门楣。孙尔康出了大门站住了，他往右边自己家的方向望了望。佟家离孙尔康家挺远，从这里只能看到他家的烟筒。

他对身后的孙文怀说了句："你回家吧。"便左转往村后的方向走。

他身后的三个人——孙文怀、三棱脑袋、军曹都愣了。

孙文怀想去阻止，走了一步站住了，他知道阻止不了。

军曹看了一眼三棱脑袋，后者的鼻子又古怪地动了一下。

孙尔康拐过墙角往场院走，三棱脑袋和军曹跟着他。

按三棱脑袋的交代，门口那个日本兵押着孙文怀往村部去了。

孙尔康一步步走到场院中央，站住。他旁边是马扎子和日本兵。三棱脑袋和军曹跟他保持有二十步左右的距离，他们也站住了。三棱脑袋拎着军刀，军曹的手放在枪套上。

孙尔康低头往地上看，董家富的血已经晒得快干巴了，颜色也变得酱油般深，几块豆腐脑儿似的东西粘在上面，应该是他的脑浆。

孙尔康抬头望娃娃楼。快晌午了，毒日头把那楼照得像是褪了色，看着不是灰色，而是豆腐脑儿一样的奶白色。一时间，连同周边的枯草和树窠也都跟着褪了色，变成雨浇过的烧纸一般。孙尔康从小到大还没见过娃娃楼有这般景况，他想肯定是眼睛里进了血的缘故。

眼睛确实很不得劲儿，应该擦一擦。可他不能擦——他任何一个不该有的动作都会让身后的日本人误解，误解他是胆怯了，他不想那样。

倏地，娃娃楼亮得耀眼，孙尔康一下子被光刺得两眼发黑，随后就啥也看不见了。

失去视力之前他看到了垛口后面的那口锅，他知道罗逸在锅后面看他。

锅后面当然是罗逸。从孙尔康走出敌台，他就一直举着锅往外看。

眼下的情况他还没看明白。孙尔康受了伤是可以想见的，但他自己走到场院来就不好理解了。罗逸见孙尔康站在那儿不动，三棱脑袋和军曹在后面嘀咕，心里便有很不好的预感。锅倒不重，举的时间长了，手控制不住地抖。

像是要证明他的预感，三棱脑袋往前走了。

跟早晨追求仪式感不同，这一次，三棱脑袋走的不是正步，步频也很急促。罗逸看不到他的表情，但能从他梗梗着的脖子上、拎刀前行的步法上，看出他这是要杀人。

罗逸本能地往左右看了看。这毛病是他在山海关时落下的——每当在城墙上看到对面的鬼子，他都得先看看旁边的士兵，确认他们手里拿着枪才放心。

现在他身边无一兵一卒，自个儿也手无寸铁。

三棱脑袋已经接近孙尔康，军曹留在原地。

三棱脑袋走到孙尔康身后一步远的地方站住，仍然单手拎刀，但并没拔刀砍人，不知是临时犹豫了还是压根儿并没想杀人。

这时孙尔康往前走了，径直往敌台走。

这之前他已经做了很大的努力，包括闭了很长时间眼睛，但眼前还是漆黑一片。他听到身后有人走过来，知道应该是三棱脑袋。他恨自己不争气，咋偏偏这时候眼睛看不见了，他甚至又想起先祖那极端失望的表情。他后悔刚才停下来，他本想不做停留地走回娃娃楼来着。

他很想揉一揉眼睛，心想揉一揉或许就能看得见了。但不能揉，他还是不能让三棱脑袋有误解。绝不能连这最后几步走都让他瞧不起——他想。

还好，他迈开腿的一瞬间左眼模模糊糊地透进些光亮，这就足够了，从这里到娃娃楼，即使他全瞎了也不会走错半步，都走了有六十年了。站着的位置是场院正中央，他往正前方走，正前方就是那条通往敌台的曾经是城墙的小道。

三棱脑袋站那儿看着孙尔康一步步走上小道。

军曹跑过来，跟三棱脑袋说不能让他回敌台。三棱脑袋说你不懂，这或许也是好事。

孙尔康接近敌台时三棱脑袋从旁边的日本兵手里拿过步枪，平端着瞄准孙尔康。

军曹说你该让他活着，他死了对我们不利。三棱脑袋说你说得对，说着话一枪打在孙尔康的右手上。

孙尔康略一停顿，继续往前走。他两只手仍自然下垂，只是右臂不摆动了。

"他应该是右撇。"三棱脑袋说，把枪还给日本兵。

孙尔康走上台阶，门开了一条缝，他推开门进去了。

佟老三在烟筒后面看着孙尔康又回了娃娃楼，百思不得其解。他爬回房檐，一出溜落到院墙上，再扒着墙头跳进院子。

郭佟两家人守在屋子里等他的消息，听说孙尔康又回了娃娃楼，还挨了一枪，满屋子的人异常惊讶。

"他是舍不得万金子呀。"郭少奎他妈说，郭少奎俩妹子也表示赞同。郭少奎他爸死得早，他妈一个人把他们兄妹仨拉扯大。

老佟三奶说："不对，还有大的灾性在后边呢！"这句话让满屋子的人都倒吸一口凉气。

"孙先生舍不得万金子为啥不直接把他带出来？要我看那楼里面有邪气！昨儿个早晨我就看出来了。它上边从没起过那么重的雾。我当时就给老母上香来着，香一点上就嘎巴嘎巴折，不是吉兆。"她说。

三奶的话可不是随便说的。虽说身上没带仙儿，也没出马给谁看过风水治过病，但她几十年中对村里的各种事件预测得那可是非常的灵验。山水冲塌龙王庙前她反复说过："这庙该修了，这庙该修了。"那时龙王庙并没有一点儿破损，人们只当她是随便念叨。林啸天家出事的前一天，她看出林家房顶上有黑气，亲自登门劝说林啸天带家人出门避些天，林啸天没听，结果第二天就被抓走了。郭少奎聚人进关的前三天她就掐算出来，当即拿铁链子和佟树田拴在一起，让佟树田他爸把他们反锁在里屋，吃饭往里送，屁屁尿背过身往尿盆子里解决，就这样保住了佟树田的命。郭少奎他妈就不行了，她倒是听了三奶的话，天天看着郭家这根独苗，但没用同样的狠招儿，结果还是没看住给跑了。

从打三爷去世三奶一直当家。佟树田有俩叔，他这辈共八个叔伯姊妹，这么一大家子，尤其佟树田他妈和俩婶还都不是省油的灯，可在三奶的管理下个个服服帖帖。

这老太太此时说出以上的话，可以想见现场的人会是何反响。

“妈，这灾性能有……能有多大？”佟老三磕磕巴巴地问。这是满屋子人都想问的问题。大家战战兢兢地地望着三奶，等待回答，女人们已经靠在一起互相攥着手。

董家富已经死了，孙尔康和万金子也明摆着凶多吉少，如果这些都还不在大灾性的估测范围内，那么……屋里的人不敢想象了。

三奶盘腿坐在炕头，微闭双目，表情异常严峻。她这表情吓着了两个岁数小的女孩儿，她们开始哭。

老太太不说话，双手掌心向上指尖相叠，拇指不停地轮流掐捏其他指尖。

冷不丁，她睁开眼睛喊：“不好！树田呢？快去看看树田和少奎咋的啦！”

这一声喊，吓得满屋子的人头皮子发奓！郭少奎他妈一下从炕沿跌到地上，爬起来，磕头绊脚往外跑。

还就数佟树田他爸沉稳，毕竟是长子，他喝住了其他要往外跑的女人，只带着佟树田俩叔跟着郭少奎他妈出去了。

菜窖就在院子里，他们钻进去，那里面已经不见了郭少奎和佟树田。

第十二章

村部院门口，甲长孙贵蹲着抽烟。院里房门口站着个荷枪实弹的日本兵。西屋里，鬼作的尸首旁站着另一个日本兵。孙文怀就蹲在这个日本兵的对面。

鬼作的尸首停在一张桌子上，蒙着个被单。

孙文怀实在是累了，蹲着蹲着就蹲不住了，一屁股坐到地上。日本兵并没有阻止，一来觉得这个瘦弱的书生没啥危险；二来，他自己也很累，他不认为这个看守死人又追加一个疲弱活人的差事需要动用全部的警觉。

外面娃娃楼方向砰的一声枪响，是孙尔康手上挨的那一枪。孙文怀一骨碌爬起来，日本兵嗷的一声把枪指向他。孙文怀赶紧又蹲下。门外的日本兵听到动静端着枪跑进屋，屋里的这个跟他说了一句日本话，他又出去了。

孙尔康进到楼里时罗逸已经在底层等他。罗逸扶着孙尔康往拱室中央走，没人看出来孙尔康眼睛出了问题——他的步态跟正常人无异。

孙尔康之归来对于方脸他们三个来说是完全没有想到和完全无法理喻的。所以，他们的反应尤其是表情也就非常的不知所措。不过还好，即使不是罗逸抢着把门推开，铁青脸也想这么做来着。还有，看罗逸扶着孙尔康往拱洞里走，方脸拿起屁股底下的水桶跟过去，把它放到孙尔康的身下。

孙尔康坐下来，眼睛看着对面的墙。

罗逸端起他的右手，一把捏住脉门，哗哗往下淌的血立马止住。罗逸看着鹰眼：“你能帮他包吗？”鹰眼看了一眼方脸，方脸虽一脸困惑，还是立马点点头。

“你去上面弄点水来，最好再拿几块小木条下来。”鹰眼说。他从背包里拿出一根黄胶皮管，在罗逸攥住的位置勒住孙尔康的手腕。罗逸松开手，上楼去了。

铁青脸守着前门，方脸蹲在孙尔康旁边看着鹰眼为他处理伤口。伤口是个贯穿的洞，折了一根掌骨。鹰眼从背包里拿出一个装着各种药瓶和器械的小包，方脸接过来端着。罗逸很快就下来了，端着一盆水，拿着几块桌子板和菜刀。

他只跟楼上的人说孙尔康回来了，没跟他们说他受了伤。邸万金非要跟下来，罗逸哄他说先生不许你下去，让你在上面等着。小虎已经很焦躁，一个劲儿跟齐润苗说要出去。但这孩子不哭，只是执着地说服大人。齐润苗也被恐惧和疲惫折磨得异常憔悴，她几乎是不停地交替着哄小虎和邸万金，还得拉住邸万金不让他去垛口张望。小虎坚持说有人爬过来了，还说就要到下边了，这是他焦躁的主要原因，他让齐润苗快点儿带他离开。

罗逸下楼前齐润苗跟他说：“他叔，能保住小虎就行，我的命早不算数了，你别勉强。还有，他叔，怀表的事儿比我的命重，不为这事儿俺们娘儿俩也不会来关外。”

她说这话时用手把腮边的头发往耳朵后面抿，罗逸最受不了女人的这个动作，在他看来，女人的洁净、自尊、决绝等所有让男人自愧不如的品性都在这个动作里。他妈送他去北京念书时在村口就这样抿过头发，当时他妈说你快走吧，妈在这儿站一会儿就回去。

罗逸说："放心吧嫂子，我记着呢。"

鹰眼看来很在行，他先用清水冲洗伤口，再拿药水反复擦那个洞，最后拿起一瓶白色药面，说声忍着点，就把药面撒在那个洞上面。孙尔康早已疼得手跳着抖，但他尽力挺着腰。

罗逸按鹰眼的要求砍出几块薄木片和木条备用。

鹰眼拿纱布往孙尔康手上一圈一圈地缠，缠差不多了再拿几块木片夹进去接着缠。等他缠完了，罗逸掏出一条扯好的包袱皮，系成一个套，兜住孙尔康的手臂挂在脖子上。

罗逸问："你能不能再给包包脑袋？"鹰眼冷冷地看了他一眼，没回答。那时孙尔康头上还往下淌血，只是淌得少了。

见他没动弹，罗逸说："那就用一下你的东西，我自己来。"说着就要伸手去鹰眼那小包里拿东西。

"别动我的东西。"鹰眼说。他又寻思了一会儿，开始给孙尔康处理头上的伤口。

从知道是鹰眼在给他治伤，孙尔康就闭上了眼睛。他已经虚弱不堪，腰也不能挺得很直，如果不是左手拄着膝盖，身子肯定得歪倒。

"大哥，那个小鬼子又坐马扎子上去了。"门口铁青脸说。

方脸盯着孙尔康若有所思。罗逸知道他在想啥。

铁青脸又说："有点不对劲啊大哥，又有俩鬼子往迫击炮那边跑了，该去上边看看。"

鹰眼已经收拾好家什，方脸示意他去楼上看看。鹰眼去了。

孙尔康说话了，眼睛仍然闭着。

"罗逸，去叫他们下来吧。"

罗逸略有迟疑，他看着方脸，似乎想说啥，终于没有说。他答应一声："好。"上楼去了。

方脸满脸狐疑，"下来？"他念叨。

他早就猜出孙尔康和罗逸之间有事儿，并且还是事关生死的大事。听孙尔康如此吩咐，方明白原来他们这是要实施早就商量好的计划，也就大致判断出孙尔康是为了实施这个计划才回来的。

在他脸上的狐疑变为恼怒之前，孙尔康又说话了。

"你想知道我是咋跟日本人说的，还是想知道我为啥回来？"他仍闭着眼睛。

方脸说："随你便。如果都跟我没关系，你可以都不告诉我。"

孙尔康："都跟你有关系，跟每个人都有关系。告诉你，这楼里的人本该同年同月同日死来着。"

从回到楼里，孙尔康的嗓子就变得尖锐沙哑，说出这句话时更是如同摔裂了簧片的破唢呐。

这种时候，这种嗓子说出这样一句话，让听到的方脸和铁青脸两人不由得浑身打冷战！

方脸脸上的狐疑和恼怒瞬间变成了惊惧，问："此话怎讲？"

孙尔康："得从头讲，没工夫了。我先告诉你我是咋跟日本人说的，我告诉他们这楼里总共有四个人，除了我和万金，再加两个老爷儿们。想选谁你们自己定。"

"啥？"方脸发出一声喊，声音几乎失控。

铁青脸回过头看了好一会儿，笑道："操，人少了一半，怪不得鬼子要动手了。"

孙尔康说："你最好小点儿声，外面就算听到一个字，这楼里四条人命就没了。"

方脸的脸都变紫了，手按在枪上，太阳穴上的青筋又凸起来。

“你没按我说的？老头儿，你耍我？”他说。

孙尔康说：“是为你好。就算说楼里有一百个人，日本人最后也还是要冲进来。”

方脸说：“可你答应我了，不然你要割舌头来着！”

他蹲到孙尔康跟前，盯着后者的脸。

孙尔康说：“你可以现在补上。”

方脸咬着牙，眼珠子不停地抖，“那你就把该说的话都先说了吧。”他说。

孙尔康说：“那好。我先问你，如果这楼里有地方能藏起一些人，你说最多藏几个日本人才不会起疑心？”

方脸脸上的表情凝固了，嘎巴嘎巴嘴。

孙尔康说：“最多也就四个。藏起来的四个人能活下来，剩下的四个要不冲出去，要不就得战死。”

方脸来不及猜这楼里哪儿能藏人，忙着在心里算：剩下四个？这老头儿和那傻子肯定是藏不了，日本人都看见他们了，其他人也没露脸哪。对了，对了，昨儿晚上我让四面同时扔火球来着！完了，我自己告诉日本人这楼里起码有四个人。

“孩子他叔说了，他想留在外面。但是有前提，就是那个炮卵子也得留在外面，或者你跟炮卵子藏起来也行。反正不能让你那俩手下一起藏，你该知道是咋回事儿。”孙尔康说。

铁青脸朝身后伸出大拇指：“那小子真够聪明，知道我这炮必须得用车看着！”

鹰眼在上面台阶口探出头：“老大，日本人都站起来了，排队型呢。”

方脸说："继续盯着！"鹰眼回去了。

"姓罗的自己说要留在外面？"方脸问，脸上又泛起狐疑之色。这一年多，不断被欺骗、被背叛甚至被戏弄，继而被追逐，直落到今天这步田地，他的自信已变得如百年的窗户纸一般脆弱。

"没错。"孙尔康说。

方脸皱着眉头想这里面究竟又是啥机关——这老头要救那明摆着不是亲戚的母子俩就已经很不好理解了，还让俺们仨当中的两个也跟着沾光，而他自己则带着最亲近的两个人去送死，他回来就是为了这个？

像是猜到他会这么想，孙尔康睁开眼睛盯着他："你不必费那么多脑筋，这世上看不透想不明的事儿多着呢，不止一桩两桩，于你于我都这样。"

他闭着眼睛时就感觉左眼亮堂了，这一睁开果然能看得见，只是不太清楚。他盯着方脸的脸使劲看，右眼还是看不见，他抬起左手使劲揉了揉。

方脸琢磨他这句话的意思时台阶上脚步声响，是罗逸带齐润苗他们下来了。

见孙尔康这般样子，邸万金喊："先生，你这是咋的啦！"扑上来跪在孙尔康脚下。齐润苗也吓得够呛，小虎倒没咋害怕，他心神不宁地四下张望。

孙尔康拍一拍邸万金的头："没事儿，一会儿我让你咋办你就咋办。"

罗逸让齐润苗和小虎站在孙尔康身边，他跑去前门察看。小道尽头，七八个日本兵站着间距很大的横列，他们身后的场院上，三棱脑袋拄着军刀坐在马扎子上，军曹站在旁边。

孙尔康小声喊："过来吧罗逸。"

罗逸捡起地上他那把匕首，跑回来站在拱室中央。他的头顶，是那个穹顶天井口。

"手雷还我吧。"孙尔康说。罗逸犹豫了一下，掏出手雷递给孙尔康。

孙尔康揣好手雷，说声："动手吧。"

罗逸蹲下身，用匕首撬脚下的砖。

砖很沉，排列得很密实，罗逸费很大劲才撬起稍微松动的那一块。撬起一块后挨着的就松了，罗逸用手把边上的几块抠起来，然后扒下边的土。

对于孙尔康和罗逸的举动，拱室内的人表现各不相同。

铁青脸听到孙尔康说动手，咧着嘴笑嘻嘻地回头瞅了一眼："我就说嘛，戏不能这么快就散喽！"

方脸心事重重地盯着罗逸的手，他并不是在关注下边能挖出什么，他还在捋思路。一切来得忒突然，他必须把事情的来龙去脉捋顺溜喽才好做决断。即使需要他决断的事已经没啥了，供他捋顺溜的时间也没啥了。他是个做事审慎心思细密的人。

齐润苗娘儿俩都有些心神不宁。小虎还在四下张望，对于罗逸往地下挖，他表现得漫不经心，似乎更关注敌台的墙壁。齐润苗一手扶着孙尔康的膝盖，一手搂着小虎，她甚至都没怎么看罗逸，视线一直在方脸的胸口上。方脸和她近在咫尺，拴怀表的枪纲就系在他上衣的第二个扣眼上，她伸手就能把怀表拽出来。

孙尔康渐渐挺不住身子，靠在了墙上。

土被扒拉干净，细土面之下是一块中号簸箕大小的麻石板。罗逸抠着石板的边沿使劲往起搬，没搬动，石板挺厚挺沉。他又用匕首掏出一些土，手指完全伸到石板底下才一较劲把石板掀了起来。

古老阴森的地气混合着一丝硝烟味蹿上来。

洞口黑乎乎深不见底，罗逸打了个冷战。

孙尔康小声说：“下面有梯子，很结实。你先下去接他们。”

方脸脸上现出几乎是怪异的表情，他走到洞口蹲下往里看，能勉强看到有梯子搭在洞沿。他掏出打火机，没等点就被罗逸打掉，“不能点火。”罗逸说。

方脸没有发作，捡起打火机揣好，继续往底下看。罗逸扒拉开他，一边小心地沿梯子往下爬，一边小声招呼齐润苗和小虎：“嫂子、小虎，你们过来吧！”

齐润苗搂着小虎没有动。

洞口一打开，小虎的表情立马有了变化，他盯着洞口吃惊地张大嘴巴。“妈，别去，我害怕！”他说。

罗逸没做停留，顺着梯子很快下到洞底。梯子非常粗壮，用料是和门板一样的榆木，只是榫卯都松了，踩上去嘎吱嘎吱响。

到他的脚踩上地面暄乎乎的尘土，他就看清楚下面的一切了。

上面，方脸趴到洞口往下望。

孙尔康没催促齐润苗，他对方脸说：“你该快点定下来谁留在外面，日本人不会拖得太久。”

方脸爬起来，拍拍手上的土说：“不急，我猜他们不能就这么轻易往里冲。”

他说出这个判断时脸上甚至恢复了几分自信，但立刻，外面的一声喊把这点可怜的自信给整没了。

外面的这声喊很简短，好像就三个音节，是三棱脑袋在拿喇叭喊日本话。

方脸懂日语，他听出是日本人在发出前进的命令。

铁青脸说：“他们上来了大哥，你快去后门看看！”

方脸掏出枪跑到后门，扒门缝往外看，见后门外的山坡上原先蹲在草窠子里的日本兵全都站了起来，他们猫着腰，成分散的横列往敌台逼近。方脸数了一下，六个。

扑通扑通，拱洞台阶传来声响，是鹰眼下来了。

“老大，四面的日本人都往上冲了。”

他一边往拱室里跑一边说，看到地当中新出现的洞口，站住了。

那时罗逸正从洞底下爬上来，探出头喊齐润苗和小虎。鹰眼盯着洞口和罗逸，脸上的惊骇迅即变成恼怒。他逐个看了一遍拱室里的人，最后问方脸：

“老大，这又是咋回事？”

方脸：“他们也是刚跟我说。”

他跑到鹰眼跟前，小声说：“下面可以藏人，只能藏四个。你和姓罗的带那娘儿俩藏里边吧，我和二船留在外面。你们等没动静了再出来。”

鹰眼的眼珠子滴溜溜转。

孙尔康和齐润苗就在旁边，他们听到了方脸的话，孙尔康皱了一下眉。齐润苗立马拉小虎去洞口，小虎没挣扎。她让小虎先下，小虎知道不下去不行了，一声不吭地看着洞口自己往下爬，罗逸在下面扶着。

孙尔康想站起来，没站住，顺墙根出溜到地上，邸万金赶忙往起扶。孙尔康说你别管我，快去上面把马灯拿下来。邸万金去楼上了。

“你快点儿，不然来不及了。”方脸对鹰眼说。

鹰眼问：“为啥这么安排？”他盯着方脸，像是忘了外面的急迫情势，只想搞明白这件事。他背着那个和身量相比有些夸张的大背包，与比他高一截的方脸对视，目光阴沉犀利。

方脸的目光同样阴沉，他脸上现出轻蔑，说：“看来你不满意，那好吧，虽说死活对我来说已经无所谓，但好歹活着比死了强。那就掉个个儿，我和二船下去，你和姓罗的留外面。”

罗逸接完小虎爬出洞口，他让齐润苗赶快下去，齐润苗看着他，没动。

孙尔康坐回到水桶上。

四下响起枪声，门上挨了子弹，嘭嘭直响，铁青脸趴到地上喊：“他们趴下打枪了！大哥，还是十步之内开枪吗？”他扯下了右眼上的纱布。

罗逸一把把齐润苗按倒：“快进去！”齐润苗还是不肯进洞。

鹰眼蹲下来，孙尔康依然端坐在水桶上。

方脸猫腰跑过去拍了一下铁青脸，示意他快进洞。铁青脸问：“那你呢大哥？你在哪儿我在哪儿。”方脸说：“咱俩一块儿。”铁青脸起身奔了洞口，方脸也跑回来。

齐润苗还趴在洞口，铁青脸说：“你快下去呀，等我抱你咋的！”见她没有下的意思，铁青脸一边往洞里下一边冲她勾手指。

鹰眼说话了：“老大，我想最后和你在一块儿。”

铁青脸停住，露着半截身子。

方脸和鹰眼脸对脸蹲着，他用更轻蔑的眼神看着鹰眼：“想和我一起藏起来？”

鹰眼说：“这就听你的了。”他也盯着方脸。

方脸说：“不会再变了吧？”

鹰眼说：“不变了。娘儿们才总变。”

方脸说：“那好，咱俩留外面。你快去后门堵着吧，我去前门。”

铁青脸立马往外爬，说：“操，咋说到末了我姓潘的也不能开小差啊。”

罗逸摁住他的肩膀：“不行，上边多一个少一个都不行。”

铁青脸要拨愣，罗逸死死摁住不撒手，一边对方脸说：“不能变了，你快下去！”

方脸说：“都听我的，二船快下去！”他掏出那张图递给铁青脸，“你的东西你留好，不能成全日本人。”

罗逸抬起胳膊挡住他的手：“不行，日本人找不到地图，不得满楼翻！”

方脸把枪顶到罗逸的下巴上：“忒啰唆了吧你。”

罗逸只得放下手。铁青脸接过图。

鹰眼正要往后门跑，看到方脸这举动，站住了。

铁青脸掏出匣子枪和一把子弹夹交给方脸，说声：“大哥保重！”下去了。

方脸要往前门跑时齐润苗喊住他：“你等等！”

她站了起来，罗逸想拉她蹲下，她甩开罗逸的手。

方脸从怀里拽出怀表，咔吧一声打开表盖递到齐润苗眼前！

“你想看它是吧？”他说。

齐润苗呆呆地看着怀表。方脸随即把怀表朝罗逸展示，表盖里面光溜溜，没有任何图案和文字。

齐润苗直勾勾地杵在那儿。

方脸合上怀表揣回去，摘下身上的背包递给齐润苗："回家去吧，佳木斯的事儿不好听。"

齐润苗没接那包，仍杵在那儿不动弹。方脸把包扔到地上。

孙尔康爬过来。邸万金拎着马灯下来了，爬着来到洞口。

"轰轰！"前后门同时传来爆炸声，是手雷。

方脸见鹰眼还蹲在旁边没动，说："你后悔也来不及了，像个爷儿们去死吧。"鹰眼仍在往洞口看。方脸说："记着，等他们冲进来再开枪！"说完跑去前门了。

鹰眼终于猫着腰跑向后门。

"快点儿！"孙尔康喊。罗逸拽了齐润苗一把，齐润苗这才回过神来往洞里下，罗逸随后。他站在梯子上，帮邸万金把石板移过来。方脸留下的那个包就在旁边，他想了想，抓过来扔进洞里。

孙尔康把马灯递给罗逸："都是老天爷的安排，你知道该啥时用它。"

石板合上那一刻，罗逸听到孙尔康喊："都别怕，走路骑马都回家！"

孙尔康已经没有力气，他让邸万金把石板对正喽，然后用一只手帮着邸万金扒拉土。外面的枪声变得急骤，前后门的门板和箭窗的窗户板不断被子弹射穿，有子弹在拱室内吱溜吱溜乱飞。听不出方脸和鹰眼是否还击。

邸万金已经摆脱了恐惧，活儿干得很稳很仔细。他把石板上的土用手抹平拍实，再按孙尔康的要求蹲在上面使劲跺着踩，一边踩一边说："先生，踩这么实成他们顶不开咋办，不得憋死呀。"孙尔康不理，示意他继续使劲踩。

孙尔康认为踩得还不够实成，又让邸万金拿砖拍了一遍才往上摆砖。地砖很快摆好了，孙尔康和邸万金拿土面子仔细溜满砖缝，邸万金又在上面跺实成。做完了这些，孙尔康又捧了几捧旁边的干土面子扬在上面。现在，没人能看得出这下面有一个洞。

孙尔康拉着邸万金往后门爬，没等爬到鹰眼身边，方脸跑过来了，架起孙尔康说："快上楼！"

第十三章

随着石板闭合，地下的最后一丝光亮倏地被切断，彻底的黑暗瞬间成了世界的主宰。

寂静是这主宰的帮凶。它不彻底，地下的人还能感受到手雷爆炸的震动并隐约听到声响，所以它不是主宰，只够得上帮凶。

人类对黑暗和寂静这两样东西怀有古老的恐惧，所以，当这两样东西成为这个封闭世界的主宰和帮凶时，这世界里的三个成年人均在第一时间感受到超出预想的恐惧。

立马表露出来的是铁青脸，他骂："这他妈黑咕隆咚还不如死了痛快！"

齐润苗一手拉着小虎一手扶着梯子，罗逸一下来，她就紧紧抓住他的胳膊不松开。

罗逸一落地就抬起手腕看手表。那表是他叔给的，值很多钱。黑暗中，表上的夜光指针和刻度变得异常明亮。"大伙儿记着，现在是上午十一点半。"他说。

他没想到最后会是自己藏在下面，他成心要陪孙尔康和邸万金，尤其是邸万金。邸万金不知道他们商量的过程，不知道留在外面会死，他只知道跟着先生就安全。罗逸觉得这不公平，有他罗逸陪着能公平一些。

虽然氧气充足，但瞬间降临的黑暗还是让罗逸感到窒息。他想，上面的人挺不了多一会儿，很快就都结束了，要是日本人满敌台找地图，会不会找到洞口……他不敢想，于是便往好处想：要是他们找不到洞口，我就活下来了，可这么活下来，是不是比在山海关活下来更难受？一想到这儿他心里就不是个滋味。尽管他有理由：铁青脸下来了，方脸又不肯下来，这种情况下只能是他罗逸下来保护齐润苗母子，没有第二个人了，但他不想用这理由来安慰自己。

他还知道，即使上面很快就结束，下面的人也不能马上出去。上面没动静后，多久出去才安全，他和孙尔康并没商量过。洞口合上后他琢磨，即使外面很快肃静了，也得等到天黑才能出去。

齐润苗现在满脑子都是方脸的最后那句话。事情不是她的预料，事情又没超出她的预料……这到底是咋回事？对黑暗的恐惧、对铁青脸的恐惧虽然都很强烈，但比不过对方脸那句话的疑问。她心里念叨：那个人可别死喽，可别死喽。

她的心扑通扑通地跳。从离家到现在，她遇到的险事儿不是一桩两桩，心都没这样跳过。孙尔康说过没准儿大伙要找的东西都在这楼里，方脸说佳木斯的事儿不好听，难道，一切果真都要在这楼里了结吗？

小虎的表现很怪异。

从踩上梯子开始，他进洞前的恐惧都消失了不说，下边扑面而来的未知的东西竟让他一下着了迷！他努力四下张望，想尽快发现他想发现的东西，可洞口很快封闭了，黑暗降临。但即使这样，他还是相信，他可以用来向大人们证明自己没瞎说的终极证据就藏在这下面。所以，他不仅没害怕，还异常亢奋。

他突然说话了：“妈，这底下有人！”

齐润苗吓得一激灵，问：“在哪儿呢？”她本能地抓紧罗逸。

罗逸和铁青脸也吓得够呛，铁青脸喊了声：“哪位好汉藏在里面，吱个声吧！”他以目标最小的原则蹲下身，端着罗逸的那把单子儿剋。

没有回答。

罗逸摸索着拉过小虎，贴着他的耳朵问：“你听到啥啦？”

“有人，不止一个呢。”小虎小声说，也贴着罗逸的耳朵。他嘴巴出气凉飕飕的，声音丝丝的。

罗逸不由得头皮发炸，他搂过小虎和齐润苗，后背紧靠着梯子。他立刻又松开了搂齐润苗的手。齐润苗的肩膀很厚实，这出乎他的意料，他看她那么瘦，以为胳膊肩膀都是骨头。其实，他长这么大还从未碰过女人。

如果这只是个很小的空间，罗逸和铁青脸或许不会对小虎的话这么害怕。这是个面积和上面的敌台底座几乎相等，高度足有两三人高的单拱地下拱室。他们虽然只经过短暂的观察，但显然，这下面能藏人的地方很多——这里面整齐地垛着成排成摞的瓦罐，瓦罐后面就算藏十几个人都没问题。

可是，可是这下面照说几百年没人来过，怎么可能藏人呢？罗逸想。小虎的话还不敢不听……罗逸小声喊铁青脸：“二船是吧，你过来。”

铁青脸说：“记性不错，潘二船。”他顺着声音凑过来。

罗逸贴着他耳朵说："你去摸着坛子转圈捋一遍，注意别给碰倒喽。枪收起来，绝对不能开枪。"

铁青脸说："遵命老大。小样还知道我端着你的单子儿尅呢。"他摸索着去了。

小虎又念叨："这儿咋这么好玩儿呢！"

这话又把齐润苗吓够呛，她说："可别瞎说啊虎儿，这儿有啥好玩的。你到底听到啥了，快告诉妈。"

小虎幽幽地说："俺也不知道，反正好玩儿。一会儿就知道了。"

罗逸感觉小虎的脑袋左顾右盼地张望，便说："小虎，闭上眼睛，别老使劲睁着。"他拍了拍小虎的头。

齐润苗说："快听你叔的。"

小虎说："叔，俺也去各处摸摸行吗？"

齐润苗说："不行，悄悄儿地待着。"

罗逸说："不急。放心，走之前叔领你都摸一遍。"

齐润苗小声问罗逸："他叔，那叔跟你说这下面是咋回事了吗？"

罗逸说："说了。等一会儿我跟你说。"

有关这座敌台的秘密孙尔康只跟罗逸说过，罗逸刚才离开铺房时才跟齐润苗交代下面有个洞可以藏人，仅此而已。

上面的手雷不响了。由于洞口封闭后听不到枪声，所以现在无法判断上面究竟啥情况。罗逸问小虎："小虎，你能听到上面咋样了吗？"

小虎说："上面早就不打枪了。"

罗逸心里呼闪一下，问："人呢？上面的人咋样了你能听出来吗？"

小虎说："我听听，上面一点儿动静也没有了。"

罗逸心说"完了完了"，他看了看手表，才过去不到十分钟。他眼眶子一跳一跳地疼，眼前出现邸万金拿鞭子甩响鞭的样子。

不对呀，一点儿动静也没有？日本人没进来吗？罗逸想。他问小虎："上面没有人进来吗？"

"听不到有人，日本人现在都在原来的地方，挺远的。"小虎说。

罗逸想：那就只有一种可能，上面的人逃出去了，日本人去追了。

铁青脸回来了，说："报告老大，我可是连根人毛也没摸着。"

小虎说："有人，肯定的，就在那儿！"他抓住罗逸的手往一边指，罗逸根据梯子的方位判断那是西面。

铁青脸说："不能吧，要是有人的话我能闻出人味儿来啊。"罗逸摸到他的手，给他指了方向。铁青脸又去那边摸，走了没几步，小虎又说："他们又都走了！"

铁青脸吓得赶紧蹲下，一边使劲听使劲闻一边骂："小崽子，玩儿我是吧！"

齐润苗心惊胆战地问小虎："走啦？咋走的？你可吓死俺了，虎儿！"

小虎的话罗逸也没在意听，他心思全在上面，现在就算是下面真的有人他也不在乎了。他对齐润苗说："你们扶着梯子别动，我上去听听就下来。"

齐润苗说："小虎不会瞎说，俺看你不用上去了。"罗逸没听，顺梯子往上爬。刚爬一级就停住了——梯子榫卯的响声挺大。他试着轻踩轻起，还是嘎吱嘎吱响，他只好放弃。

“他叔，看来上面的人都——”齐润苗说。

罗逸心慌得不行，眼前出现满脸是血的孙尔康。

远处铁青脸哎呦一声，随即扑通一声有人摔倒。罗逸要去察看，被齐润苗和小虎拉住。小虎小声说：“他死了才好呢。”罗逸说：“不行，我得去看看。”齐润苗说：“那好，俺们跟你一起去。”她牢记了一条：一刻也不能松开罗逸。

罗逸拉着齐润苗娘儿俩顺着声音往西边摸，听得到铁青脸吭哧吭哧喘气。

罗逸小声问：“咋的啦？”铁青脸没回应。罗逸拔出匕首攥着。

小虎摸着身边密密匝匝摞着的坛子，凉丝丝滑溜溜的。齐润苗嘱咐过他啥也不许摸，就跟着大人走，可他忍不住想摸。他还寻思一会儿咋说也得让罗逸点着马灯照照这些坛子里装的啥，虽然这坛子还不是最好玩儿的。

罗逸也想到了马灯，如果点着马灯就可以看清这里面的一切。马灯被他放在梯子底下了。

冷不丁，一股冷风从前面吹过来！罗逸本能地一低头。这时前面铁青脸说话了：“小心，有机关！”他声音怪异，有些含糊不清。

罗逸停下来，他让齐润苗在这儿等他，齐润苗还是不干，她拽着罗逸不让他再往前走。

小虎说：“不怕，人都走了。”

罗逸蹲下，寻思小虎的话，寻思究竟能是啥机关。他问铁青脸：“你受伤啦？能走回来吗？”

铁青脸回道：“我没事儿，你过来吧，爬过来，别站着。”

罗逸问：“为啥？”

铁青脸说：“有东西戳我气嗓头子上了，你要是站着兴许眼睛被戳瞎喽。”

齐润苗说：“别信他的，让他过来。”

罗逸决定过去。齐润苗决意不松开他，拉着小虎跟他一起往前爬，罗逸让他拽着自己的裤脚。

罗逸衣兜里有现成的火柴，但他想留在万不得已的时候用。地上暄乎乎的尘土绒子有两三寸厚，爬在上面一点儿声响也没有，小虎很喜欢，他抓了一把在手里攥，想抟成团，可一松手就散了。

冷风没有了，但感觉到这边比梯子那边阴冷很多。罗逸摸到了铁青脸的脚。

“别害怕，就想让你过来摸摸这个东西。”他说。他坐在西边尽头的墙根，声音已经变成公鸭嗓。

罗逸问：“你的伤用包吗？”铁青脸说：“不用，扎肿了。你扶着墙慢点往上摸，看是啥东西。小心点儿，兴许缩回去了。”

罗逸摸到了墙，他把匕首掖回腰上，一手拉着齐润苗，一手顺着墙慢慢往上摸。齐润苗踩到了铁青脸的腿，赶紧跳开。

“人都哪儿去了呢？”小虎念叨。

罗逸停住了，他想到站着是不安全的，他让齐润苗蹲下拉着他的裤脚，他两只手顺墙往上摸。

墙是砖砌的，摸着很干燥。砖缝里的灰浆不像上面敌台那样被刮抿得平滑均匀，溢出砖缝的灰浆结成坚硬的疙瘩溜子满墙都是。罗逸摸到和自己身高差不多的高度时，感觉摸到了冰凉的石头。是水平走向的石料，罗逸想摸它有多宽多长时，在它的下沿触到了大概是扎了铁青脸的那个东西。

是一根水平探出墙外，约有一尺长的扁四棱金属棍。罗逸先触到它的根部：竖扁方，竖有两寸多，横宽近一寸。罗逸小心地往它的末端摸，它逐渐变细，到末梢处能有成人小指粗细，是方楞，不尖锐。罗逸双手攥住它使劲撼了撼，它固定在墙里，纹丝不动。

罗逸继续小心地沿石料摸，没再摸到有探出的东西。石料不到一尺宽，有一庹多长。

"就一根铁棍，没别的。"罗逸说。

铁青脸说："妈的我还以为有人扎我呢，这小孩儿吓人唬道的。上面楼里咋样啦？"

罗逸说："完事了，没动静了。"

铁青脸说："也就这样儿了，就算是你我也挺不了多一会儿。"

罗逸说："日本人没进楼里。"

铁青脸说："扯，又是这小孩儿说的吧。别听他的，肯定在上面搜呢。咱老实儿地在这儿待着吧，别闹动静，是死是活还不好说呢。"

罗逸说："去洞口吧，能及时听到动静。"

铁青脸说："你们去吧，我就在这儿歇会，免得不小心碰了你那宝贝嫂子。"

小虎"呸"了一口。

铁青脸哑着嗓子嘎嘎笑："小孩儿，别忘了我手里有枪呢。"

罗逸说："那也好，有动静我再叫你。"

铁青脸说："慢着，枪还给你，接着。"

他摸到罗逸的手，把单子儿剋递给罗逸。这是罗逸没想到的。

"你不是看着我这炮的车吗？没枪你看个屁。那几颗子弹还在你兜里呢吧，我手里可是一颗也没有了。"铁青脸说。

罗逸掖好单子儿剋，领着齐润苗娘儿俩要往梯子那边走时，铁青脸又说话了：“我也最好别空着手，你刀借我吧。”罗逸拔出匕首递给他。递完就后悔了——这下面明摆着不能开枪，枪没用啊，刀才是件家什。

小虎说：“咱最好在这儿守着，那几个人没准一会儿还得回来。”

齐润苗说：“虎儿啊，别吓唬人了，听你叔的吧。”

小虎没再坚持。这时罗逸心里忽然有种感觉，感觉应该听小虎的。他犹豫了一下，最终还是决定去洞口。

还没到梯子跟前小虎就说：“上面有人了，走呢，好几个。”

齐润苗说：“悄悄儿！”她拽住罗逸不让他往前走。

罗逸站住了。他想，现在这情形，蹲在铁青脸那儿等待或许更好。

他又往前走，齐润苗只得拉着小虎跟着。他们来到梯子底下。罗逸仔细听也没听到一点儿声音，但他相信小虎。他摸到马灯，拎着往回走。

西边墙根，铁青脸已经仔细摸过那根铁棍，现在正在摸石料下边的墙，听到罗逸他们又回来了，他重新靠墙坐下。

“上边咋样？”他问。

罗逸说：“有人走动。看来日本人进来了。”

铁青脸说：“那就等着呗，咱这四个人里边有一个命大的就行。”

罗逸说：“得做最坏的打算。万一日本人发现了洞口，你想咋办？跟他们上去吗？”

铁青脸说：“孙子才跟他们上去。”

罗逸问：“然后呢？”

铁青脸说：“单子儿剋不在你手里吗，你给我一枪不就完了。你们咋办我可就管不着了。”

罗逸说："有你这句话就妥了。嫂子，小虎，你们听着，万一日本人打开洞口，你们就先跟他们上去，别管俺们。上去后尽量离开洞口，能去楼外面最好。"

齐润苗问："他叔，这……这又是咋回事呀？"

罗逸说："嫂子，我答应过要把这楼里的事儿跟你说喽，现在说了吧。二船更该知道，谁让你也下来了呢。"

铁青脸说："哈，说呗，有啥大不了的事儿吗？"

罗逸说："我先告诉你们这些坛子里装的是啥——"

铁青脸说："不用说了，我知道是火药。"

罗逸问："你咋知道的？"

铁青脸说："一下来我就闻出来了。老子跟这玩意儿打了一辈子交道了，闻不出来才怪了。还有，不是火药你凭啥不让点火点灯！"

罗逸说："既然知道，你咋就没想出比单子儿剋更大点儿的响动？"

地下室里一下子没了动静。

好半天，铁青脸先唾了一口，道："操！那就弄呗！算你我有缘，到末了还混了个同年同月同日死，值。"

"别说了。"罗逸说。

齐润苗攥住罗逸的手，她的手冰凉。

小虎说："不说俺也知道，你们不就是想拿火药崩日本人吗？那就对了。叔你咋不早点下来拿火药呀，何苦还躲下面来呢。"

又是好一阵没动静。罗逸寻思小虎的话是不是有道理。

"其实本来，"罗逸说，"告诉你们，为啥叔说这楼里的人本该同年同月同日死。他老早就发现这下边是个火药库，没跟任何人说。前几天他表弟告诉他日本人要来拆这楼，拿砖去村口修炮楼。他就带着铺盖粮食来楼上住，单等日本人来拆楼时把马灯扔到这下边，和日本人同归于尽。”

齐润苗“啊”了一声。

“后面的事儿你们都知道了。他不仅不忍心咱这些素不相识的人受难，还想救咱们。”

铁青脸说：“哈，想救的是你们，俺们仨跟你们借光了呗。”

罗逸说：“屁话。他要救四个人，包括你们。并且不管救谁，他和邸万金都活不成。他料到日本人是要问楼里的情况，所以出去之前就跟我交代了咋跟日本人说。如果能活着出去，你每年的今天都得给他烧周年！”

铁青脸说：“老大骂得好，不过咱先得做和他一起过周年的准备。”

罗逸说：“他表弟临死前喊的话其实是告诉他日本人不拆楼了。别人听不明白，他肯定明明白白，也就是说他已经不用炸楼不用死了，当然也就没必要再回到这楼里来。可他回来了。我猜，他一是怕我不能说服你们，二是想陪邸万金一起死。”

齐润苗说：“他叔，你咋才说，俺还错怪他来着。”

小虎说：“俺还咬他来着。”

铁青脸说：“我就说这老孙头儿是条汉子嘛！”

地下室里一时又没了动静。

“叔，俺有点儿害怕。你说，能有人来救咱吗？”小虎说。

罗逸说：“小虎，咱不用别人救。一会儿咱自个儿就能出去了，别怕。”

小虎说：“嗯，俺知道了，就是说没人来救咱呗。”

齐润苗不停地摩挲小虎的脑袋。

小虎说："可是，大人讲的故事里不管多凶险的事儿，到末了都有英雄来救人哪！"

铁青脸说："嗤，那都是大人编瞎话哄你玩呢小子。英雄？还他妈没托生呢。"

又没了动静。

"叔，其实，一会儿你还是别点火药了，俺舍不得你。"小虎说。

罗逸说："嗯，听你的，不点了。"

这时就听铁青脸唉了一声道："也罢，我他妈要是还跟你们玩心眼也对不住那老头儿。跟你们说了吧，兴许……兴许咱们不用做过周年的准备。"

罗逸和齐润苗都吃了一惊，他们想不出都到了这个份儿上他还能有啥后手。

铁青脸从坐着的位置挪开身子。立刻，一股冷风吹到罗逸他们的脸上。

同一时间，孙文怀听到村部外有人进来了。

是三棱脑袋，领着俩日本兵。

孙文怀被屋里守着的那个日本兵带出去和孙贵蹲在一起，那日本兵在旁边看着。

三棱脑袋关上西屋的门，一个日本兵掀开蒙着尸首的被单。鬼作的尸首光着，衣服已经被剪开堆在一边。日本兵拿刀在尸首的肚子上比量了一下，哧啦一声把肚皮刺开了，他摘下鬼作的胃捧到一边，三棱脑袋提醒他小心一点儿……他小心翼翼地剖开那个胃并仔细扒拉里面不多的东西，直到三棱脑袋说可以了才停手。

三棱脑袋已仔细搜过鬼作的身，觉得搜得还不彻底——鬼作可以在预感到危险时把东西吞进肚子。

三棱脑袋又让日本兵倒腾肠子。肠子全部剖开看过后，三棱脑袋方确认鬼作的身体里并没有他想要的东西。

臭味熏得倒腾肠子的日本兵转过身“哇”地吐了，三棱脑袋也干呕了几声。他脸色铁青地盯着鬼作开肠破肚的尸首，手里的军刀不停地敲打地面。他又盯住地上鬼作那双已经检查过的皮鞋，让日本兵拆下鞋底。

鞋底被拆下来，鞋跟也从鞋底上撬下来，除了每只鞋的中底里那块铁片鞋芯，没见有啥别的东西。

三棱脑袋骂了一句。

他离开时在大门口停住，盯着蹲在地上的孙文怀看了半天。旁边的孙贵吓得低着头不敢抬眼睛，孙文怀还是困乏得昏昏欲睡。

他离开不久刘三顺来了，让孙贵去准备四十个人的饭菜。

日本兵押着孙文怀回到西屋。鬼作的尸首上虽然盖了被单，但满屋子的臭味让人受不了，日本兵和孙文怀都一个劲儿干呕。日本兵一脚把孙文怀踹到地上，自己出去关上门。他又觉得不太妥，喊来门口的那个商量了几句，然后开门让孙文怀出来进东屋。孙文怀进了东屋就蹲地上打盹儿，日本兵拿绳子把他捆在地当中的柱子上，然后出去站在外屋地，兼守东西两个屋门。

日本兵一出去孙文怀就睡着了，他正对门口靠着柱子坐在地上，双手被捆在柱子后面。门开着，日本兵倚着西屋门框站着，见孙文怀耷拉下脑袋睡着了，便也闭上眼睛打起盹儿来。

敌台那边没有一点儿动静了。

第十四章

郭少奎家的菜窖盖一直用木杠闩着来着，佟树田进去后他爸又搬来一块大石头压在上面，以防他俩顶开窖盖。

佟树田他爸领人来到菜窖口，见木杠和石头纹丝未动，心里稍稍安定。但当他们抽出木杠搬开石头下到菜窖里时，全都吓得目瞪口呆——郭少奎和佟树田消失了。

一起消失的还有地铺上的铺盖和下面铺着的板子，地铺旁边的三件家什——铁锹、斧子和马灯也都不见了。

菜窖里黑咕隆咚，佟老二眼尖，发现垛在西侧的大白菜被搬开了，后面的窖壁上依稀有一个窟窿。

众人小心地凑过去。是一个有小缸口大小的豁口，说它是豁口，是因为土窖壁的后面竟砌着砖！砖被扒开个豁口。

佟树田他爸壮着胆探进头去，阴冷的气息往他脸上扑，他赶紧缩回头。里面黢黑，不知有多深多远。

“快去拿蜡！”他喊。郭少奎他妈叽里骨碌地爬出去找蜡。

佟树田他爸念叨：“完了，有事儿了，有事儿了。”佟树田俩叔要凑跟前看，被他拦住。一直到郭少奎他妈拿来蜡烛，他才壮着胆把蜡烛伸进洞口。

蜡烛的光亮不足以照透黑暗，还是看不清里面的情况。郭少奎他妈急了，扒拉开佟树田他爸：“不进去能知道啥，你们闪开，我进去！”

佟家仨大老爷儿们咋说也不能让女人进去，佟树田他爸让老三进去察看，佟老三壮着胆腿朝前钻了进去。

他扒着洞口小心地往下出溜，很快就探到底儿了——不深，站在里面脑袋正和洞口平齐，脚下是很厚的暄土。他接过蜡烛往里照，这回看清了——是一条南北走向，两边都看不到头的砖砌拱洞，宽和高都有一人多。菜窖的这个豁口就在拱洞的侧墙最高处。

就在佟老三琢磨该去往哪边找他侄子的时候，北边拱洞深处传来了幽幽的声响！

“嚓——当——”细微的声响在洞里回荡。

佟老三本能地扒着洞沿要往外爬，爬了一半想起自己的亲侄儿还生死未明，便又出溜下来。他吹灭蜡烛，让洞外的人别出声，自己靠洞沿蹲下来听动静。洞外佟树田他爸想起应该有应对不测的家什，他让老二快去上边拿家什，郭少奎他妈从后腰抽出两把菜刀，说我都预备好了。

佟老二攥着两把菜刀也进了洞，他蹲在老三旁边往有声响的北边看。依然是一片漆黑，声响停了。

老二要重新点蜡时，声响又有了，“嚓，嚓——”像是脚步声。伴着声响，一丝光亮在北边出现。

佟家两兄弟赶忙把身子往下伏，手里攥紧了菜刀。光亮和脚步声越来越近，到能看得出走过来的正是佟树田和郭少奎时，佟家兄弟的手心都攥出汗了。

“到了，有亮儿了。咦？菜窖里不该有亮儿啊！”

是郭少奎在说话，说完话立马灭了马灯，拉着佟树田往回跑。佟老二赶忙喊：“是我！你二叔！”

郭少奎和佟树田满身满脸都是土，郭少奎提着马灯，佟树田拎着菜窖里的那把铁锹。

“爸，得去救孙先生和万金子。”

这是佟树田说的第一句话。

郭少奎是在早晨那四发追击炮弹响过之后发现秘密的。

当时他还在睡梦中，爆炸震醒了他。他想出去看看是咋回事儿，使劲顶菜窖口，哪顶得开。他想拿锹去撬时，菜窖里可就依稀闻到了硝烟的味道。

他熟悉这味儿，几个月前就是这味道让他真正领教了啥叫打仗啥叫尸横遍野。他很纳闷，拎着马灯满菜窖踅摸，没看出哪儿能冒出这种味儿。

郭少奎不死心，贴着窖壁逐面闻。西面这边垛着白菜，闻起来好像味儿重一些。郭少奎把白菜抱下来一些，拿马灯凑跟前照。土窖壁上有些裂缝，他贴着闻，烟味好像就是从这些裂缝透出来的。

郭少奎拿过铁锹往裂缝处铲，黄土不算太硬，但他一只手干活儿使不上劲，连铲带抠半天也没挖进去多少。

他脱了夹袄，左手举锹使劲一锹一锹地铲。铲到将近一尺深的时候锹头碰到了硬物。是砖，和外面长城上敌台上一模一样的大青砖。

硝烟味儿正是从砖缝里透出来的。

郭少奎的心怦怦跳，心说没想到我家菜窖里还埋着城墙呢！这菜窖是他亲手挖的，挖的时候他妈还嘱咐他别太往西扩，西边有院墙，离墙基忒近容易把墙给抠塌喽……他要是没听他妈的话，当时就把这地底下的城墙给挖出来了。

他的地铺旁边备着一把防身的斧子，他拿过斧子使劲凿墙砖。

大概是由于年代久远地基下沉的缘故，里面的砖有些松动。郭少奎凿碎一块砖把碎块掏出来之后，周围的砖就慢慢撬下来了。

阴冷的气流携带着硝烟味从豁口涌出来，郭少奎不由得打了个冷战。他天生胆子大，别好斧子拎着马灯就进去了。

马灯虽亮，但所见和佟老三并无太大差异。郭少奎摸着冰凉的砖壁，望着黑黢黢的左右两端，琢磨这洞的两头都通到哪儿呢？爆炸声来自北边娃娃楼方向，硝烟味儿应该是从那边过来的。想到此，郭少奎便先奔南边察看。他毕竟算是打过仗的，他的司令教过他，欲前进，须先确定背后无威胁。

南边的洞基本水平溜直，走了几十步也望不到尽头。脚下不时有砖块绊脚，是拱顶掉落的。两侧的洞壁上隔不多远就有一个放灯的灯窝子，里面的灯差不多都还完好地摆着。郭少奎拿起一个吹掉上边的土，是小碗一样的陶制油灯，村里现在还有人家用这种灯。

走了有百十步的时候洞断了，塌的。郭少奎就着马灯的光亮仔细察看塌下来的石头瓦块，显然，塌的年代也很久远了。他估摸了一下，这里大概在村子的中央。

这边看来没威胁，他往回走。从菜窖的位置再往北，拱洞逐步升高，看来这洞是顺着山势往村后山上去了。这边的洞顶很结实，很少有砖塌落。两边的灯窝子看来是按固定间距修的，每隔十几步就有。地上的尘土下不时能踩到木头棒子和石头瓦块，郭少奎摸起一根木头，有三尺多长，镐把粗细，往墙上一敲就断了。

兴许是硝烟味本来就不浓，也兴许是适应了洞里的气味，反正越往前走，郭少奎反倒闻不出硝烟味了。

数到一百步后拱洞开始往右拐，这之后郭少奎就没再计步数——洞里出现了一些东西，有些东西还挡住了他，他得不时停下来。

最先遇到的是一垛半人高的东西，占了差不多有半个洞面。郭少奎扒拉了一下，很实，像是堆在一起的金属物件。他凑近看，是一垛密密扎扎的青铜箭镞，有的已经锈成了坨。这东西对他来说不稀奇，他很小就在山上的敌台里见过，都是规规矩矩几十个一捆地码在敌台的铺房里。小时候他们小孩还拿着打仗玩。村里的老人说这是明朝的东西，有好几百年了。

再往前走每隔几步就是一垛这样的箭镞，大概有十几垛。箭镞垛之后是一堆之前踩到过的那种镐把形状的木头，多数已经腐朽。郭少奎猜它们原来也像箭镞那样整齐地码着来着，后来木头烂了才散堆了。

刚跨过这堆木头，就听“嘶”的一声叫唤，一对荧光出现在前面！郭少奎虽然胆大也还是吓得头皮子发奓。他右手本能地去腰后抓斧子，但抓空了——他的右手被弹片削去了四个手指，只剩一个大拇指，现在伤口虽然长好了，但这只手基本算是废了。好在前面那东西并没发起攻击，它不再出声，一双眼睛停在前面不动。郭少奎退后一步和它对峙，马灯的光亮下，依稀看得出它比狗略小，脑袋上有白色条纹。见它也就是个还没狗大的动物，不是啥怪物不是啥机关，郭少奎就放了心。看它没让道的意思，郭少奎嗷地喊了一嗓子，那东西吓得一呲牙，噼里扑棱钻旁边不知哪儿去了。

郭少奎走到它消失的位置，见地上有树枝干草絮成的窝，旁边还有两处水桶粗细的小洞，看来这东西住这儿很久了。郭少奎想起老人说过，獾子喜欢在老洞古墓这类地方做窝，猜它八成就是獾子。

再往前走，拱洞陡降，地面变成砖砌台阶。台阶大概有七八级，下来之后是一个有两间房子大小的拱室，到了这里，郭少奎才闻到了浓烈的硝烟味。

拱室里满地都是带窟窿眼的石头轱辘和滴溜圆的石头蛋子，都不是天然的，是人工凿制和磨制的。石头轱辘大的有百十斤，小的也有二三十斤。石头蛋子也大小不等，大的有人脑袋那么大，小的有拳头大。不知是当年的士兵撤得匆忙没来得及堆码，还是后来地震等原因震塌了垛堆，反正这里的地面几乎全被这些石头占满。

郭少奎不知道这里是否就是拱洞的终点，也看不出硝烟是从哪儿冒出来的。他小心地踩着石头走到拱室中央，举起马灯四下照。左右都是死堵，正前面似乎有拱洞，但黑影很浅，不像是延伸很远的洞。郭少奎盯着这个洞口往前走，走到跟前才看清这确是一个和来时一样规格的拱洞，但纵深不到两三步就被塌下来的石头土块给堵住了。

那些石头土块有不少是新落下来的，上面满是硝烟味。

郭少奎累了，一屁股坐下来。

他算计这洞的走向和距离，肯定是出了村子，甚至过了场院，应该离娃娃楼不远。他捡起一块新塌下来的土疙瘩闻，闻出是刚给炸下来的。

郭少奎的判断没错。这里本是一处百年以上的塌方，在娃娃楼的西侧。塌方的窟窿并不大，早已被土石填满，外面的地面也已经不见坑洼。刚才日本人的炮弹正落在上面稍偏一点儿的位置，炸出的弹坑虽和另外三处并无区别，但下边的洞里却被崩下来很多泥土砂石。

郭少奎寻思我既然下来了，咋说也得探明白了喽。他把马灯放在旁边，往下扒土堆。他琢磨既然是新炸下来的，我总能掏到爆炸的位置。

他的愿望很快实现了。随着石头土面子往下出溜，头顶一缕光线射下来！

光刺得他睁不开眼睛，本能地退后躲进拱室，见没啥动静，就又凑近观察。上面露出的孔洞其实还没有鸡蛋大，郭少奎小心地顺着土堆爬上去把脑袋贴近那个小窟窿……灿烂的阳光下，娃娃楼的铺房泛着苍白的死光。肯定是娃娃楼，百里之内找不出第二个这么完好的铺房。

外面没一点儿声响。

郭少奎抓起一块石头轻轻地塞住那个小洞，光线立刻被截断了。

他出溜下来，心扑通扑通地跳。他蹲在那儿琢磨眼下的情势：娃娃楼近在咫尺，这个拱洞十有八九是通向娃娃楼的，但塌方堵住了去路……还不能从炸开的这个口儿出去，出去就是送死。非但如此，要是让日本人知道了下边的这个洞，等于是害了娃娃楼里的人……想到此，郭少奎拎起马灯往回跑。

他回到菜窖跟前时，佟树田正探头往洞里望。他爬进菜窖，把里面的情况跟佟树田说了，佟树田说那还等啥呀，咱们快动手吧。俩人便夹起铺盖和板子，又拿了铁锹，进洞去了。

郭少奎是村子里他们这一拨年轻人的头儿，佟树田对他那是咋说咋办。郭少奎把意图交代了：用木板搪住塌方，然后清理土堆，只要能钻过去人就行。

想法简单，可操作起来却很麻烦。佟树田知道日本人就在上面不远的地方围着，响动稍大一点儿就可能引起他们的注意……土堆撤出多少，上面就可能往下塌多少，而下面又没有柱子之类的东西可做支撑。

郭少奎拿斧子把板子的一头砍成楔状，佟树田仰面躺在土堆上把板子托到拱顶，郭少奎小心地举起一块石头往土里砸板子，再把铺盖掖进去……最后把地铺上的四块板子和铺盖全都成功地塞进塌方的下面。

但再往下可就很难进行了。塌方虽说只有六印锅口那么大，但上面的土被炸松了，横向的固定力几乎没有，下面的土堆一撤，重量就全压在木板上。佟树田尽管身高力大，可仰在那儿托举，没一会儿就胳膊哆嗦支持不住了。郭少奎忙停了锹，跑后面洞里捡来几根结实的木棍支住板子。看支得不结实，又搬起几块石头轱辘填上掏出的部分。

拱室里的石头轱辘倒是可以垒起来顶住木板，但前提是得先清理开土堆，而清理的过程中靠佟树田一个人是无论如何也顶不住木板的。

郭少奎说没别的招儿了，只能回去喊人了。佟树田说我去，我爸他们都在你们家呢。郭少奎说我也得跟你一起去，你一个人顶不开菜窖盖。就这么着，他俩把木板子顶结实，确定不会塌，才一起返回菜窖。

听佟树田说要大伙儿跟他们去救人，他爸说："你是要让大伙儿去送死！"

佟树田说："爸，咱这么多大活人，咋说也不能眼瞅着让孙先生被抓去呀！"

他爸说："不眼瞅着还能咋的。"

佟树田盯着他喊："孬种！"

郭少奎跟着喊："孬种！"

佟树田他爸也不怒，说："下五家子的三百多口人倒不是孬种，咋啦，还不全让日本人拿机枪给突突啦。"

他冲俩弟弟使了个眼色，佟老二佟老三扑过去摁住了佟树田和郭少奎。郭少奎他妈喊："给我摁住喽，我去拿绳子！"颠着小脚爬出去找绳子。

佟树田力大，他二叔哪摁得住，眼瞅着他一抡就把佟老二给抡地上了。他爸上去一个嘴巴子，他愣神的工夫佟老二爬起来，哥儿俩合力摁住了他。郭少奎瘦弱，加之右手有伤，被佟老三死死抱住压在地上。

郭少奎他妈拿了绳子下来，最终，俩年轻人被四个长辈结结实实地捆在一起。

佟树田他爸捡起地上的砖堵好窟窿，又把白菜垛起来挡住。做完这些，他让俩兄弟看着佟树田和郭少奎，他上去向老太太复命。郭少奎他妈不放心，也留在菜窖里看着。

佟树田气得脸都紫了，不停地喊"孬种"。郭少奎他妈说："树田你可别再喊了，再喊把日本人招来可就糟了。"这倒提醒了佟树田，他可着嗓子"啊！啊！"往死喊，吓得郭少奎他妈赶紧解下身上的围裙勒住他的嘴。

郭少奎倒很安静，见佟树田被勒了嘴，说："树田，你就省省劲儿吧。"

佟树田他爸回到屋里时，三奶仍保持原来的姿势坐着，只是眼睛盯在房薄上不动。佟树田他爸跟她讲菜窖里的事儿她也没反应，白眼珠子使劲往上翻。

佟树田他爸吓得连喊好几声“妈”，她还是那么望着房薄。

“上房吧！”她突然说了这么一句，表情和姿势没变。

佟树田他爸不知道是啥意思，以为她魔怔了，要不就是来仙儿了。三奶随后的一句话打消了他的疑虑：“笨蛋，爬房顶上盯着去！”

佟树田他爸赶紧去了。

他爬到烟筒根儿下往村后望。此时距孙尔康重回娃娃楼没多一会儿，娃娃楼坟茔一般寂静。场院上，三棱脑袋又坐到马扎子上，左右分别站着军曹和日本兵。

村里，街上连一个溜达的家畜都没有，倒是房顶上有不少男人和他一样趴在烟筒根儿下望动静。

冷不丁，村南头传来敲盆的声音，伴着敲盆声，一个苍老的女人声开骂：“孬种！孬种！”

不用猜，只能是老林太太。

她家出事后她就变得魔魔怔怔，隔三岔五到街上喊几嗓子，没敲过盆而已。村里人已经习惯这个满头白发的老婆子当街吆喝，但大伙儿知道她并没疯。她带着一个儿媳妇和俩孙子继续支门过日子。她和死了的林啸天一样，仰仗有钱，平日里待人傲慢，与乡邻并无太多交往，村民对她家自然也就敬而远之。虽然后来她家因那桩事而败落，但和乡邻的关系并无改善。有人曾尝试去提供些帮助，都被她像往日一样给戗走，那意思还是要提醒村民我家的身份地位和你们不一样，之后也就没人再去讨没趣了。

房上的人都扭头往南边看。走过来了，果然是她，左手拎铜盆，右手持棒槌，满头白发在秋风中飞舞。她盯着前方路面，每走十步八步敲一下铜盆喊一句“孬种”。铜盆是上好的紫铜材质，石门村找不出第二个，声响饱满圆润，回声悠远，比村部那个黄铜破锣好听多了。

常敲锣的甲长孙贵跑过来，一边往下抢棒槌一边劝她赶紧回家。老林太太朝他脸上呸地吐了一口，继续盯着路面往前走。孙贵也不擦脸，死死拽住棒槌不放，老林太太回手一铜盆抡在他脑袋上他才松了手。

一个日本兵端着枪从村后跑过来挡住老林太太的去路，嘴里呜哩哇啦地喊，刺刀尖都顶到铜盆上了。老林太太也不抬眼看他，自顾往前走。那日本兵挥起枪托把铜盆砸飞，老林太太没理会，绕开日本兵，单拎着棒槌继续往前走，嘴里按之前的节奏喊“孬种”。日本兵追上去照她后腰就是一枪托，那老太太像片树叶似的扑倒。孙贵跑上前跟日本兵说了好一通日本话他才没再下手。

老林太太爬起来拍打拍打身上的土继续往前走。

日本兵走了，孙贵捡起铜盆不远不近地跟在她后面。那老太太满村子走了一遍喊了一遍才回家。

从菜窖一出来，佟树田他爸就觉着五脏六腑像被狗给掏了一样疼，现在更是疼得受不了。他仰面看天，日头正慢慢往天正中挪。快晌午啦——他想。

菜窖里，郭少奎对佟家兄弟说：“二叔老叔，你们俩不也是孙先生教出来的学生吗？咋都忘了！”

佟老二说：“你也省省劲儿吧。是学生咋的啦，也不能白去送死啊。”

郭少奎说：“不试试咋知道就是白送死。”

佟老二说：“你小子不都试过了，丢了四个手指头还没长记性？”

郭少奎说：“二叔，你这么说可就不讲究了。我也不是让大伙儿去跟鬼子拼命，这不老天爷让咱祖宗的地洞不早不晚现了身，这是天赐良机啊。咱只要把洞给抠通喽，钻进楼底下去，神不知鬼不觉把孙先生和万金子救出来就完了。这算啥呀，用得着把你们吓成这样吗，挺大个老爷儿们！”

郭少奎他妈说：“你快给我闭嘴。你当日本人都是傻子呀，他们找不着孙先生不得顺着地洞找咱家来呀，到时候咱家不得跟林啸天家一个下场！”

佟老二说：“就是嘛。少奎你就是说出花儿来也没用。这样行不，咱等我大哥回来的，他要是说让咱去，你二叔我二话不说就跟你们走。”

佟老三说：“对，到时候谁不去谁就没长卵子！”

郭少奎说：“叔啊，再等一会儿恐怕多长一个卵子都没用啦。”

郭少奎他妈说：“老二老三，他愿意咋说咋说，你们别吱声就完了。”

这之后不管郭少奎说啥，佟老二佟老三都嘴上贴了封条般一言不发。佟树田气得拿舌头根儿喊孬种。

房顶上，佟树田他爸无论如何也趴不住，不停地蹲起来再趴下，趴下再蹲起，感觉五脏六腑已经被掏空了。他心慌得不行，前胸后背全是冷汗。终于，他有了可以下去向他妈汇报并提出建议的理由——他看到山坡上的日本兵都站了起来。

屋里，他妈的眼睛仍盯着房薄。

“妈，日本人都站起来了，看样子马上就要往楼里冲啦！”佟树田他爸说。

兴许是仰头的时间太长，老太太的脖筋根根粗涨，都有手指粗细。她头微微晃了一下，眼睛还是没拿下来。

“妈，咱，咱不该就这么看着啊！”佟树田他爸说，脑门上的汗已经滴了下来。

他妈立马把眼睛拿下来，说道：“是福不是祸，是祸躲不过。那还等个屁，去吧！”

这句话一出口，满屋的妇孺吓得紧紧抱成一团，只有佟树田他爸长出一口气跑了出去。佟树田他妈想阻止，被三奶厉声喝住。

郭少奎他妈死活不让给俩年轻人松绑，佟树田他爸扑通一声跪下：“我妈说了，是福不是祸，是祸躲不过啊！”郭少奎他妈愣神的工夫他解开了绳子。

佟树田俩叔立马去搬白菜掏洞，佟树田他爸叫住佟老三：“人手够了，你快回屋里照看咱妈他们。”

四个人赶到塌方的位置时，日本人已经开始向敌台打枪，所幸还没扔手雷。如果晚到一步，这处暗道估计会随着塌方重新被震塌而暴露。

佟树田抱着闩菜窖的那根木杠，一到位立马用它顶住板子，他爸则用洞里的木棍横担着板子帮着托举。郭少奎和佟老二清理出一块地面，抱来拱室里的石头轱辘往起垒。

无论如何，他们得托住上面的漏土才能往前挖。

能听得到上面的枪声。

石头轱辘还没垒到一半手雷来了，轰轰，随着爆炸声，之前顶住的那几根木棍噼里啪啦倒了，木板缝哗啦哗啦往下淌土，郭少奎和佟老二扑上去帮着托木板。

四个人就这样被困在那儿。

一直到爆炸声停止，佟树田才小声对郭少奎说：“你快掏洞吧，再不掏来不及了。”

郭少奎说：“嘘！已经来不及了。手雷一停就是该冲锋了，别动，马上到头顶了。”

四个人死死托住板子不敢动，单等着日本兵从头顶上冲过去。

佟树田他爸说：“等他们冲进去咱不也就白来了屁的！”

郭少奎说：“白来也比白送死强，咱这是打仗呢叔，得按打仗的规矩来。”

佟树田已经急得浑身冒火，但他知道郭少奎说得对，必须听他的，不然救不了人不说还得帮倒忙——日本人从上面往楼里冲可能很费劲，从地底下往上钻没准很容易。

然而，他们等了老半天也没听到有人从头顶跑过去。

上面一点儿声音也没有了。

不应该呀——四个人同时想。凶险诡异的气息在洞里弥漫。

终于，佟老二有些支撑不住。上面的分量虽没大到托不住，但人无过顶之力，胳膊实在太乏了。他想撤下一只胳膊缓缓劲儿，刚一松手，土面子立马又往下淌，吓得他赶紧又把手举起来。佟树田拿眼睛使劲瞪他，心想日本人没准就在上面站着呢，现在不仅不能动，一点声儿也不能有。

郭少奎也是这么想的。以他的分析，除了日本人发现这里可疑进而围在上面察看，不会有第二个原因让日本人停止进攻或绕开这里。

随即，最糟糕的分析来了：日本人会不会对准这里扔一颗手雷？

想到这儿，郭少奎本来直打哆嗦的手臂僵硬了。他琢磨四个人是否都该留在这儿等着挨炸，琢磨的结果是只能如此。他开始在心里计数——起码，他得知道自个儿的胳膊能挺多久。

马灯放在旁边地上，灯舌变得忽明忽暗。

还好，郭少奎的胳膊，还有其他人的胳膊都很争气，他足足数了三百个数。

三百个数一到，郭少奎立马撤下废了的那只右手。有少许土面子漏下来，他没在乎，示意佟树田把手挪过来帮着托住他这边。待佟树田完全托住这处木板，他脱身去捡木棍。

日本人不会在上面守这么久，上面没人！这是他的新判断。

到把石头轱辘垒平口，实实惠惠地托住木板，四个人都已累得、紧张得浑身透湿。

作为四个人的事实领袖，郭少奎已经顾不得琢磨上面究竟是咋回事，现在，他无论如何得完成既定的使命。

佟树田是好样的，也没歇，拿着锹就在塌方的另一侧贴着洞壁使劲掏。

其实塌方落下来的土石方并不多，佟树田不久就掏出一个可钻进一个人的小洞，阴冷的寒气从洞口透过来。

郭少奎说我瘦，我先过去，双手往前一伸就钻过去了。

一爬到土堆上，郭少奎立马感觉置身于一个肃穆森严之地。

不仅仅是因为温度低了很多，是啥呢，是四周压过来的威凛之气。郭少奎被这份气息压得心慌。他爬起来四下打量，四周是更浓的黑暗。他转身接过佟树田递进来的马灯……立刻，满室的兵器现了身！

这个拱室比外面的大很多高很多，里面整齐地摆着、摞着各种口径的枪炮。

说它们是枪炮，是郭少奎从它们的形状上做出的判断。

他从没见过这样的枪炮，但它们应该也只能是枪炮。蹲踞在地上的肯定是炮，形状很接近现在的火炮，只是炮筒子太粗壁太厚，上面还有一圈一圈的凸起。至于一摞一摞整齐码着的管状东西，除了没有枪托，其形状也和现在的机枪步枪差不多。

兵器都蒙着厚重的尘土，马灯的光亮之下，满眼见不到一丝金属的光芒，但金属的寒气却凛冽逼人。他小心地用左手的食指摸了一下旁边的炮管。尘土下是一层硬了的黄干油，使劲抠开这层保护油，里面是冰凉的铸铁。

地当中摆的全是炮，四面墙上垛着枪管。没有出口。

佟树田钻进来，也被这些枪炮给镇住了。“古代的吧。”他念叨。

郭少奎对外面佟树田他爸说：“大叔啊，你们先在外面守着。俺俩去探探，好像到头了。”

郭少奎和佟树田举着马灯绕这个拱室看了一圈，确实没有出口，拱顶也没有开口。郭少奎停在他判断的靠近娃娃楼这一侧——之前他从塌方口看到过娃娃楼，知道楼在他前进方向的右侧，也就是大致在东侧。

从距离上判断，这里应该还没到娃娃楼底下，或者刚刚到。听不到一丝声响。

顺墙码放的枪管每一层都用木方隔着，木方看来都是耐腐的硬木料，它们都没烂，不然这些枪管早就塌一地了。

“树田，走，回去吧。”郭少奎说。

佟树田：“咋，这不白来了！”

郭少奎：“嗯，还得赶快回去。”

小虎确有超凡的听力，从郭少奎进洞起，一直到他们四个人离开，小虎全都听到了。

第十五章

铁青脸挪开身子后，一股略带硝烟味的冷风吹到罗逸脸上。

“兴许这儿能通到外面，得想法抠开。”铁青脸说。

罗逸把脸贴到墙面，风是从墙缝钻出来的。他掏出火柴说：“你们围着我别动，说啥也得点它了。”

齐润苗说：“他叔你可千万小心！”

铁青脸卸下马灯的灯罩，罗逸嚓地划着火柴，小心翼翼点着了马灯。马灯的光亮刺得习惯了黑暗的人们睁不开眼睛。罗逸未等火柴熄灭就把它含进嘴里。

灯光下，一切都看清楚了。这是一处被封死了的门洞。

门楣就是那块大石条，下面的门洞用和墙壁一样的青砖给垒上了。之所以能看出来是门洞，一是门楣两侧的门沿有整齐的砖缝，二是封门的砖砌得很粗糙，不整齐不说，砖缝里的灰浆也不均匀，应该不是专业瓦匠干的。正是几处没填满灰浆的砖缝漏进了墙外的空气。

那根金属棍就插在门楣的下沿，或者说它是从门楣下沿伸出来的，是根四棱铁棍，锈得并不严重。

铁青脸手里攥着匕首，显然，他刚才偷偷用匕首撬砖来着，为这个他才拿单子儿剋换了匕首。他右眼还肿得老高，脖子上新被铁棍扎了的地方有一块血洇。

“你再试试吧。”罗逸说。

铁青脸蹲下，把匕首伸进透气的砖缝使劲撬。罗逸一边拎着马灯给他照亮，一边回头看了一眼梯子上面，眼前又出现满脸是血的孙尔康。

见铁青脸撬了半天没进展，罗逸觉得要领不对。他把马灯交给铁青脸，自己接过匕首一点一点地铲砖缝里的白灰。心想把砖四周的白灰都掏出来才能撬，不然匕首撬断了也撬不下来。然而白灰比他想的要坚硬得多，简直跟青砖差不多硬。他不停地铲，手上磨出了血泡也没察觉，直到血泡破了，手针扎似的疼，才不得不把匕首交给铁青脸。

砖缝里的白灰也才抠进去不到两寸。

铁青脸早已对罗逸这种干法感到不耐烦，接过匕首念叨："再这么绣花似的，日本人都该下来了屁的。"他把匕首使劲往罗逸刚才铲过的那个砖缝里插，想插得尽量深一些再撬。齐润苗看罗逸手破了，要给他包，罗逸拒绝的工夫铁青脸可就成功地把匕首插进了砖缝，随即抬脚蹬刀把，罗逸要阻止已经来不及，咔吧一声，刀断了。

铁青脸一屁股坐到地上。

"完犊子啦，等死吧。"他说。

罗逸蹲下身抽出砖缝里的半截刀条，有一拃长。他用手撼了一下那块砖，纹丝不动。

砖缝里透过来的凉气倒是实实在在，眼下的境况也实实在在。

齐润苗说："他叔，别急，看看这屋里还有没有别的东西能用。"

罗逸说："嗯，不急。你和小虎跟着我。"

他没理铁青脸，领着齐润苗和小虎小心地在拱室里寻找可利用的东西。有几个瓦罐碎在地上，看来是落下来很多年了，尘土之下已经看不出里面火药的样子。墙上整齐地挂着一些碗口粗的纸包，长度一尺到两尺不等，罗逸摘下一个最长的，捏一捏，软的。

他没找到一件能用的东西，哪怕一块石头一根棍子。

罗逸停在梯子旁，摸那粗壮的榆木。

小虎小声说："人还在上面呢。"

罗逸松开手。

他放弃了撤下梯子，拿它去撞墙的想法。它能撞开门洞当然好，就怕门洞没撞开它却断了，那样的话最后的生路也就断了。

他领着齐润苗和小虎回到原处。铁青脸正抱着背包发愣。

罗逸把马灯交给齐润苗，自己抓住那根四棱铁棍使劲往下打提溜。没用，他的体重不够，铁棍纹丝不动。铁青脸站起来加入，铁棍弯了，铁锈嘎巴嘎巴掉了他们一身，铁棍的根部还是纹丝不动。

铁青脸："认命吧老大。"

罗逸抓住弯了的铁棍使劲撼，有伤的手出血了，齐润苗看不过眼阻止了他。

"歇会儿吧他叔。"她说。

"歇会儿吧老大。"铁青脸说。

"嗯，歇会儿吧叔。"小虎说。

罗逸一言不发，去旁边捧过一个瓦罐放到地上，蹲下来端详。

齐润苗要把马灯往跟前凑，罗逸挡住她，示意她往后退。

他掏出一块布仔细地把瓦罐上上下下擦干净，再抖掉布上的土，叠好揣起来。那块布就是安德馨亲手为他系在大刀上的刀穗，大刀留在他叔的地下仓库里。离开仓库时他掂量这一路上关隘重重，枪和大刀肯定是没法带了，此一去多半此生不能回，大刀是他今生最珍重的念想物，于是带走了这块红绸子。

瓦罐有二十来斤重，是半釉广口罐，口边有两个小环，看起来是系绳子用的。罐口用黄色蜡纸封着，蜡纸上有一张封条，上面的字清晰可辨。

小虎看着封条念："万历七年，兵仗局火药司造。"

铁青脸凑过来看，问："看出有多少年了吗？"

罗逸说："明朝的，我算算。万历是明朝使用时间最长的年号，万历元年应该在十六世纪七十年代，万历七年到现在该有三百五十多年啦。"

铁青脸说："操，放这么长时间了都，要是受潮的话就跑硝了个屁的。打开看看吧。"

蜡纸还很结实，罗逸拿那半截刀条划开个口子，小心地撕开。满罐乌黑的火药。

铁青脸用指尖抠出一点儿，放舌头上尝了尝，说："还别说，正经不错了，当炸药使没问题。"

他这举动让罗逸很吃惊，"这话咋说呢？"他问。

他虽是讲武堂出身，对黑火药的成分和制备也有所了解，但还真不知道舌头可以尝出火药的质量。

铁青脸说："哈，老大，看来也有你不懂的事儿。别的不敢吹，这件事上估计我比你懂得多。跟你说，从起绺子到拉大旗打日本，老子一直都干配火药这营生！这回知道了吧，佳木斯的桦川现在还有我的作坊呢。跟你说，火药里的木炭硫黄硝石谁最邪乎？硝石。不过它要是受了潮就容易变性，火药跑了硝，威力就打折扣了。硝的味儿又咸又辣，我这舌头一舔就知道它分量足不。不过我看最起码这罐药还行，当炸药没问题，可要是装枪打枪子儿就差点劲儿了，得加硝才行。"

罗逸心说能当炸药就行啊。他把从墙上摘下来的那个纸包拿过来，小心地用刀条挑开外面的蜡纸。

是一捆比筷子稍粗一点儿的东西。罗逸抽出一根，是棉纸和麻丝缠成的，芯里面是火药。他把这东西递给铁青脸，铁青脸捏了捏说："药捻儿。看这长短粗细，估计是炮上用的。"

他看了罗逸一眼，"这长短，用它点炸药，人肯定是跑不了啦。"

罗逸说："没人说要用它。"

他把那罐火药端起来放到墙角的罐子垛下面，又端下来俩并排放在它旁边，拿刀条逐个打开封口，然后回来坐下。

"嫂子，把灯灭了吧。"他说。齐润苗灭了马灯。

拱室重又陷入黑暗。

铁青脸叹了口气说："有把镐就好了，墙那头肯定能通外面，我闻着那边的味儿就是新鲜的炮弹和手雷的味儿。"

没人应声。

罗逸想问小虎上面的动静，放弃了。不用问，要是有新的动静，小虎会说的。

现在，他们能等待的，同时也是永不希望出现的，就是梯子上面那洞口的动静。

"叔，是俺听错了。俺那会儿听到的人看来没在墙这边，肯定是在墙的那头儿呢。不过俺没说瞎话，真的有人，还不止一个呢。"小虎说。

罗逸说："嗯，我信你的。"

小虎说："叔，这会儿上面有人蹲在洞口说话呢。"

齐润苗问："能听着说啥吗？"

小虎："听不清。"

齐润苗紧紧搂着小虎，小虎把一只手伸给罗逸攥着。

四个人不再说话，就这样无声地等待那洞口的动静。拱室里静得只能听到四个人的呼吸，直到小虎说："他们走了。"

这段时间能有将近十分钟，这期间齐润苗几次想说话都放弃了。

"走啦？出去了吗？"她问。

"没，还在上面呢。"小虎说。

齐润苗想，现在说啥也得问了。

她说："他叔，你问一下他，那个人说佳木斯的事儿不好听是啥意思。"

铁青脸说："不用问啦，佳木斯的事儿确实不好听，不好听的事儿说它还有啥意思。"

罗逸说："那也不见得。反正你也说了一些了，不如索性都给俺讲讲呗。比如可以讲讲你大哥，也就是你们司令，他手下有多少人，咋就剩你们仨了，都死了还是反水了。"

铁青脸说："哈，记性真不错。我还以为被我给拍晕了没记住呢。好吧，讲讲也无妨。反正也是闲着等死，俺们这点事儿要是不跟你们讲，再过一会儿八成就谁也不知道了屁的。不过我得先问问你，你咋就知道俺们的人除了死的就是反水了，就没别的活路吗？"

罗逸说："我瞎问呢。"

铁青脸说："问得好，瞎问都问得这么准。我这就给你们讲，啥时上面被抠开咱啥时停。我大哥手下最多时有上千号人马，这上千号人里有山林队的，就是你们说的胡子，就我这号人，有矿警水警保安队啥的，还有就是我大哥的那些黑龙江省防军，这些人是正规军，正经厉害的是他们。我大哥过去是马占山的部下，是个营长，'九一八'那会儿跟他在嫩江铁桥打日本来着。后来姓马的投了日本当了伪省长，我大哥就自己拉杆子成立了救国军，当了司令。再后来姓马的又反正抗日，叫我大哥回去，他没干。他看不上出尔反尔的。其实马占山算是东北第一条好汉，要是没他，全东北几十万正规军兴许连他妈一枪都放不上。打日本可不是吹糖人儿，真他妈打不过小日本子呀。要说烧火棍子打得过大刀片是出了鬼了，那单子儿剋能打得过机关枪可就是出了鬼爹了。日本人的炮弹子弹是一车一车地拉，俺们的子弹得去人家那儿偷，去拿命抢！有时一条命都换不来一发子弹。我配的火药派上不少用场，可咋说也比不上洋枪洋炮啊。一年前俺们的队伍被打散了，我以为我大哥死了，就在密山找了个相好的住下来。半年前才听说他没死，在鹤岗、桦川一带山里呢。我知道信儿的当天就挖出枪去找他。当时队伍就剩能有百十号人。那时日本人讨伐得越来越紧，队伍连一口给养都难打了，明摆着再挺下去全得死。我劝他散了队伍埋了枪，跟我去密山做点小买卖。他不干，要带队伍去投陆维龙——"

听到"陆维龙"仨字，罗逸身上一激灵。

"可没等俺们动身，陆维龙的队伍就让日本人给灭了。他被日本人抓住大卸八块，脑袋挂马车上游街示众。我没见过陆司令，听说才三十出头，留着分头，长得老带劲了。死之前除了一个劲儿地骂，再啥也没招，是条汉子。"

罗逸太阳穴蹦蹦跳，跳得眼睛直冒金星。

陆维龙是他讲武堂的同学，公认的第一美男子，平日里不念声不念语，文文静静像个大姑娘。梅一刀也曾拿话敲打过他，那意思是说他缺少阳刚气，根本不适合当军人。这个最不适合当军人的人“九一八”后回牡丹江老家变卖了祖产，拉起一支威震黑吉两省的抗日队伍，他的名字常出现在报纸上——日本人悬赏他的人头。罗逸之所以选择去投奔他，是因为他是罗逸证明自己的最好比照人。

罗逸眼前现出陆维龙大姑娘一样腼腆的白净俊脸。

“不是所有人都是汉子，那些天队伍里的人一个接一个地反水投日本。投了你就投了呗，好歹整条活路，最坑人的，是他妈的一个个还给鬼子带路来杀俺们！最歹毒的是他们带着日本人把俺们藏粮食的地窨子全给抠了。我大哥原本是个多谋善断、打仗办事都嘁哧喀嚓的人，人称小诸葛，不然也不能二十岁就当上连长。我回来后发觉他咋变得犹犹豫豫的没了原来的决断劲儿，那几天更是疑神疑鬼谁都信不着。开始我还整不明白这是为啥，后来终于明白了，这些年他靠墙墙倒靠人人跑，一宗接一宗不重样儿的反水出卖把他的定盘星和主心骨都给整乱了整没了。这么说吧，最后那天早晨一觉醒来，他最信得着的卫队长都没了影儿，没多大工夫那小子领着日本兵冲上来了。跟你说也没用，你不知道那滋味。妈的昨儿晚上还是弟兄，今儿一早就领日本人来取你的人头！也怪我大哥的人头值钱，悬赏告示上有他的价码，他一个脑袋够那小子全家活下半辈子的。不说了，反正最后就剩俺们仨了。”

铁青脸的嗓子比先前更沙哑，说到这儿哑得几乎发不出声儿，他使劲吭吭地清嗓子。

罗逸眼前还是不断出现陆维龙的模样。

他想，就算我有命活下来也不能去佳木斯了，难道，果真一切答案都在这座楼里？

齐润苗咳了一声。罗逸知道她是急着听到她想要的答案。

铁青脸继续讲："其实，当时跑出来的弟兄总共有九个。我大哥含着泪对大伙儿说，从一开始我就说过谁都可以随时离开，但别出卖兄弟……今儿个咱正式散伙，谁也不用出卖谁了。你们各奔前程，我得去了一桩心愿，就是替死了的弟兄去把王魁和大秋栓给办喽。"

小虎"啊"了一声，罗逸感觉那小手在他手里无力地抽搐了一下。

"这俩人是俺们在佳木斯的底线，后来反水了。一年前就是他俩把队伍的行踪告诉给日本人，日本人差不点把俺们全窝端，好几百弟兄死的死、散的散，那之后队伍基本就垮了屁的。一听我大哥的话，多数人说要跟着一起去。我大哥看着没吱声的那两个人说，对不起了兄弟，为避嫌疑，要去咱就一起去，完事儿再散伙。结果当天晚上那两个人要偷着跑，我大哥早有防备，给逮住了。处死那俩人时我大哥又发了善心，就为他们说是起来撒尿。要不是王炮儿，就是俺们一起的那矬子，拿枪顶着自个儿的脖子逼他，他还真就把他们给放了。俺们剩下的七个人去城里办那事儿，又死了四个。最后这不就剩俺们仨。俺们想往关里走，路都被封了，就在山里走走停停，走了小半年才到了这儿，结果到这儿也就算是走到头儿了。"

罗逸寻思铁青脸说的这些事儿还是和齐润苗的丈夫无关，便说："这也没啥不好听的呀，你们在佳木斯还有别的事儿吧。"

铁青脸说："我说老大，一千人就剩了仨，这还好听啊！"

齐润苗说："他叔，不用问了。"

她的声音有些怪异。

“其实，听我大哥的好了，我大哥说俺们仨分头走来着，王炮儿非得要一起走。当时我大哥就说，听我的不见得全能活，不听我的整不好可就全得死，你们掂量好喽。我大哥的这句话他以前说过，听了他的话我才活到现在。我照说该听他的，只可惜啊，最后这次我没听。活该！”

铁青脸继续说。显然，是他自个儿很想、也很需要向别人说。

陆维龙的死讯让罗逸陷入空前的哀痛和沮丧。他对铁青脸他们的事儿本无兴趣，是齐润苗让他打听有关佳木斯的事他才问了那些问题，没想到铁青脸竟说出了他最不想听到的消息。他本想深入打听陆维龙的事儿，一想人都已经死了，再打听还有啥用。现在看齐润苗也不再想听了，就不再追问。

铁青脸似乎已经通过这些讲述排解了想要排解的郁闷，不再讲了。拱室里再一次陷入沉寂。

小虎扭了一下手，罗逸松开手，小虎把手抽回去。

齐润苗依然攥着罗逸的衣角。

洞口还是没有一丝动静。

静的时间越久，四个人的呼吸声越显得重，这越来越重的呼吸声对它的主人形成的压迫也就越来越沉重。

幽冥旷远的气息也伴着泥土和硝石的气味从四面八方压过来。这气息就像是魅人的香水，对人有一种勾魂摄魄的魅惑，让人产生一种进入远祖故居的回归感，以及一切都已完结，尽可安然睡去的倦怠感。要命的是，果真有香味飘了过来！香味那么美妙，就像是有完美和荣耀在黑暗深处召唤你进入……罗逸知道那是坟墓的气息，绝不可受此魅惑，他使劲咳嗽了一声。

铁青脸也咳了一声道：“谁再出点声儿吧，总这么着得被憋死。”估计他也是不想被那魅惑弄睡过去。

罗逸看了一下手表，一点十分了。

“他叔，咱去那边说话。”齐润苗牵了一下罗逸的衣襟。

铁青脸说：“哈，还得背着我。”

齐润苗拉着罗逸和小虎来到拱室的另一头。

“他叔，俺求你件事儿。”齐润苗说。

罗逸说：“你说吧，嫂子。”

齐润苗说：“要是，要是咱都能活着出去，求你带小虎走，俺不能带他回山东了。”

小虎说：“妈，咋，你不要俺啦？”

罗逸说：“嫂子，这是咋的啦？”

齐润苗说：“没咋的。要是都死了也就一了百了，权当俺啥也没说。只要你和小虎能活着，求你带他走。”

小虎说：“妈，那鳖羔子放屁呢，不能听他的！”

罗逸琢磨是刚才铁青脸的话让齐润苗有了变化。

罗逸说：“嫂子，咱出去了再说吧。”他仔细回忆刚才铁青脸说过的话……齐润苗说过她婆家姓郑，没说过她丈夫叫啥。

小虎抽搭起来。

齐润苗说：“不许哭！”

小虎说：“嗯。”抽搭得更厉害。

齐润苗说：“你要不想在村里一辈子抬不起头，就跟你叔去！妈回去伺候你奶。”

一刹那，罗逸心中的哀痛和沮丧变得加倍沉重，他差不多明白这是咋回事了。

罗逸想，估计是齐润苗的丈夫在关外用了假名。如果他就是被方脸他们处死的那两个人之一，那么他不是王魁就是大秋栓。

“他叔，你得答应俺。”齐润苗说，声音变得单薄虚弱。

罗逸说：“嗯，我答应你。但愿咱们都能出去。”

好半天，齐润苗说：“他叔，其实死了也挺好。”

郭少奎他们返回菜窖时，佟老三刚从房上回到屋里向他妈汇报看到的情况。他本来按他哥的交代回屋里照看老人孩子来着，却被他妈给撵上房了。他妈说：“你能照看个屁，快去房上盯着！”

他一直在烟筒根儿下盯着娃娃楼来着，虽然离得远，但除了北面看不到，其他三面的情况基本都能看得清楚。日本人先是远远地站着横排向娃娃楼逼近，到离楼能有百十步的时候都趴到地上一边打枪一边爬，离楼有四五十步的时候又扔手雷。他猜不出他哥他们究竟咋样了，心慌得看不下去，但他记着使命，坚持守到日本兵冲到楼下的那一刻。那一刻，他叽里咕噜爬下房，本想直接进菜窖下地洞去喊他哥——如果他们不马上离开娃娃楼，就得被日本人给一窝端喽。后来一想他妈才是决策人，就进屋跟他妈请示。

三奶瞪着房薄，眼珠子都快瞪出血来，喊：“回去！管死了活了，有结果了再下来！”她嗓子已经比老头儿的还粗哑。屋地上的女人们已经不哭了，她们抱着团儿打哆嗦。孩子们不知道这是咋回事，吓得不敢作声。

佟老三回到房顶时娃娃楼下已经平静，围楼的日本兵正不紧不慢地离开。军曹不见了，场院中央就剩下三棱脑袋和一个日本兵，三棱脑袋仍坐在马扎子上。有一个日本兵走上来向他汇报啥，他听完后就带着这个日本兵往村子里来了，场院中央就剩一个日本兵守着空马扎子。

娃娃楼的南门关着，半天不见有人出来。佟老三看三棱脑袋和日本兵好像往村部去了。他无论如何不敢再在房顶待了，怕日本人回村搜查。尽管没探到他妈想要的结果，他还是回到了屋里。

郭少奎他妈一直守在菜窖里，她一会儿趴暗道口听动静，一会儿爬上菜窖往外望。村后的枪声爆炸声已经把她吓得手脚都快不听使唤了。见几个人全合儿地回来了，她一屁股坐在地上，也没问咋没救回人，自顾拍着胸脯哭。佟树田他爸让其他人留在菜窖，自个儿去屋里了。

“完了，孙先生和万金子肯定是被弄死了，没见他们出来。”佟老三正向他妈汇报。

佟树田他爸问：“有人被押出来和抬出来吗？”

“都没看着。”佟老三说。

老佟三奶说了句：“行啊，咱尽到心意了。”说完咕儿地一声仰面背过气去。

一屋子人围上去连掐带拍，她缓过气来后再也不说一句话。

佟树田他爸领着佟老三回到菜窖。听了佟老三的讲述后郭少奎说：“不行，我得上房看看去！”要出去，他妈抱住他不撒手。他使劲往外挣，佟家兄弟出手摁住他。这工夫佟树田可就出了菜窖，他爸他叔追出来时他已经上了房。他们不敢上房拽他，便蹲在院子里守着。

佟树田很快下来了，跟郭少奎说：“看来凶多吉少，楼那边一点儿动静也没有了。鬼子们都远远地站着呢，看样子都吊儿郎当挺懈怠，有的还拄着枪。要不是楼里面有了结果，他们不该这样。”

郭少奎：“没人从楼里出来？”

佟树田：“没看着。楼门和窗户都关着。”

郭少奎念叨："活不见人死不见尸啊。"皱着眉头老半天不吱声。

终于，他说："不行，不管是死是活，只要没见着孙先生，咱就还得回去！树田你快上去拿把镐下来！"

没等佟树田他爸阻止，佟树田先说话了："不行了少奎，明摆着咱动手晚了，再进去十有八九是送死啊。再说，就算去了也不知道咋样才能挖到楼里呀。"

郭少奎没想到佟树田会反驳他，说："那好那好，这事儿跟你们爷儿们没关系了，我自个儿去。妈你快撒手！"

他妈哪肯撒手，佟家哥儿几个也合力摁着他。郭少奎动弹不得，脑门上青筋直蹦。他知道挣不脱，便不再努力，瞪着周围的人呼哧呼哧喘粗气。佟树田心里难受，猫着腰在菜窖里来回转。

冷不丁，郭少奎问佟老三："老叔，你看着那个鬼子头儿往村里来啦？"

佟老三说："是啊，还带着个小鬼子，像是往村部去了。"

郭少奎说："你是说孙文怀被押村部去了吧？"

佟老三说："是呀。"

郭少奎说："坏了，他们八成是要去杀了孙文怀！"

这句话吓得其他人都张大了嘴。

佟树田说："可不是咋的。走，快去救他！不然连这也来不及啦！"说完从他二叔腰里抽出菜刀就奔菜窖口，他爸一把拽住，就那么死死地拽着，不说话。

对于佟树田的这个动议，或者说对于又一个几乎等同于死亡和毁灭的决定，菜窖里的人做出了和此前不同的反应。

郭少奎他妈愣在那儿，手依然抱着郭少奎。佟树田俩叔摁着郭少奎，用目光向兄长讨主张，而他俩的兄长此时正一手拽着儿子，一手扶着梯子，眼睛讨主张般的望着郭少奎。

郭少奎拍了拍他妈的手："可不能让文怀再死喽。妈，你最稀罕这孩子啊。"

他妈松开手，坐到地上，眼泪扑簌簌往下掉。

"可是，可是你们咋跟鬼子斗哇！"她说。

她常说孙文怀是村里最聪明最有出息的孩子，并每每拿他来教育自己儿子。

郭少奎用左手去佟老三腰里抽出另一把菜刀，说："我和树田去就行了，人多了也没用。"

佟老二说："不行，咋说我也得跟你们去！"

他想起孙文怀考上大学时自个儿说过埋汰这孩子的话，去当汉奸状元、给石门村丢脸啥的，他很后悔。

佟老三说："这事儿，是不是得去问问咱妈？"

佟树田他爸说："不用了，你都看见咱妈不能说话了。"

然而，街上的铜锣声让菜窖里业已达成的共识不能立马实施了。

锣声中孙贵喊："四牌单数的人家听着，每家拿五斤高粱米一棵白菜去我家给皇军做饭！现在就去，现在就去！"

郭少奎他妈说："坏了，轮到俺家派饭了。"她家正在四牌，是三号。

佟树田他爸示意菜窖里的人先别动，他慢慢把头探出菜窖观望。

大门仍然关着，孙贵还没到门口。

郭少奎说："妈，只能你去了，不能让我妹子她们去。没事儿，你去吧。"

佟树田他爸说："树田他妈岁数大，让她替你去。"

郭少奎他妈说："那可不行，整不好日本人起疑心可就糟了。"她擦干眼泪，抓起棵白菜就爬了出去。佟树田他爸也跟着出去。

屋里，三奶仍坐在炕上望房薄，他们进屋也没搭理。郭少奎他妈哆嗦着舀了两瓢高粱米，夹着那棵白菜出了院子。佟树田他爸心急如焚，跟着她来到院门口。孙贵就站在大街上等着。郭少奎他妈关了大门，佟树田他爸顺门缝往外望，见其他四户的老娘儿们陆续端着高粱米、夹着白菜出来了，人齐了之后孙贵带着她们往他家去了。

佟树田他爸要回菜窖喊人时就见一个日本兵远远地跑过来，吓得他站在门后没敢动。就见那日本兵来到孙贵身边说了句日本话，孙贵听完后挥挥手让那五个女人自己去他家，他跟着日本兵走了。

等日本兵走没了影佟树田他爸才返回菜窖。郭少奎和佟树田已经等得火上房了，立马出了菜窖。佟树田他爸让佟老二跟去，他和佟老三垛好白菜挡住地洞后也出了菜窖。他去屋里，佟老三仍去房上盯着。

街上仍肃静得连条溜达的狗都没有。郭少奎家在村子西头，郭少奎他们仨猫着腰奔南边出了村。村南边是密实的松树林子，他们顺林子往东跑，村部就在那边，离林子不远。郭少奎在菜窖里窝了这么久，身子虚，跑得上气不接下气。他一边跑一边琢磨：村部房子有后窗，可以从后窗爬进去救人。

他们接近村部旁边的山坡时，见村部的房子冒起黑烟。

郭少奎喊声："完了。"一屁股跌坐在地上。

佟树田念叨一句："又晚了。"也坐下了。

村部的窗户往外蹿火苗，砰砰！房子里响起枪声。远处传来锣声和孙贵喊“救火”的声音。

不久，一个满身是火的人从房子里跑出来，没跑几步就摔在院子里，一边打滚一边拍打身上的火，没多一会儿就不拍了。他还没死，慢慢往前爬，一直爬到大门口才不动弹。

孙贵领着军曹和几个日本兵从村后跑过来，日本人进了院子，也没管地上那死人，径直要往房子里冲，火太大，没冲进去。

火越烧越旺，窗户楞子和椽子都烧得嘎巴嘎巴响。孙贵和刘三顺领着几个拎水桶的村民来了，几桶水泼到房上，火势非但没减，反倒更旺。军曹站在院门口，刘三顺向他汇报啥，他甩手给了刘三顺一巴掌。刘三顺赶忙比画着让孙贵再去弄水。

佟老二哭了，哭得很伤心。

“咱回去吧，没用了。”佟树田说。

郭少奎用那只只剩一个手指头的手指了指村部，再指了指远处的娃娃楼，说：“操，窝囊死了！”然后站起来要走。

这时就听山坡下沙沙沙有人往上爬，郭少奎三人赶忙藏到树后面。

那人一边爬一边扭头看山下的村部，并未注意到前面林子里有人。他停下，不紧不慢地拍一拍身上的土，然后转过身面对村部坐下来。

他瘦长身条，穿着扎眼的白裤子。

“是孙文怀！”佟树田脱口而出。

听到声音的孙文怀并没站起来，只是转过身朝这边看了看，没有表情地点了下头，又慢悠悠地回过身往村部望。

郭少奎他们几乎惊得魂飞魄散。按常理，被烧得半死冲出房子，最后死在院子里的那个人就该是孙文怀呀！

而面前出现的这个孙文怀，他脸上的表情也不对劲儿。这样的境况之下，一个十七八的半大小子无论如何不该是这样的表情，他那不紧不慢的举动也绝不是这个时候该有的。如果这事儿发生在夜里，郭少奎他们仨无一例外会认为下面端坐着的是孙文怀的冤魂。

然而现在是大白天，穿白裤子的孙文怀就坐在不远处的山坡上。

郭少奎带头，三个人小心地走到他身边。

村部院子里的人还在往房子上浇水，房子烧得更旺，浓烟拔得老高。

郭少奎蹲到孙文怀身边仔细看他的脸。是活人孙文怀没错，满脸尘土烟灰，头发眉毛被火燎得打着黄卷。他不说话，也不扭头看他们，自顾盯着村部。

郭少奎琢磨人没死就好，眼下当务之急是赶快离开。

“文怀，快跟俺们走！”他说。

孙文怀问：“去哪儿？干啥？”眼睛仍望着村部。

郭少奎说：“躲俺家去，让日本人看见可就糟了。”

孙文怀说：“我还有事要办，得在这儿等着。”

佟树田说：“你还等啥呀，快走吧，你爸他们都……”

孙文怀说：“我爸没死，我得等他。”

佟树田和郭少奎对视了一下，判断这孩子是被吓魔怔了。

郭少奎说：“是呀，你爸没死，所以咱得赶快去救他呀。”

孙文怀说：“不急，有个管事儿的日本人在这儿呢，他不走就不会有啥新举动。”

佟老二问：“那，那你还有啥事儿要办？”

孙文怀说：“烧梯子。”

像是要让他们相信自己的话，孙文怀掏出一盒火柴比画了一下。

郭少奎向佟家爷儿俩递了个眼色，三个人老鹰抓小鸡似的架起孙文怀就走。孙文怀也不挣扎，只是不停地念叨：“烧！烧！”

他们刚钻进郭家的菜窖，大门外可就来了刘三顺领着的日本兵。

那时天已过晌。这个季节天短，山里天黑得更早，再有两三个钟头日头就该落山了。

第十六章

娃娃楼地底下，齐润苗越来越烦躁。小虎一言不发，肚子咕噜咕噜叫唤。

终于，齐润苗说：“他叔，要是早晚都是死，咱还不如现在就上去吧，别再等了。再等饿也饿死了，憋也憋死了。”

罗逸说：“不行，谁说咱就一定得死。”

他看了看手表，快两点半了。

那边铁青脸听到了齐润苗的话，说：“就是嘛，是死是活屌朝上，还他妈等啥呀，等到明年也等不来救星啊！”

罗逸没理他，自顾对齐润苗说：“嫂子，必须得等上面没人了才能出去。”

齐润苗问：“要是上面一直有人呢？”

罗逸说：“不会的。”

齐润苗不吱声了，仍然很烦躁。她松开一直攥着罗逸衣襟的手，不停地站起蹲下，蹲下又站起。

罗逸说："嫂子，咱再挺一会儿，等外面太阳落山了再说吧。"

他知道齐润苗现在的心情非常糟，想说几句安慰她的话又不知道该咋说。

猛地，他想起方脸留下的那个背包。

他去梯子底下摸那包，不见了。应该就在梯子底下，他从洞口扔下来的……罗逸想起来了，刚才铁青脸来梯子底下来着，是他拿走了。他摸索着走到铁青脸跟前问："那个包你有用？"

铁青脸说："对谁都没用了。我看你们也用不着，就拿过来稀罕稀罕，毕竟俺们都背了一路了。拿去吧，拿去好好稀罕稀罕，再晚了就稀罕不着了。看来我大哥比我还稀罕你嫂子，要不咋能把这拿命换来的东西给她。"

铁青脸把包递到罗逸手里。

入洞时情势危急，罗逸也没来得及细想这包东西究竟是咋回事儿，听了铁青脸的话才意识到方脸在那个特殊时刻把这个包明确地交给齐润苗，肯定是要对后者做不寻常的交代！

罗逸拎着它回到齐润苗母子身边，那包挺沉。

他点着马灯，对齐润苗说："嫂子，打开看看吧。"

齐润苗说："不看，又不是俺的东西。"

罗逸说："是那个人交给你的呀。"

齐润苗说："愿意看你看吧，俺不用看也知道是不干净的东西。"

罗逸把马灯交给她，自己动手打开背包。

马灯的映照下，满包的金银珠宝闪着不真实的幽光。

估计是之前从洞口落下摔得重，有些金银器摔得变了形。

齐润苗扫了一眼说："俺说对了吧，从看到他们起俺就知道他们背着啥。”

对于包里的东西罗逸也并不惊讶，他惊讶的是铁青脸撒了谎。

——明摆着他们是打家劫舍的，咋就瞎说是抗日的？都到了这个份儿上，他没必要撒谎啊。

罗逸要合上背包时齐润苗说话了。

“等等！”她说。

她伸手从包里抓出一件东西——一块怀表。

罗逸也刚注意到这块表，那表和方脸的那块一模一样，只不过这块的表链完好。表的盖子被摔开了。

齐润苗把怀表捧在手里，手一个劲儿哆嗦。

罗逸看到那怀表的表盖里面刻着仨字：郑家龙。

“俺爹的！”小虎脱口而出。

罗逸的心一下子收得绷紧，他立马想到铁青脸不是信口瞎说，而是有意编瞎话！打家劫舍不算，看来他们还谋财害命。

他倏地站起来往铁青脸那边看，那边黑咕隆咚，看不到铁青脸。他摸了一下腰里的单子儿剋。

齐润苗说话了：“瞎说，不是咱家的。”

她把怀表合上，放回背包。

罗逸抓起怀表拿过马灯，说声：“你们在这儿等我。”往铁青脸那边走。

铁青脸仍坐在原来的位置，像是知道罗逸会来，笑嘻嘻地盯着他。

“咋，老大，被里边的东西给吓着啦？”他说。

罗逸举着怀表问：“郑家龙的怀表怎么会在你们手里？”

铁青脸问：“郑家龙？姓郑的和你是啥关系？”

罗逸说："没关系。说吧，咋回事？"

铁青脸看了一眼怀表："他就留下这一件值钱的东西，他死得挺屈。"

罗逸说："死得屈？不是你们给弄死的吗？你给我说清楚！"

铁青脸说："我倒是想说清楚，你们不听啊。"

罗逸说："现在说！"

那边齐润苗喊声："等等！"摸索着走了过来。

铁青脸说："那就说呗，只要日本人不下来，反正也是闲着。不过我说老大你还是把灯给灭了吧，一会儿办正事儿可别没油喽。"

罗逸灭了马灯，拉着齐润苗往后退了两步。

铁青脸说："我本以为王魁和大秋栓早躲没影了，可他俩并没走远，就在佳木斯城外不远一个叫敖其的地方，两个人还是合伙收皮货。那天雾挺大，俺们是天蒙蒙亮时进的院子，院子后面就是松花江。院子里没养狗，一个佝着腰瘸着腿的大个子背对着俺们劈劈柴。我不认识大秋栓，我大哥认识。没等那个人转过身我大哥就认出他便是大秋栓，我大哥说你就别转身了，我不想再看你，进屋去把王魁喊出来吧。那大秋栓也听话，放下斧头就往屋里走。兄弟们哪能让他进去报信，抢先跑进屋去抓王魁。没想到王魁自己先出来了，他说，司令，你们到底还是来了，我不想死屋里头，你们把我拉山上敞亮点的地方办了吧，只是别错怪了大秋栓，他没反水。"

齐润苗"啊"了一声。

铁青脸大概很少说这么多话，他嗓子发哑，停下咳嗽了几声。

罗逸则感觉嗓子眼像被热水烫了一下，他使劲咽了口唾沫。

"王魁说了实话。是他把俺们队伍的老窝告诉给日本人的，大秋栓被吊着拿烙铁烙也没说一个字。日本人要给王魁官儿当，王魁没干，说只要把我那兄弟放出来就行，他真的啥也不知道，就是个给我打下手的。日本人把只剩半条命的大秋栓给放了，王魁给他治好伤后便一起来到这儿。王魁说大秋栓是我好兄弟，我不能让他一辈子背黑锅，除了我没人能证明他没反水，我就是想在这儿等司令，亲口告诉你这件事。他还说要是没有大秋栓，我早就躲你们找不着的地方去了，不会在这儿等着让你们弄死，因为你们咋说也不会绑我爸妈来要挟我。大秋栓替他说，当初日本人绑了他爸他妈，如果他不招，日本人就要把他们点天灯。”

铁青脸又咳嗽，咳完嗓子咯咯响。

“大秋栓转过身俺们才看见他的脸被烙得跟鬼似的。”

齐润苗又“啊”了一声。罗逸感觉她全身都在哆嗦。

“大秋栓求我大哥给王魁留个全尸，说要是俺妈被鬼子给绑了，兴许俺比王魁招得还快，是老家没在跟前才成全俺没反水，不是俺骨头比王魁硬。我大哥答应了大秋栓，他让王魁回屋去换身好衣服，王魁说谢司令了。他回屋去换上一身叠得板板正正的新衣服，看来他真就早有准备。他跪地上给俺们磕了仨响头，说我这就去给死了的弟兄赔罪。他自己领着俺们去山上的桦木林，大秋栓拎着把锹一瘸一拐地跟在后面。王魁说别打枪，江边有日本人。最后他连刀子都没用俺们动，自个儿掏出把攮子捅心口窝上了。我这一辈子说杀人如麻也不算吹牛，可那天，唉，那天俺们七个人估计谁也没有报了仇的心情……大秋栓佝着腰给王魁挖坑，我看不过去眼，帮着挖的。”

罗逸嗓子发咸。四周魅人的香水味好像又来了。

“埋完王魁江边的雾散了，这时俺们才看出远处有几个小洋房。有台汽车从一个洋房里出来往东边城里方向去了。王炮儿问大秋栓是啥人住在哪儿，大秋栓说住的都是日本人，刚出汽车的是日本水警队队长的家。就这一句话让他送了命。当时王炮儿又问那水警队长家平时有人吗？大秋栓说起码有两个日本兵站岗。听了王炮儿的话我就知道他要打这水警队长的主意。俺们那儿靠松花江一代有一套嗑儿，说是一水二矿三保安，狱警巡警王八蛋，说的就是水警最有油水。王炮儿这小子是我去密山时入的伙儿，听说跟我一样是胡子出身。我对他了解不多，就知道他心狠手黑，枪法不错。这眼瞅着要散伙了，估摸是不想空着手回家。我大哥当然比我更清楚王炮儿的心思，但他啥也没说，权当没看出来。事后我问他为啥没拦他们，他说他们跟着我出生入死，我啥也没能给他们，已经散伙了，我不想也没资格拦着他们。当时他说咱们兄弟就此散了吧，我去关里，有顺路的就跟我搭个伴儿。大秋栓说我现在能回家了，我跟你一起走。我呢，早就定下来跟我大哥一起去关里。我老家就是离这儿不远的葫芦岛上的，家里早没人了，我想去唐山，那儿有个多年前的相好。王炮儿他们五个都是当地人，他们说想留在当地。他们往山下走了，没走多远就被王炮儿聚到一起商量啥。我大哥让大秋栓回去收拾东西，俺们在树林等他。大秋栓说我还有啥可收拾的，值钱的东西就一件，身上带着呢。他掏出块怀表，就是这块。后来我才知道，这表是我大哥在哈尔滨买的，瑞士货，当时买了俩，他自己留一块，另一块送给了大秋栓。他认准大秋栓是个爷儿们，亲自安排他在城里给俺们当内线。到现在也没人告诉我大秋栓大名叫啥，我就知道他姓郑，山东人，但这块表我认识。”

那边传来小虎的抽泣声。

齐润苗说：“他叔，让这人小点儿声。”

铁青脸压低声音继续讲：“俺们仨往山里走，没走多远我大哥停住了，他说不行，我不放心王炮儿他们，得回去看看。凡事都是该着，俺们刚回到林子边，就见那台日本人的汽车远远地又回来了。我大哥说咱得截住它！这工夫那边水警队长家里传来枪声和爆炸声。听到声响，那汽车加了油往前开。俺们跑到路边朝那汽车打枪扔手雷，车翻沟里了，里面的俩日本人都死了。俺们跑到水警队长家，见五个弟兄就剩一个王炮儿还活着，其他四个全被日本人设的机关给电死了。我大哥让王炮儿赶快走，王炮儿不干，说我不想下半辈子当饿死鬼，地下室里肯定有货，不整出来我不走。没办法，我大哥让我出去弄断了电线，俺们进去炸开了地下室的门。王炮儿和我下去找东西，我大哥守在屋门口，大秋栓去大门口望风，结果院子里一个日本兵没死透，一枪把大秋栓给撂倒了。我和王炮儿还真就找到了东西，可活着的就剩下俺们仨。大秋栓临死前告诉我大哥，他老家在山东黄县龙口镇郑家疃，说你要是顺路就替我去捎个口信，告诉家里我没反水。”

齐润苗说：“他叔，别听了。”

铁青脸说：“没几句了，你们就听完吧，省得再问。王炮儿把东西分成了三份，我大哥说大秋栓是为救你死的，你该给他一份儿。王炮儿说二船知道绿林的规矩，从来都是活人分钱，死人没份儿，之前死的那四个弟兄不是也没份儿。我大哥很不高兴，说他们是为财而死，大秋栓可是为你而死，你不是还活着吗？但他没再计较这事儿，一路上都让我和王炮儿背着他的那份儿。唉，到现在我才明白，原来他压根儿就打算把他那份儿送大秋栓家去，不然不会把大秋栓的表放那包里。”

齐润苗说："他叔，咱过那边去吧。"声音已不像之前那样焦躁沙哑。

罗逸的耳鼓嗡嗡响。

铁青脸说："老大，你跟她过去吧。我再笨也明白这是咋回事啦。你让她把表和东西收好，那些东西全归她了。真没想到事情会这么巧。我不是人，对不住大秋栓了。一开始她就说是黄县的好了，她说是即墨的，谁也没往那儿想啊。看来还是我大哥聪明，他早就知道她们娘儿俩是谁，可跟谁也没露，他还算准最后我能跟你们说清楚佳木斯的事儿。"

罗逸跟着齐润苗回到小虎身边，齐润苗把那个背包合上，用脚扒拉到一边。"叔，俺爹没反水。"小虎说。罗逸搂过他的肩膀。

"他叔，"齐润苗说，声音异常透亮，"你说得对，咱等着吧，上边没动静了再上去。"

罗逸把怀表递给她。"他叔，如果能出去，我还是想让小虎跟你走。"她说。

小虎突然说："叔，那边地底下又来人了，不少呢！"

罗逸浑身一激灵，说："你们就在这儿待着，我去看看。"他摸索着来到铁青脸身边。

"听到动静了吗？"他问。

铁青脸说："没有，再听一会儿吧。"

罗逸把耳朵贴在撬过的砖缝上使劲听，听不出一点儿动静。

铁青脸说："老大，不用听了。不管他们从上边下来还是从这儿钻进来，咱能干的活儿不都一样吗？"

罗逸一想也是，便靠着墙坐下来。他的手碰到那块刀条，拿起来揣进衣兜。

还是听不到声响。

罗逸问："二船，你说你们司令外号小诸葛？"

铁青脸说："没错，咋？"

罗逸说："不咋。他叫啥？"

铁青脸说："对不住了老大，这可不能告诉你。"

罗逸问："为啥？"

铁青脸说："我大哥不让。"

罗逸说："啊，那就算了。"

俩人继续使劲听动静。

静听之下四周显得更静，罗逸感觉旁边铁青脸呼哧呼哧的喘气声更粗重了。他猜想那边齐润苗娘儿俩肯定又抱在一起，小虎在使劲搜寻远处的动静。

铁青脸说："我也问句不该问的话？"

罗逸说："问吧，问了就是该问的。"

铁青脸说："老大，你没杀过人是吧？"

罗逸说："是。咋？"

铁青脸说："不咋。没杀过人的不见得就不是汉子，杀过人的也不是没孬种。我没小瞧你，老大。"

罗逸说："你有话就说吧。"

铁青脸说："那我可就说了。你想不想上路之前杀一个俩的日本人？壮壮胆儿不说，再往下连小鬼都得惧你三分。"

罗逸没回答。

铁青脸补充道："也算对得起你这一身好功夫。不然白瞎了，老大。"

罗逸喉咙里咕噜响了一下。

“老大，谁第一次杀人都难，不看他眼睛就行了。一会儿没准是最好的机会。我猜他们假如真的从这边来，不太可能拿药崩，估计得刨门。枪在你手里，只要人一露头你就开枪，闭着眼睛都行，打死一个算一个。唉，要是他们拿药崩，你这辈子可就没机会了。”

罗逸心里一阵酸楚，心说到末了还得这土匪教我该咋办。不过他觉得铁青脸说得倒是十分在理，明摆着，我此生别说还想咋咋地，就连开上一枪的机会好像都不会再有了。

但他还是不想让铁青脸小瞧他，他咳了一声道：“别出声了，听动静吧。”

铁青脸说：“得令！老大。”

齐润苗和小虎过来了。小虎说：“叔，他们快过来了，一会儿你们就能听见了。”孩子恢复了刚下来时的亢奋状态。

罗逸说：“嫂子，你还是带孩子去那边吧，这边不安全。”

齐润苗说：“别说了，哪儿也不安全，俺们跟你在一块儿。”

这工夫三个大人可就依稀听到了墙那边的响动。是细微的脚步声，间有硬物碰撞墙壁的声音。

齐润苗拽住罗逸的衣襟。

罗逸抽出单子儿剋摸了摸，子弹还在枪膛里，露在外面的子弹屁股还是不太顺溜。他又摸了摸衣兜，另外四颗也还在。

“叔，俺没撒谎吧？”小虎说。

罗逸摸了摸他的头说：“嗯，小虎从来不撒谎。”手便停在小虎的头上。

脚步声越来越清楚了，小虎说得没错，是很多人。

脚步声在挺远的地方停了。

罗逸问小虎："听到他们说话了吗？说的是中国话还是日本话？"

小虎说："好像没说话。"

脚步声重新响起，越来越近，能够听得出他们是在蹑手蹑脚地走路。

罗逸趴到撬过的那个砖缝上往外看，什么也看不到。

脚步声在墙外面忽远忽近，看来他们在徘徊或巡视。

马灯在齐润苗手里，罗逸拿过来，摸索着递给铁青脸。

到脚步声最终在门洞外面停止时，罗逸的手心都出汗了。他轻轻地掰开了单子儿剋的枪机。

外面的人在搬东西，动作很轻，但还是间或有重物掉在地上。

看来东西不少，他们搬了很长时间。感觉他们离墙越来越近，嚓嚓的脚步声很有规律，像是有次序地把墙外的东西搬到不远的地方。他们是在悄没声地干活儿——如果他们现在说话，墙这边的人应该能听得很清楚。

终于，砖缝里透出光亮！看来墙外面的东西被全部搬开了。一股凉风吹过来，这边的人闻到了男人身上的烟草和汗卤子味儿。

罗逸拉着齐润苗娘儿俩蹑手蹑脚地离开门洞的位置，又把铁青脸也拉开。他怕对面的人贴着墙听到他们的喘息声或者闻到他们身上的气味。

果然，外面没有一点儿声音了，估计是他们在贴着墙听声音。

小虎紧紧攥着齐润苗的手，一声也不出。

不久又有动静了——有工具在刨墙，试探性的很小的一声，这之后又是挺长时间没声音。

刨墙的声音再次响起，这回是连续三下，然后再停下。

罗逸轻轻合上单子儿剋的枪机。

等刨墙的声音第三次响起的时候，罗逸一手拉着齐润苗一手拉着铁青脸往梯子那边走。罗逸判断的没错，这次刨墙的声音不再停顿，而且力度也有所加大，但并不剧烈。显然，刨墙的人是在控制着节奏和力度。

罗逸他们来到梯子底下。

“啥意思？老大。”铁青脸小声问。

罗逸说：“你大哥当过营长？”

铁青脸说：“那当然。咋？”

罗逸说：“不咋，你劲儿大，快上去顶石板。”

铁青脸说：“老大，这？”

罗逸说：“让你去你就去！”

铁青脸说：“老大，你是不是不敢开枪？咋，真熊啦？”

罗逸说：“你废话也不少。”

他松开齐润苗，自个儿扶着梯子往上爬。爬到顶之后试着往上托那块石板，石板纹丝不动。他低下头，改用脖颈和肩膀往上顶。石板还是没有一点儿动的意思，脚下的梯子倒嘎吱一声歪了一下。罗逸吓得停止了动作。

那边的刨墙声停了。罗逸屏住呼吸。

到这时他才意识到，他们四个人这活命出口从一开始就指望不上。

刨墙声继续。

罗逸不敢再顶，再多用一点劲儿梯子就可能断喽。他庆幸铁青脸没上来，如果是他上来，没准第一下就把梯子给弄断了。

罗逸掏出衣兜里那块刀条，咔咔咔敲了几下石板。

那边刨墙的声音仍持续平稳地响着。他把耳朵贴近石板听动静，啥也没听到。他掏出那块刀穗，用它缠好刀条，攥住，把刀尖那头插进石板缝里试探着撬。

人类所有的奇迹大概都是用工具创造的——那块只有一拃长的刀条竟然真就撬动了石板！

然而刀条毕竟太短，只勉强把石板撬起不到一指宽的缝。

罗逸把刀条留在石板缝里，小心地从梯子上下来。他计划下来弄一些瓦罐的碎片，摞着垫在刀条下边往起撬石板。

西边的墙还没被刨透，但那个砖缝透出的光亮一闪一闪的好像比之前亮了许多。

齐润苗抓住罗逸的手不松开。“他叔，咋回事？”她问。

铁青脸说：“老大，听我的吧，这个死法不如先去杀几个痛快。”

罗逸说：“闭嘴！谁也不用死。因为上边咱的人没死。”

铁青脸和齐润苗同时啊了一声。

罗逸说：“上边的人要是死了或者被逮走了，那边刨墙的日本人就用不着这么蹑手蹑脚的了。”

铁青脸骂声：“操！”

罗逸说：“你快摸几块碎瓦罐递给我。”铁青脸赶紧去摸，一边摸一边念叨：“老大就是老大。”

这时小虎说话了：“叔，要是那头儿来的不是日本人呢？”

齐润苗说：“别瞎说，不是日本人还能是中国人咋的。”

铁青脸把几块瓦罐片递到罗逸手上。

齐润苗猛地拉住罗逸：“不能上啊他叔！”

罗逸说：“咋？嫂子。”

齐润苗说：“要是真像小虎说的，来的是中国人，那……那他们干吗这么蹑手蹑脚的，是不是上边确实被日本人给占啦！”

罗逸说：“嫂子，听我的吧。”

铁青脸说：“老大说得对，妈的能来中国人可就出了鬼了。”

齐润苗松开手。

罗逸刚往上爬了两步，小虎阻止：“叔，别上去！上面的人过来了，围在上面呢。”

与此同时西边的墙被刨透了——有一块砖掉下来。立刻，一束光线照进来。

梯子上下的仨成年人都本能地俯下身子，唯有小虎伸着脖子往那边望。

伴着那块砖头落地，墙那边立马没了声响，火烛也同时熄灭。

罗逸打定主意按原计划行事，他继续往上爬。爬到顶时石板上面可就有了动静——有人在上面铲土！

没错，喀嚓喀嚓——是铁锹在石板上铲土的声音。

罗逸不敢再动，一手扶着刀条，一手捏着瓦罐片。

这时，西边刨漏了的地方有人说话——“空的，没人。”一个成年男人的声音。

清清楚楚，是句中国话。

罗逸一阵眩晕，松开了刀条。

齐润苗发出一声似哭似叹的声音：“哎呀天！”

铁青脸喊：“老大，快下来！”

罗逸用最快的速度爬下来，梯子嘎吱嘎吱没好声儿地响。上边的石板被撬动了一下，刀条随土面子掉下来。

铁青脸和齐润苗同时拽着罗逸往西边跑。罗逸拉住他们。

他想听到第二句中国话再过去。

在这一九三八年，伪满洲国地界，中国话大概第一次如此这般地影响了一群人的生死抉择。

然而，西边再没人说话。准确地说是再没有一点儿声响，火烛也没再点亮。

刚刚明了的生机迅即变成凶兆！梯子下边的四个人像是被逼进一个不断反转的生死之门，这门在最后时刻终于不再转了，但是，有决定权的成年人已经没有时间重启判断力，包括罗逸。他们僵在梯子下边，等待裁决般地西边看一眼，头顶看一眼……倒是那个没有决定权的小孩很淡定，一直不错眼珠地盯着黑暗中那个已经被刨下一块砖的封闭门洞。

还好，最后的这段时间并不长。

随着头顶的石板被慢慢掀开，久违的自然光照到这四个相互拽着的人身上，他们纷纷用手遮住眼睛。

土面子唰唰往下掉。

有个人头出现在洞口。

他往下望了一会儿，问道："是罗逸吗？"

声音不大，是方脸。

第十七章

鹰眼在最后关头执行了方脸的命令——等日本人冲进来再开枪。

事实是，日本人冲到敌台下面后并没有做冲进来的尝试，而是立马全撤了。

那时候，方脸和鹰眼已经退到楼上，各守着一个台口。孙尔康站在鹰眼身后，一手搂着邸万金，一手攥着手雷。

他早会用这东西。手雷是昨晚翻看鹰眼的背包时拿的，鹰眼后来发现少了一个，以为是路途中失落了。

眼见四周一下子没了动静，方脸小心地下到底层察看。前后门仍关得严严实实，他趴前门往外看，见日本人都撤回到原来的位置。场院上，三棱脑袋仍坐在马扎子上。军曹站在山坡上的迫击炮旁边，那儿还架着一挺机枪。

方脸一屁股坐到水桶上。

鹰眼下来了，逐个拱室察看了一遍。邸万金扶着孙尔康下来，孙尔康靠墙站着喘粗气。

方脸的脑袋一跳一跳地疼，眼睛不停地抖。他没想到会是这样。是必死的意念和多年的打仗经验让他下了"进来再开枪"的命令，他庆幸自己做对了。

现在，死亡虽然延缓了，但情势变得更加凶险晦暗。日本人看来并不急着攻进来或者说是打死敌台里的人，他们想按照自己的节奏一步一步地解决问题。

方脸来到孙尔康身边说："大叔，歇会儿吧。日本人一时半会来不了啦。"

这是他第一次叫孙尔康大叔。

孙尔康顺墙出溜到地上，邸万金赶忙跪下给他捋胸口。

从盖上石板开始，孙尔康双眼的视力就都恢复了，只是身体已经虚弱到极限。刚才能爬到楼上去，全是意志在支撑。现在听说日本人没来，整个人立马软塌塌地堆下来。

"去上边给他端点水喝，最好再弄点吃的。"方脸对邸万金说。邸万金赶紧上楼去了。

鹰眼靠在后门旁边看着孙尔康手里的手雷。

方脸到后门往外看了一会儿，问鹰眼："刚才他们往上爬了吗？"

鹰眼说："我哪知道，咱去上边时他们还没到跟前呢。"

方脸说："哦。"

鹰眼问："老大，咋回事？"

方脸说："一举两得的把戏。最理想的效果是能把咱们逼出去，如果咱开枪，他们就知道咱有几条枪了，从而验证老头说的是不是实话。现在看，他们只能知道个大概了。"

鹰眼问："咱没开枪他们也知道？"

方脸说："所以说他们只知道个大概。明摆着，如果楼里有很多人很多条枪，不可能不开枪，尤其是不可能不去上面往下打。"

鹰眼说："照说他们昨天晚上就该心里有数了，还试探个屁。"

方脸说："想十拿九稳吧。再说你没看日本人的头儿换了。"他沉下脸。鹰眼的这个"屁"字让他心里不舒服，他知道鹰眼的心思。

鹰眼说："十拿九稳地拿到那张图呗？"他盯着方脸。

方脸说："那是当然。"

鹰眼说："普通军事地图用不着这么娇贵吧？直接冲进来把咱们灭了不就完了。"

方脸说："想说啥你就直说。"

鹰眼说："老大，依你的性格，咋说也该多看几眼那张图才是，尤其那个小白脸说它是军事地图之后。所以，老大，你和那小白脸都撒谎了。"

方脸眯缝着眼睛看鹰眼，脸色异常阴沉。

过了好一会儿他才说："王炮儿，你心眼越来越多了。那就想法多活一会儿吧，好慢慢琢磨。"

鹰眼说："呵，只怕鬼子不给我这工夫了。"

方脸说："你会有工夫的，对付插翅难逃的人他们不急。这里是他们的地盘，他们有的是时间，所以你也有的是时间琢磨。"

鹰眼说："不过我好像也没啥可琢磨的了，一切你都安排好了。"

鹰眼这话一出口，方脸那双不在一条水平线的眼睛终于冒出怒火。"王炮儿，你心眼变多了倒没啥，可脑袋啥时还让驴给踢了！咋这么快就忘啦？谁他妈安排你了，不都是你自己选的吗！咋，后悔了？"

鹰眼没料到方脸会骂他，脸上青一阵白一阵的。

方脸继续说："别忘了，跟我来也是你自己上赶着的，有人请你吗？"

自打鹰眼对他露出不敬，他就想好好杀一杀这个人的气势。倒不是为了这个人今后能服服帖帖地听话，因为明摆着已经没有今后了。不服帖的部下他见过很多，像鹰眼这样把心机隐藏到最后，平时恭恭敬敬唯命是从的主儿他还头一次遇到，看来也是最后一次了。他不想就这样罢休，想让对方明白。

鹰眼当然明白，他耷拉着脸，目光从方脸的脸上移到地面。终于说："对不住了老大，我瞎说呢。你就当我是放屁吧。"他看了一眼旁边的孙尔康。

孙尔康闭目端坐。

方脸怒气未消："你给我记着，那张图是二船的，跟你我都没关系，所以你就别再惦着了。"

鹰眼显然对这句话决不赞同，但他仅仅嘎巴了一下嘴，没再提出异议。

方脸说：“我看你还是歇会儿吧。我也累了。”说完去前门的门槛下边躺下，握着枪的手放在肚子上。

邸万金右手端着一碗水，左手攥着一团高粱米饭嘎巴下来了。孙尔康咕咚咕咚把一碗水全喝光，邸万金给他饭嘎巴吃，他摆摆手让邸万金吃。邸万金哪舍得吃，揣进衣兜给孙尔康留着。

鹰眼也困乏得不行，他靠墙坐下来，望着前门横卧的方脸若有所思。不一会儿就下巴颏儿放在膝盖上打起盹儿来。

喝过水之后孙尔康昏昏沉沉地睡去。现在，敌台内唯一没睡去的人是邸万金。

跟所有刚度过生关死劫的人一样，惊惧至极、疲乏至极的邸万金此时只想倒地睡上一觉，但他觉着无论如何得守好先生。他坐在孙尔康身边，一手按着孙尔康的脉，眼睛硬睁着观察前后两个门。他饿得难受，挺着不去想衣兜里的饭嘎巴。

方脸和鹰眼的对话他听不太明白，本想再问问方脸外面究竟是咋回事来着，没敢。方脸救了齐润苗以及他和孙尔康之后，邸万金就已经默认他是好人了，尤其是这个人刚才还喊孙尔康是大叔。但邸万金还是不敢跟他说话，这个人依然和那两个坏人一样让他发瘆，他甚至都不敢正眼看他们。

就这样，敌台里的四个人或坐或卧，都无力再动。

这就是为什么小虎在枪声停了之后的一段时间内说上面没有动静。

然而这种情况并没持续多久。四面楚歌之下，人即使睡着了耳朵也保持敏锐的听力，方脸似乎听到场院上有动静。

他一骨碌坐起来，扒门缝往外望。场院上，三棱脑袋和军曹脸对脸站着说话。

方脸再无睡意，他坐回到水桶上，点着一支烟，拿起望远镜看三棱脑袋的脸。

三棱脑袋刚从村部给鬼作的尸首开肠破肚回来。

之前眼瞅着敌台四周的人马空着手撤下来，他才想起应该检查一遍鬼作的肠子肚子。

然而还是白折腾了。带着一身臭气从村部出来，他感到怒气无从发泄，想崩了孙文怀，又觉着还是把他留到最后为好。他怒气冲冲回到场院，叫日本兵传军曹来。

军曹来了，三棱脑袋盯着他喘粗气，琢磨现在是不是可以把他打发走。

军曹办砸了差事已经令三棱脑袋怒不可遏，这人接下来一连串自作聪明的举动和建言更是让三棱脑袋恨不得再扇他俩嘴巴子。

军曹的第一个建议是不能杀董家富，说杀了这个现成的活口等于是把所有的线索都给掐断了，绝对不能杀。三棱脑袋十分恼怒，认为军曹干扰了仪式，进而影响了仪式的威慑效果。他坚信自己的判断：除了被处死以威吓楼里的人，董家富已经没有价值——这个人说的是真话，没人为了一张图而眼瞅着全家死在面前。

军曹的其他想法倒是差不多都和三棱脑袋不谋而合，但问题就出在这儿：三棱脑袋受不了军曹事事想在他头里，尤其是在意识到自己真就不比军曹高明多少之后。

早晨他中止炮击并扇了军曹一个嘴巴子，军曹没做任何申辩，直到他部署完围攻方案，军曹才慢条斯理地说：其实我早晨之所为和你现在想达到的效果是一样的，我没想真的开炮，只是想把他们逼出来或者起码试探一下他们的兵力。三棱脑袋当时脸都变成猪肝色了——他只部署了如何围攻如何撤退，并未讲明行动的意图。

当时军曹不动声色地听他讲完，然后一言不发地去执行命令。三棱脑袋见他表情太过深沉，便问：你还有话要说？军曹便说了上面那些话。军曹显然不是在瞎说，他的炮弹真就不够轰塌敌台。军曹言外之意，如果三棱脑袋没阻止或者哪怕晚阻止几分钟，也许就没有这之后的许多麻烦了。三棱脑袋心里清楚，军曹的计划，其成本和风险要比他的这个小很多。

现在，军曹站在三棱脑袋对面，不时看一眼已渐西斜的太阳。

三棱脑袋说："说吧，你怎么看里面的情况？"

军曹说："这个，其实昨天晚上已经知道得差不多并且向你汇报过了。里面的人不会太多，但不少于四个，没有重武器。"

三棱脑袋说："我提醒你不要再说昨晚的事！"

军曹说："是！"说着话又看了一眼太阳。

三棱脑袋说："你很着急？"

军曹说："正相反，我觉得只要不着急，问题就能解决。"

三棱脑袋说："你觉得？有人问你吗？"

军曹说："没有。"

三棱脑袋说："那就按命令去做准备吧。"

军曹说："是！一切按你的命令。"然后给三棱脑袋立正敬礼。军曹往村子里去了，三棱脑袋重新面对娃娃楼坐下，拄着军刀。

他要尽量多地坐在这个马扎子上，并尽可能地让所有举动都有仪式感和威慑性，进而对敌台里的人保持施压。

太阳的热量已比正午减弱不少，阳光在娃娃楼上反射出的光也不似之前那么晃眼。然而正因为如此，它周身竟泛出不可思议的苍黄颜色。这颜色让它显得异常威严阔大。现在，从村子和场院方向望去，它就像一座长了五官的地表王陵！两个箭窗是眼睛，中间的拱门是使劲张着的嘴——门板现在呈乌黑的颜色，看上去就像深不见底的口腔，而敌台上方的垛口，则像极了它的冠冕。

三棱脑袋看着不舒服，他盯着那乌黑的口腔使劲吐了一口唾沫。就在此时，那口腔里刷地闪出一道耀眼的白光，刺得他本能地闭眼扭头。他知道那是望远镜的反光。

这时村部着火了。

军曹刚到佟树田家，立马跑回来向他汇报。

三棱脑袋坐着向军曹下命令，让他带兵去保护鬼作的尸首。虽然心里火烧火燎，但他刻意不站起来，他不想让敌台里的人和军曹认为这场火能影响他的节奏。

军曹一改之前的听话模样，说："这是有人在策应敌台，不能中计！敌台里的人可能要突围。"

三棱脑袋吼道："执行命令！"

军曹想，三棱脑袋不可能没想到这会是计谋，他是依然觉得鬼作尸首上有没被发现的秘密，他不想让尸首被烧掉或者被人抢走。

军曹去了，三棱脑袋传令包围敌台的日本兵保持之前的战斗位置。

娃娃楼的拱门依然紧闭，门板依然乌黑如口腔。只有一处和刚才不同，就是垛口上多了那口铁锅。

三棱脑袋盯着铁锅，往地上蹾了一下军刀。四面山坡，日本兵仍按原来的位置半蹲在草窠里。

他身后，村部的火烧得更旺，黑烟火苗拔得老高。他盯着娃娃楼，不回头看。到确定楼里的人不会突围后，他用手表计时，五分钟后跟旁边的日本兵交代了几句，起身往村子里去了。他必须亲眼看一下着火现场。

这场火让三棱脑袋已经形成的计划只能延迟实施。方脸的判断有误，三棱脑袋还真就很着急，他本计划在一个小时之后动手来着。

如果没有这场火，娃娃楼的故事将在一个小时后以最悲哀的方式完结，和这楼有关的所有人的命运也就都不会是后来的模样。

铁锅后面，方脸的眉头都拧到一块儿了。

一见到村里着火他就跑到楼顶来，想看明白是咋回事。他琢磨不透这场火，更无法判断这事是否跟自己有关。但他已经想好了该怎样做才能死得光堂。

提醒他的，正是村里这把火。

他一直在琢磨日本人最后该如何解决问题。这个要解决的问题就是完好地拿到那张图。就为这，占绝对优势的日本人才迟迟不肯攻进来，他才活到现在。

鹰眼说得对，看到那图的第一眼他就知道不是军事地图。尽管他不认得上面的文字，但看过很多军事地图的他不会看错。

罗逸撒了谎已经让他知道那张图非比寻常，现在更领教它的分量了——鹰眼的判断没错，如果不是因为那图金贵，日本人没必要再做试探。

方脸现在还不能肯定自己做得对还是错——把图交给铁青脸。

他放下铁锅，先进了铺房。铺房里那个天井口上盖着木头顶板，他蹲下掀开往下看。下边，孙尔康已经坐起来，正抬头往上看。方脸重新盖好顶板出了铺房，猫着腰巡看了一遍台顶，最后蹲在台口旁边琢磨事儿。台顶的两个台口都配有厚实的顶板，方脸反复把两个顶板盖上再掀开，然后回到底层。

孙尔康的精神有所恢复，他看了一眼方脸，目光随即转向前门。邸万金趴在他旁边睡着了。鹰眼坐在后门旁边摆弄他的背包。

方脸来到孙尔康身边蹲下，冲鹰眼挥一下手让他过来。鹰眼过来蹲在一边。

孙尔康眼睛仍望着前门。

方脸说："大叔，跟你商量点事儿。"

孙尔康说："说吧。"他的声音还是喑哑尖细。

方脸说："你能和这小兄弟到上边去吗？"

孙尔康说："不去，就在这儿了。"

方脸说："大叔，咱都得上去。你们先去，过会儿俺们俩也上去。"

孙尔康问："为啥？"

方脸看了一眼鹰眼，压低声音说："我一直在替日本人琢磨办法，现在办法有了，他们还真就能让咱们自己走出去。"

邸万金浑身抽搐了一下，一骨碌爬起来，张皇四顾。孙尔康抓住他的手拍打了几下，他才慢慢摆脱梦魇。

方脸待邸万金镇定下来后接着说："咱们把窗户都给封严实了，人躲在这底层，日本人就有了一个非常好的机会。"他看了一遍身边的人，包括邸万金，"这机会就是爬到楼上边去，然后从天井口或者台阶口往下扔冒烟的东西，再盖上顶板闷住……用不了多一会儿咱们就得被熏出去。所以，咱们最好去上边，下边留不留人无所谓了。"

这一次，方脸的表情和之前的每一次都不一样，他脸上除了焦虑，再无其他表情。他像是已经不再指望别人相信他的判断，也不指望能说服别人，只是在讲出自己的想法和建议，不是在发号施令。他瘦了不少，眼睛都眍䁖进去了，但并无一点儿颓相。不仅如此，他说话时开阔的嘴角平直地稳在两腮，这是他心绪安宁、心智通澈的标志。此前他几乎总是在自信和自馁之间游移，那时他的嘴角不是这样，是或左或右地往一边动。

这表情倒镇住了鹰眼。自打跟了方脸，鹰眼还没见过他有这种表情。鹰眼不知道，这是方脸过去惯常的表情。

鹰眼不想离开底层，没有表态。

见都没吱声，方脸补充道：“各位，就算在上边被打死，也总比在下边被熏出去光堂吧，是不大叔？”

孙尔康看了他一眼：“那好，你们上去吧。别管俺们，俺们自会让自个儿光堂地走。”

说完他又上下打量了一遍鹰眼。这是他眼睛恢复后第一次正眼瞅鹰眼。

鹰眼早已接收到孙尔康对他的憎恨，从一开始。孙尔康的这番打量让他觉出这老头儿对他不仅是憎恨那么简单，后者好像一直在盯着他、琢磨他。

“你不用瞅，手雷不在你手里吗？留着光堂地走吧。”鹰眼说，眼里露出凶光。邸万金吓得攥紧孙尔康的胳膊。

孙尔康像是没听见鹰眼说话，转过头继续望向前门。

方脸说：“那好吧大叔。”他叹了口气，“其实，去了上边也不一定马上就得死。我本来是想让你们去上边弄点响动，让日本人知道咱们已猜出了他们的计划，并把人都转移到上边去了。那样日本人就得放弃原来的计划另想别的法子，咱就能尽量地拖延他们。俺们俩只是想躲在下边继续监视他们罢了，没别的意思。”

孙尔康盯着前门说：“我没说你有别的意思。”

方脸又叹了口气，对鹰眼说：“只能你上去了。”见鹰眼转着眼珠子不动地方，他说：“随你便。但我还是得提醒你，别琢磨得太多。”他的脸上恢复了威严。

鹰眼说：“遵命。到上边咋弄动静？”

方脸说：“拿根棍顶着东西四下转圈走，要不敲盆也行，反正让日本人看到听到就行。记住不能露头，现在日本人对咱是打死一个少一个。”

鹰眼说：“听你的，老大。”

方脸说：“你先去看看马扎子上那个小鬼子回来没有，等他回来再上去，得让他看见。”

鹰眼去了前门。

孙尔康把目光收回来。

方脸说：“大叔，问你一句话，头晌你说要死得光堂点儿是啥意思？”

孙尔康说：“不用问了，没用了。”他冷冷地看了方脸一眼。

方脸说：“你说说呗，或许还有用。”

孙尔康说：“没用。”

方脸说：“那我就问点别的吧。下边洞里装的是啥？我看好像都是罐子。”

孙尔康说：“是啥也和你没关系了。”

方脸说：“你该告诉我才是。也许那些东西真的有用。”

孙尔康逼视着方脸：“你就是为了这个才想把我支到上面去？”

他依然很虚弱，说话时脖子都有些抖。他的脸虽经过擦拭，但依然还有很多血嘎巴，这些血嘎巴随他的脸皮微微抖动。

方脸避开他的目光，叹了口气说："唉，虽然你说的不全对，但毕竟被你给识破了。不过，大叔，你该相信我不会害他们。"

孙尔康说："都晚了。给我听好喽，只要我还有一口气，谁也别想动这个洞。"

方脸说："我知道你不会同意再打开洞口。其实，我也就是想跟罗逸再商量一下。"

鹰眼回过头说："老大，火还着着呢。那小鬼子还没回来。"

一听说着火，孙尔康一边问："哪儿着火啦？"一边往起站。起得急，没站住，腿一软跌坐下去，邸万金赶忙扶住。

方脸说："村子里，有个房子着了。"

孙尔康重新站起来，腿还是软，他扶着墙踉踉跄跄地往前门走，邸万金扶着。他撞开鹰眼，伏在门上往外望。

"是村部！"邸万金说。

孙尔康一动不动地看那火。他不知道头晌孙文怀被押到村部去了，不然或许还会跌坐下来。

鹰眼问方脸："小鬼子和军曹都没在场院，我再等会儿呗？"

方脸说："对，再等会儿。"说完也来到前门。

场院上只有一个日本兵，小道尽头的日本兵们依然单腿跪在草窠里。远处村子里的烟已经变淡，听不到那里的声音。

方脸问："村部里都有啥？平时有人吗？"

邸万金说："里边就堆一些破烂儿，那个死了的日本人好像停在村部里了。"

方脸掏出望远镜往外望。

孙尔康离开前门，邸万金搀着他走到拱室中央。他坐下来，示意邸万金也坐下。

“万金，我饿了，饭嘎巴咱俩分吃了吧。”他说。

邸万金赶忙掏出那团饭嘎巴一掰两半，把大的递给孙尔康，孙尔康又换回来。

鹰眼看着他们手里的饭嘎巴咽了一口唾沫。

方脸过来问孙尔康：“大叔，你说村部着火会不会是村子里有人在帮咱们？”

孙尔康说：“上边还有米，如果还有工夫，你们可以上去再做点饭。”他没回答方脸。

方脸接着问：“有可能是你儿子干的吗？”

孙尔康说：“没可能，日本人说了要看着他。”

方脸问：“那别人呢，你在村子里有亲戚或者关系好的吗？”

孙尔康说：“都没有。”

方脸说：“哦。这事儿蹊跷。”

孙尔康说：“你不用费心思，不会有人帮。”

方脸说：“那是咋回事呢？火肯定是人放的呀。”

孙尔康说：“天火也不一定。”

方脸不再追问。他掏出怀表看了看，眉头又拧到一起。他分别去前后门望了一会儿，然后交代鹰眼盯着场院，他则在拱室里不停地走。

大概是饭嘎巴的作用，孙尔康的精神状态明显好转，脸上虽然还是没有血色，但眼珠变得灵动，眉宇之间也不似之前那般晦暗无光。

邸万金问：“先生，咱还不能出去吗？”

他说："咱不急。"他用袖子给邸万金擦了擦脸，然后端详后者同样没有血色的脸。

邸万金忽然感觉很委屈，"哇"地哭了。孙尔康继续用袖子给他擦脸，邸万金的眼泪不停地往下流，他不停地给他擦。

"先生，都怪我不争气，给你惹这么大麻烦。"邸万金抽搭着。

孙尔康说："别瞎说啊万金，跟你有啥关系。"

邸万金说："要不然你哪会挨刀挨枪。要是没我这事儿，这会儿你不得在咱家炕头上歇着了。"

孙尔康说："别说了万金，晚上咱就回去了。"

邸万金知道孙尔康是在哄他，哭得更厉害。"先生，我真后悔，我往山里跑好了。"他说。

孙尔康不再安慰他。

方脸一直在走动。后来邸万金哭透了，又趴孙尔康腿上睡了。孙尔康腰板溜直地坐着，不时仰头望一眼头顶的天井口。

就这样不知过了多久，前门的鹰眼小声喊："那小鬼子回来了！"

方脸过去看，见三棱脑袋一个人回到场院，重又坐到马扎子上。村部的火已经熄了。

"去吧。"方脸说。

鹰眼顺拱洞台阶上去了，进去之前看了一眼孙尔康，见后者也在看着他。

看着鹰眼消失在台阶口，孙尔康小声朝方脸喊："你过来！"

方脸愣了一下，快步跑到他身边。

"大叔，有事吧？"他问。

孙尔康说："告诉你，下边全是火药。"

方脸立马往台阶口跑，手脚并用地往上爬。爬上台顶没见到鹰眼，他猫着腰绕台顶跑了一圈也没看着，要进铺房时，鹰眼拎着根桌子腿从里面出来。

“停止！不整了。”方脸气喘吁吁地说。

鹰眼说：“又变啦？”回身把桌子腿扔回铺房。

方脸说：“没错。该变就得变。”说完就下楼了。

孙尔康还那样坐着，邸万金仍在睡。方脸走到孙尔康跟前，单膝跪下。

“大叔，求你打开洞盖吧。我必须得见罗逸。”方脸说。

孙尔康说：“那是肯定的，不然我不会告诉你。”

这出乎方脸的意料，他仰头长出一口气，双膝跪着找洞口。孙尔康敲了一下身边的一块砖，示意他先撬这一块。

鹰眼下来了，站在旁边阴沉着脸不说话。方脸头也不抬地说：“快去前门看着！”鹰眼不情愿地去了。

孙尔康喊醒邸万金，让他去后门盯着。

方脸要撬孙尔康指点的那块砖时，那砖竟好像自己动了一下，是罗逸在用刀条撬。

军曹站在村部的院子中央，神色焦虑地望着四周的山林。两个日本兵守在大门口。一具尸首横在墙根，幽幽地冒青烟。

火烧得旺，军曹被烤得脑门直冒汗。见浇水没啥效果，他让刘三顺和孙贵停止救火。孙贵向他请示啥，他摆摆手，孙贵离开了。这之后他就站院子里等火熄灭。三棱脑袋让他来保护鬼作的尸首，他一到现场就知道做不到了。他赶到时村部已经烧得嘎巴嘎巴响，没有埋伏，四周静悄悄不见人影，院子里趴着个被烧死的日本兵。

军曹心里明白三棱脑袋不愿意让他接触和鬼作有关的东西，派他来是不得已。甚至，如果不是人手不够，早就把他的队伍打发了。最初，对于鬼作身上究竟藏了啥秘密军曹并无兴趣，三棱脑袋对他的话带听不听他也没在意，甚至还有些幸灾乐祸，因为这里的决策人已经不是他，事情弄砸了也跟他无关。眼前的这把火之后一切可就有了变化，这把火，表明事情超出了他和三棱脑袋的预料，他们低估了那些没现身的对手。鬼作那不知还在不在屋里的尸首会给他们带来更大的麻烦甚至灾祸，弄不好他得陪三棱脑袋陷入其中。

火势见弱时三棱脑袋来了，军曹要跟他解释，他摆摆手制止，阴沉着脸四下察看。

火终于灭了，东屋烧塌了架，西屋还好。三棱脑袋领着个日本兵进屋，发现了两具尸首，房门口一具，西屋窗下一具。

三棱脑袋拿棍使劲扒拉门口那具，让人作呕的臭味从没烧透的肠子肚子里冒出来。到确认这就是鬼作的尸首后他呸地吐了一口，出去了。他绕着村部院墙走了一圈，期间停在树林边往里面望了很久。

“撤了这儿的人。”他命令军曹。

事情并没三棱脑袋和军曹想的那么复杂。火烧村部的正是孙文怀，他没魔怔。

火柴是之前跟孙贵要的。那是他被押到村部后做的第二桩事儿，第一桩，是到了村部就做困倦状。

当时他和孙贵并排蹲在村部大门口，日本兵就站在旁边，刺刀尖离他不到两尺。孙贵点火抽烟，划完火柴后孙文怀把手贴着地面冲他勾，孙贵看明白他是想要火柴。这孙贵老实巴交，是孙文怀本家亲戚，按辈分还得跟孙文怀叫叔。他哪敢在日本兵眼皮子底下给他东西。见他没回应，孙文怀拿眼睛使劲瞪他，瞪了一会儿终于有效果了。孙贵举起烟袋让旁边那日本兵抽，日本兵回绝的工夫他把火柴给了孙文怀。

第三桩事儿，孙文怀在日本兵挨不住臭味离开西屋的那一会儿工夫，捡起鬼作鞋底的一块铁片揣进后裤兜。

就凭这三桩事儿，多一桩都没用，他真就救了自己。

门口那个日本兵本来一直不错眼珠地盯着他来着，后来看他耷拉脑袋睡着了，便也倚着门框打起盹儿。孙文怀从裤兜掏出那块铁片，他的手挨着柱墩子，试了一下，很容易就能磨到铁片。但他不动手，继续假睡。后来机会来了，日本兵大概是实在不认为这个干巴书生能有啥危险，终于去门外和另一个日本兵唠嗑去了。

孙文怀立马开始磨那铁片。垫柱的粗麻石很应手，还没声儿，没一会儿那块铁片就被磨出锋利的刃面。孙文怀捏着铁片刺手腕上的绳子，虽然很不便，但还是刺断了。

绳子断开的工夫院子里可就有了动静，孙文怀两手捏住绳头，身子保持原来的酣睡姿势。

来人是孙贵和刘三顺，他们在院子里说话。孙文怀听得很清楚。

孙贵说："为啥不让敲锣？挨家挨户串多耽误工夫。"

刘三顺说："别啥都问，让你咋办就咋办吧。你要是敢敲锣喊，皇军不崩了你才怪。快点去，挨家挨户通知，让有梯子的人家马上把梯子拿村部来。记着，贴地皮拎着，不能扛着和举着，不然一律枪毙！"

他俩很快就离开了，外面那俩日本兵继续并更热烈地唠嗑。

孙文怀抖掉绳子，蹑手蹑脚走向墙角那个铁皮方桶。拧开桶盖闻，是煤油，他心里狂喜。其实从拿到火柴起他就琢磨要烧了这晦气的房子，并且最好连俩活的日本人一块儿给烧喽。

他拎起桶晃了晃，有多半桶。屋里有一堆扭秧歌用的旧戏服和高跷子，还有一堆绳子麻袋和扁担，是不久前日本人运来的。他把煤油往这些东西上浇，刚浇一下停了手，拿过旁边的脸盆，往里边倒了有小半盆。他端着盆来到门口，探头往外望，俩日本兵不在门口，在外面院墙边上比量着研究那副梯子呢。孙文怀立马半掩上门，用凳子靠住，然后踩上凳子把装了煤油的脸盆小心地放在门上边。

他拎着油桶来到后窗，先把窗户打开，试了试，拎着桶往外爬费劲，就去拿了根麻绳系上桶梁，先把麻绳搭在窗沿上，再回来用火柴点麻袋，沾了油的麻袋冒着黑烟着了，他攀上后窗，把油桶拽上去，悄没声地跳出去，院子里的日本兵毫无察觉。

孙文怀来到西屋后窗下，点着一块蘸了煤油的麻袋片，踮着脚抠开窗户纸，一扬手把麻袋片扔了进去，然后溜着墙根往前院跑。他心里有数，西屋后窗下边，距鬼作的尸首不远，堆着两套竹骨纸糊的龙灯和几个旱船，庙会时用的，有年头了，都干透酥透了，遇到明火想不着都难。

他从墙角探头看，俩日本兵正往娃娃楼方向望。日本兵发现屋里冒烟跑进屋去后他来到门口，抱着油桶守着。不长时间一个火人跑出来，他也不管，继续守着。那火人在院子里打滚，任凭咋滚也滚不灭身上的火，疼得嗷嗷叫唤。屋子里烧得噼里啪啦，另一个日本兵满身是烟地拖着鬼作的尸首从西屋出来，刚一露脸，煤油桶砸到他脸上，他本能地抬手挡，脚没站稳，一屁股坐到尸首上，忽地一下，和尸首一起着了。孙文怀见油桶在日本兵的裤裆里冒火，日本兵扔了枪扑拉满身的火，他很满意，拽上门，扣上钌铞，踅摸东西插钌铞时孙贵来了，愣在大门口。院子里那火人在地上乱蹬腿。门里响了两枪，孙文怀哈了一下腰。孙贵跑了，去村后喊日本人。孙文怀抄起根木杠守在门边，日本人在里面胡乱拍门拽门。救火的锣声响了孙文怀才离开。

郭少奎一行回不了家了——郭家门口不远的村边站着个日本兵。

这日本兵是军曹派来的，他往这边来的时候佟老三及时从房上爬了下来，现在躲在大门后面看动静。

军曹去村部时带了四个鬼子，看明白村部的情况后，他只留下俩，让另两个分别去守住村子东西两头。石门村的主街东西走向，东西两头分别通往关外和关里，军曹想用有限的兵力占住关卡位置以勉强控制和监视全村。

如果这个日本兵一直站在这儿，站着就行，不用干任何事，那么将要去拯救那八个人的郭少奎一行就无法回到院子，起码在天黑前是这样。

就在四个人急得火烧火燎，孙文怀要冒险引走这个鬼子的时候，另一个鬼子跑来喊走了这个。郭少奎他们这才得以进院。

四个人直接下了菜窖，佟树田他爸早从窗户看到他们，飞跑出来也跟了进去。佟老三关好大门跑回屋子，本想向他妈汇报外面的情况，见到他妈才想起后者已经不能给他指示了，便翻身出门又上了房。

菜窖里，五个男人挤挤插插地搬白菜，郭少奎说：“大叔，你上去把镐拿来，有两把，都在西房山戳着呢。”佟树田他爸出去拿镐。

他一出菜窖就呆住了——佟老三正脸色煞白地从房上爬下来，

比画着门外冲他使眼色。与此同时，咣咣咣，有人在外面踹门！佟树田他爸心说坏了。事发突然，他只来得及一脚把菜窖盖给踹上，然后一边大声喊："来了来了！"一边跑过去开门。佟老三腿已经筛糠，杵在墙根一动不动。

是刘三顺和一个日本兵，刘三顺拎着匣子枪。

日本兵一进院就端着刺刀奔佟老三去了，刘三顺拿枪逼住佟树田他爸。

"刘队长，这可是咋回事呀！"佟树田他爸本能地问。

刘三顺逼视着他："我他妈不是队长。你得先告诉我这是咋回事！"

佟树田他爸心都要跳出来，心说菜窖里的人可千万别露头！可他脸上却没表现出慌张，边说："啥咋回事呀？"边回头看了一眼，见那个日本兵已经把刺刀顶到佟老三的气嗓头上，佟老三举着双手贴墙站立。菜窖盖没动。

刘三顺嗷地喊了一声："哎，给我转过来！"佟树田他爸赶紧回过头。"快说是咋回事！"刘三顺问。

佟树田他爸说："俺家房子不是让皇军给占了嘛，俺一家老小也不能住街上啊，这不投靠这家来了。这事儿刘队长你该知道哇。"

刘三顺："废话少说，不知道我还不来了。快说他上房去干啥！"

佟树田他爸："惦记家里呗，上去看看。"他心里稍微安宁了一些，心说看来他们并没看见郭少奎他们跑进来。

刘三顺押着佟树田他爸来到佟老三跟前。路过菜窖时佟树田他爸不敢往菜窖口看，心里盘算着假如这时候菜窖里的人露了头，他咋说也得先扑倒这个刘三顺。还好，菜窖盖没动。

刘三顺问佟老三："说，你上房干啥？"佟老三磕磕巴巴地说："看看俺家房子。"见他说的和佟树田他爸一样，刘三顺跟那个日本兵说了几句日本话，日本兵这才把刺刀放下。这个日本兵就是刚才站村头的那个，佟老三认得他，以为他是追郭少奎他们来了。

其实这个日本兵并没看见郭少奎他们。他被喊去接受了新的命令，现在正和刘三顺执行这个命令。

这个日本兵似乎察觉出院子里的人不对劲，他冲刘三顺说了一句日本话，然后端着枪去房后察看。佟树田他爸要跟去，日本兵和刘三顺同时嗷了一声，佟树田他爸只能站住。

刘三顺问："这家房主是谁？人呢？"

佟树田他爸说："老郭家，寡妇妈带仨孩子。儿子出外学生意，俩闺女和俺家的人都在屋里呢，他妈这不刚给皇军做饭去了。"

刘三顺说："啊，知道了知道了，是郭少奎家吧。屁学生意，我咋听说是进关造反去了。"

佟树田他爸说："这话我可不敢瞎说。"

刘三顺说："别废话。走，带我去屋里看看。"又对佟老三说："你老实儿地待在这儿别动。皇军说过不许离开屋子，否则格杀勿论，你倒好还上了房了，等着皇军收拾你吧！"佟老三哪还敢动。

刘三顺让佟树田他爸头里走，他拎着枪跟在后面。

屋里的女人们保持着一个时辰之前的姿势，老佟三奶则恢复了常态，眼睛不再望房薄，正微闭双目专心品烟。她手放在膝盖上，平端二尺烟袋，铜烟袋锅里冒着一缕顶端分叉的青烟。

刘三顺挨个数屋子里的人，数完后问佟树田他爸你家有几个男人。佟树田他爸说："就俺们哥仨再加我儿子，其他的都是孩子。昨天我二弟带我儿子去兴城走亲戚去了。"

情急之中他只能这么说。早晨他们村后那几户人家被撵出来时刘三顺在场，佟树田他爸赌刘三顺不可能记着当时佟老二和佟树田都在家。

刘三顺冷笑一声："走亲戚？这不年不节的走什么亲戚？要是皇军查出你撒谎你全家可就玩儿完啦。"

佟树田他爸吃准刘三顺不过是在诈他，说："我撒哪辈子谎啊，真的走亲戚去了，昨儿个走的。"

刘三顺比画了一下屋里抱在一起的女人们："这是咋回事，咋吓成这样，有啥鬼儿吧？"

没等佟树田他爸回答，炕上的老太太回道："鬼儿倒是没有，被不是人的给吓的。"声音依然比老头儿的还粗哑。

刘三顺冲她嗤了一声，终于转身出去了。

外面佟老三还那么直溜儿地站着，日本兵已经从房后转回来，正端着枪往菜窖那边走。佟树田他爸手心都攥出汗了，眼瞅着日本兵就要走到菜窖口，他感觉太阳都变成了黑色。

但见日本兵一只脚踩在菜窖盖上，转身朝刘三顺喊了一句日本话，佟树田他爸觉着心口窝有个火球骨碌一下滚了下去。

刘三顺没听清楚日本兵的这句话，跑过去问他说的啥。这工夫佟树田他爸冲佟老三使了个眼色，紧跟着也跑了过去。他想离他们近点，到时候就是抱也得抱住一个。

那鬼子指着房顶对刘三顺重复那句日本话，刘三顺这回听明白了，是让他亲自上房去检查一遍。鬼子边说边站到菜窖盖上往房顶望。佟老三那时正要往这边跑，刘三顺喊住他，让他去架梯子。佟树田他爸见佟老三直勾勾地盯着菜窖盖不动地方，忙冲他喊："让你去架梯子呢，快去呀！"佟老三这才回过神去院墙边拿梯子。

菜窖盖是木板钉的，上面还有一层稻草垫子，照说禁得住一个人踩，问题是菜窖里的人不知道上边的情况，他们哪怕弄出一星半点儿的动静就全完了。佟树田他爸提醒自己不能往那儿瞅。

刘三顺虚胖，看他吭哧瘪肚地往房上爬，佟树田他爸心里骂，你这犊子快点快点。佟老三在下边扶着梯子，勉强控制住手不哆嗦。

还好，一直到刘三顺从房上下来，日本兵也没往脚底下撒目，菜窖里也没一点儿动静。

孙贵出现在大门口，冲刘三顺喊："你快点儿吧，皇军都生气了！"

刘三顺这才问佟树田他爸："说吧，你们谁是佟老三？"

佟树田他爸不知道他这是要干啥，问："谁是咋的？"没等刘三顺开口骂人，门口的孙贵说："后边那个就是。来吧老三，没事儿，皇军就是要找木匠。"

往外走时孙贵跟佟老三念叨："村里的木匠算你就剩俩了，那个黄老四是干细活的，估计指望不上。"刘三顺提醒他："你废话太多了吧，当心皇军割了你舌头。"

第十八章

罗逸一见洞口趴着的是方脸，立马抱过小虎想把他放到梯子上。没想到的是，小虎身子打着挺不上去，眼睛一直盯着西边的门洞。齐润苗急了，帮着往梯子上推他。见他们在下边推搡，方脸喊："罗逸，你快上来！"

话音刚落，门洞那边的第二句中国话来了。

“孙先生在吗？”是一个年轻的男人。

一听到这句中国话，梯子下边的四个人都停止了动作，小虎更是说了一句：“俺就说嘛，肯定是咱中国人。”齐润苗赶紧捂他的嘴。

罗逸把小虎放到梯子上，示意齐润苗赶快上去。齐润苗在下边托着小虎一起往上爬，小虎不再挣扎，一边爬一边往西边望。铁青脸一把从罗逸后腰拔下单子儿剋，拽着他离开洞口的光亮。他绝不相信那边来的是救星，即便他们真的是中国人。

罗逸顺势蹲下。他的想法和铁青脸差不多，他要做最坏的打算，这最坏的打算就是保护齐润苗母子尽快爬上去。他蹲在暗影下，想等齐润苗娘儿俩一到顶就往上爬。

方脸听不到地下室西边的问话，但小虎和罗逸的话他听得清清楚楚。他知道下边是有状况了，赶忙俯下身接小虎和齐润苗。

门洞西侧的第一句中国话是佟老二说的。虽然之前郭少奎反复叮嘱不能出声，他到底还是出了声。这之前，他们小心翼翼地清理完门洞前面垛着的枪管，控制着力道刨下了第一块砖。佟树田他爸没来，佟老三被带走后他留在院子里守着。

从他们进入地洞到现在已经过去了很长时间，这期间外面发生了什么他们不知道，他们必须格外小心。郭少奎熄了马灯，伏在那个豁口上往里面望。

看到里面出现光亮，有人在顶上打开洞口时，郭少奎本能地缩回头。到听到有人用中国话往下喊话，他方确定不是日本人在上面。然而，他的心随即又收紧——那声音不是孙尔康也不是邸万金，而下面围在梯子周围被问话的，显然也不是他要救的那两个人。有好几个人，好像还有女人和孩子，他都不认识。

孙文怀挤在豁口处往里望，上面洞口被打开时也没躲闪。光亮之中他第一眼就看见那个小孩儿正不错眼珠地往这边望，他和郭少奎一样被眼前的情景惊呆了。

三棱脑袋审问孙尔康时军曹把他押到院子里，他并未听到他爸跟三棱脑袋说了啥。所以，包括他在内，村子里所有人都认为娃娃楼里只有孙尔康和邸万金两个人。

见梯子底下那些人要往上爬，郭少奎觉得无论如何得问一下了，于是他说了第二句话。他是四个人的领袖，必须该做出决断。尽管情况依旧不明，但事已至此，除了问一句，似乎没有更好的办法。最主要的是，以眼前之所见，那些人好像并无危险，他们显然是在躲避他们。

然而除了那个小孩儿说了句话，他的问话并没有得到回应。

就在郭少奎满腹狐疑要另做打算时，孙文怀说了第三句话。他喊了声："爸，是我！"

那时齐润苗刚爬上去，由于地下室拢音，她和方脸都没听清下边这句本就声调不高的喊话。

可旁边的孙尔康听清了，他松开刚扶住的小虎，单手撑着趴到洞口，探头冲下边小声喊："文怀，我在这儿呢！"

于是，来自地洞的人和敌台里的人会合了。

那一刻，敌台里的七个成年人被突然降临的生机惊呆，其状态反倒不比迎接死亡轻松。就好像身陷沙漠必死无疑的人，突然被人从干渴炙烤中投进大雨滂沱的绿洲，已经适应了绝望的他们，对可以活着出去的新现实一时竟难以接受和适应。

只有对这新现实早有预期的七岁男孩儿小虎表现出了兴奋，他跳着喊："俺说嘛，俺说嘛，一准儿会有人来救咱！"说完自己捂上嘴。

最先反应过来的是孙尔康，他伏在洞口冲罗逸说："快跟他们走！"然后喊齐润苗："快走！"

从看到村部着火，他就觉着失血的心脏里添了许多力气，现在，全身四肢甚至都有了比受伤之前还要多的力量。

这之后发生的事是郭少奎一行咋也没想到的。

最先吃惊的就是郭少奎。当他们刨开门洞进入火药库，他惊异地发现，第一个走过来的人他竟然认识！他脱口而出："司令！咋，咋是你呀！"那个人是罗逸。

而被称作"司令"的罗逸并没认出他来。罗逸先是让他把马灯留在外面，然后端详着他问："你是哪位？我认不出来了。"

郭少奎的眼泪都要下来了，说："司令啊，你忘啦？俺们五个在卢龙跟着你来着，我叫郭少奎啊。"

罗逸这才呼啦一下想起他就是跟董善洲跑了的那几个关外农民之一，叫啥的确记不得了。

"啊，想起来了。你们好像是五个人吧，都在这儿呢吗？"他问。

郭少奎说："司令啊，是我对不住你，他们四个全死了。"说着话眼泪流下来。

罗逸说："哭啥，快去接人吧。当心这些罐子，都是火药。"

郭少奎啪地用只剩一个手指的右手来了个立正敬礼，然后执行命令去了。那动作当然是罗逸训练出来的。

看到以上情景的铁青脸咧咧嘴："呵，我就说现在的司令有点毛了嘛，这他妈再往下听谁的！"

罗逸一边说我不是司令一边去梯子底下捡起那块刀穗揣起来，然后自顾先进入武器库察看。

郭少奎他们赶紧去梯子底下接人。小虎、齐润苗、邸万金相继下来。邸万金身子重，梯子响得厉害，孙尔康在上面提醒他落脚轻点。

敌台上面还剩下三个人，孙尔康、方脸、鹰眼。

此时，这三个人的表现各不相同。

鹰眼的表现最常规，只有他的表现是一个得到解救的人应该做出的。他双手下垂站在洞边，尽管面无表情，但不断转头的动作表明了他心之所想。他一会儿看看洞口一会儿看看前门，这是希望马上离开，并担心晚了来不及的肢体语言。

方脸的表现则和鹰眼完全相反，还可以说他的表现和所有人都不一样，从一开始就是。

知道有人来救，他一屁股坐在了孙尔康身边，摇摇头，脸上现出一丝自嘲的笑。

他本来是要掀开石板喊罗逸出来商量事儿，这事儿关乎他们的生死，尤其还关乎他对自己的最后一次证明……可，石板掀开之后却发现一切都结束了。

没错，一切都结束了。他得救了，不必再为死得光堂而费尽心机了。

在一万年的灰心全部回到脸上前，他骂了句：“操！”随即站起身，径去前门往外看。

三棱脑袋仍坐在马扎子上，跟之前不同的是马扎子前不知啥时摆了个饭桌。军曹坐在饭桌侧面另一个新摆的马扎子上，一个日本兵正往桌上盛饭。

小道尽头的日本兵们仍蹲在原来位置，一个个端着饭碗等待开饭。

方脸又举起望远镜往村子里望了望，然后才回到洞口。邸万金刚下去，孙文怀在下面催促孙尔康快下去。

孙尔康仍坐在洞口，左手拄地，侧身向下望着已经到达地面的邸万金。他的脸上甚至有了血色，这张脸平静如水。

方脸蹲下搀他："快走吧大叔。"

孙尔康挡开他的手："你先下。"

方脸没说啥，扭头看了一眼鹰眼，一俯身下去了。

上半身进入洞口之前他上下左右打量了一遍敌台，眼神竟像是告别祖屋。

方脸身子更重，梯子嘎吱嘎吱响，还好他动作轻柔，很快就下到地面，铁青脸扶住他。梯子下面除了铁青脸还有郭少奎和孙文怀，其他人都走了。方脸冲他俩点一下头，算是打过招呼。他的那个背包还在地上，他捡起来背上，又打量了一下周围的瓦罐，才和铁青脸一起走了。

他们刚走出没两步，上边的石板咣地盖上了。

郭少奎和孙文怀惊慌地喊。尽管门洞另一头挂着郭少奎带来的马灯，但没了上边洞口的光亮，地下室里立马变得黑暗。

方脸站住，但并没回去。

石板是孙尔康合上的，这之前他冲孙文怀说了句："快走！"

孙文怀疯了似的往上爬，爬到顶后用手往上托石板，托不动又用脖颈子没命地顶，没等郭少奎提醒，喀嚓一声，梯子断了，孙文怀随梯子一起落在地上。郭少奎吓得不知所措，愣了半天才过去扶起孙文怀。

孙文怀顾不得疼，四下踅摸，那意思是想找东西垫着上去。

门洞那边传来说话声："没用了，快走吧。"是方脸。

像是受了他的提醒，孙文怀说声："快走！"就往门洞这边跑。他这一跑让郭少奎很意外，愣在那儿不肯离开，直到孙文怀喊了句："回去拿梯子！"

佟老二已经引众人先走了，佟树田守在塌方位置的小洞旁。他点着一支蜡放在石头轱辘上，见孙文怀、郭少奎跑过来，问："孙先生呢？"

郭少奎说："梯子折了，俺俩回去拿梯子！"

佟树田说："你们快去，我就在这儿等你们。"

郭少奎说："你也快走吧，这儿不用留人了。"

佟树田说："那哪行。"

人都走了后，佟树田抄起铁锹小心地扩那小洞，他得让梯子能过去。

他忘了或者没在意方脸还没走。

方脸就坐在门洞旁边。

铁青脸本来坚持要跟他在一起，他硬给撵走的。他让铁青脸在出口等他，他很快就到。

马灯被郭少奎拎走了，眼下这间武器库里唯一的光亮就是出口处佟树田的那根蜡。现在，方脸坐在黑影中掏出烟叼着，一边掏打火机一边打量满室的枪炮。

他身旁的墙上杵着一根胳膊粗细，约有一人高的炮管。这炮管锈迹斑斑，炮身上还沾有不少白灰嘎嘎。这炮和地上其他炮不一样，口径小不说，后端还有约半尺长的炮膛开口，像是炮管被人给刨下去一块。最特别的是在它的根部有一根歪着的尾巴，那尾巴扁四棱形，有一尺多长。这个尾巴就是扎了铁青脸喉咙的那根铁棍。

这个奇形怪状的铁炮本来被垒在封堵门洞的墙里，炮口朝着武器库这边，那根尾巴则伸进火药库。枪管垛挡着它，郭少奎他们搬开枪管后它才和门洞一起现身。扒开门洞后它掉下来，郭少奎他们小心地把它接住靠墙杵在一边。它和那些枪管的样子和结构很像，只不过它后面是尾巴，枪管后面中空，好像可以安插木柄。

武器库的出口处佟树田在抠洞，铁锹发出嚓嚓的不大的声响。火药库那边没一点儿声音。方脸觉得那上边没声音很正常，同时还认为即使上边传来爆炸声也是正常的。

就像所有的事都出乎他的意料一样，他没想到孙尔康留着最后这一手。但是，唯独这件事他觉得是必然的——那老头儿身上有深远的愤怒在等待发泄，他从一开始就在酝酿一场痛快淋漓的毁灭。这一点方脸早就看出来了，他甚至还曾一度认为自己也是后者愤怒的对象。

他掏出打火机，再掏出怀表，点着打火机照着看了看钟点，之后把打火机和怀表重新放回衣兜，使劲咬了一口嘴里的烟。烟丝臊哄哄不是个味，他把烟扔了，又吐了两口。

他起身去跟佟树田要了根蜡，举着爬出了武器库。

他带走了一根铜枪管，又在外面的石头轱辘库里踅摸了一阵，半路遇到郭少奎和孙文怀拎着梯子跑回来。这俩人自顾往前跑，也没搭理他，郭少奎还拎着根钢钎撬杠。

方脸进入菜窖时外面的太阳已经偏西，估摸再有一个小时就该天黑了。

菜窖里有三个人——铁青脸、邸万金，还有郭少奎他妈。邸万金在哭。郭少奎他妈刚回来不久，她很吃惊很戒备地盯着方脸。方脸问姓罗的他们走了吗，铁青脸说还没呢，好像都在屋里呢。

方脸说：“你先待着别动，我出去看看。”

铁青脸说：“大哥，我全看好了，街上一个人都没有，咱往西走上几十步就溜之大吉了屁的。”

方脸说：“我得看看其他人。”

铁青脸说：“我说大哥，这都啥时候了，王炮儿咱都管不了，还管别人干啥，再说我看别人也没用咱管哪。”

“都得管。”方脸说着，爬出菜窖。

佟树田他爸还在大门后面，他把门开一条缝，不停地往孙贵家方向望。刚才郭少奎他妈回来时说你家老三和黄老四还在孙贵家界壁儿干活呢，有日本人看着，不让别人看。

方脸跑到佟树田他爸身边往街上望了望，然后站在门后打量院子。他最先看到了房上的罗逸，后者正蹲在烟筒根儿下往娃娃楼方向望。

“这位大哥，大恩不言谢了。”方脸说。

佟树田他爸：“不用谢，你们快走就行。”

方脸说：“我懂。不过你们也得走。”

佟树田他爸：“我不能走。”

方脸说：“不走都得死。”

佟树田他爸说：“那是肯定的，救了你们俺们全家就是死路一条了。你快走吧，不然俺们白忙活了，不值了。”

方脸问：“那你们咋办？”

佟树田他爸说：“我得等孙先生和俺家老三。”

这句话让方脸很警觉，问：“你家老三咋啦？”

佟树田他爸说："日本人要找木匠，把他带走了。"

方脸不再言语，冲佟树田他爸拱了下手。

"砰！"不远处一声枪响，就见罗逸一下子扑倒了。

方脸拔枪在手，扒着门缝往外望，街上并没见有人。他往房下跑，打算上房救罗逸。铁青脸从菜窖口探出头，方脸摆手让他回去。

外面响起锣声，刘三顺在喊："各户都给我听着，皇军不是跟你们说着玩儿，有谁再敢出门和上房，曹老六就是下场！"

方脸刚攀上墙头，罗逸像片树叶似的从房檐飘下来。

"有个上房的被日本人给打死了。"他说。

方脸说："你快走吧。"

罗逸说："这就走。你呢？"

方脸说："再说。"

罗逸说："那就后会有期。"

方脸说："我想见一下你嫂子。"

罗逸说："你们的事二船都跟我说了。"他看了一眼方脸身上的背包，"怀表她已经揣走了，背包她不要。"

方脸的手正摸着背包，听罗逸这么说，叹了口气说："那就保重吧兄弟。"

齐润苗和小虎出现在屋门口，小虎捧着个窝窝头吃。

齐润苗拉着小虎来到方脸跟前。屋门口，佟老二探头往外看。

齐润苗说："大哥，俺和孩子谢谢你啦。"说着话给方脸鞠躬。小虎把窝窝头揣进衣兜，也给方脸鞠躬。

方脸说："快走吧弟妹，保重。"

齐润苗说："大哥，俺还有一事相求。"

方脸说："弟妹快说。"

齐润苗说："你是司令，你得给俺出个字据，证明孩子他爹没反水。"

方脸说："啥？要它干啥！那会要了你们的命。"

齐润苗说："你必须得给俺出。"

方脸看了一眼罗逸，罗逸正仰头看天。

方脸说："好吧。"他从公文包里拿出个卷了边的小本，再找出一截铅笔头，去窗台上完成齐润苗的意愿，小虎跟过去看。方脸写完后从上衣兜里掏出个不大的方块印章，再从公文包里拿出印泥盒，打开，把印章在印泥上按了按又哈了口气，使劲扣在落款处。

方脸要合上印泥盒时小虎说："大爷，这是不是就叫签字画押呀。"

听了这句话，方脸又补充了一个动作——用右手食指蘸了一下印泥按在他签好的名字上。

没等小虎念上面的字，他撕下那张纸叠好递给齐润苗。齐润苗双手接过揣进怀里，然后拉着小虎一起跪下给方脸磕头。

屋子里的女人孩子都来到了屋外，女人们背着包袱。佟家人的包袱是从家里背来的，郭少奎俩妹子的是决定救人之后收拾好的。

大门口，佟树田他爸已经把门开了一道缝，正探头往外望。

罗逸要搀三奶，她利落无比地一扬手挡开，拄着枣木拐杖率先往大门口走。那老太太小脚，走路用脚跟，脑后雪白的小卷一颠一颠。

她本打算留下来着，可眼见任凭佟老二咋喝呼，满屋的女人孩子没一个踏出屋门，她便说："那好吧，都跟我走！"

佟树田他妈他婶们也许是还不相信必须得走，要不就是想等男人全回来了再走，再不就是啥也不为，只是吓得失去了行动能力，反正她们并没有按事先的商定立马动身。

那老太太站地当间用老头嗓子吼了声：“都他妈想断子绝孙呀，快走！”她们这才跟着出来了。

方脸虽不知道他们要如何行动，但还是抽出枪去大门口守着。街上依然肃静得连条狗都没有。

一群人出了院子奔村西边去了。佟老二搀着三奶在前，罗逸领着小虎殿后。铁青脸说的没错，他们也就走了几十步便进了林子。那时树林已经没在西山的阴影之下，暮色中他们很快没了影。

方脸没走，还守在大门里面。佟树田他爸示意他赶快走，他摆摆手让前者关上大门。

“大哥，你们多保重。我要回楼里。”他说。

佟树田他爸一时都忘了自己的危急处境，以为听错了，磕磕巴巴地问：“啥啥？你想回去？”

方脸：“对。你们还是早点走为好，方便的话把洞口给我留着。”

方脸奔了菜窖。

菜窖里，邸万金还在哭，郭少奎他妈正呵斥道：“都大小伙子了，哭啥，快闭嘴！”

铁青脸在地上摆弄方脸从洞里带出来的东西：一根铜枪管外加几根二踢脚大小的小铜管，还有几个小铁球。郭少奎他们还没回来。

方脸对铁青脸说：“二船，跟你商量点事。你快走，我先不走了。”

铁青脸问：“咋回事大哥，等王炮儿？那小子不值呀。”

“不全是。别问了，快走吧，日本人随时会来。”方脸摘下背包往铁青脸肩上套，铁青脸抬手挡住，“净扯，你得有帮手。”他边说边把背包套回方脸肩上。

方脸没再说啥，趴到豁口往洞里看了看，里面没亮光没动静。见他们不走，郭少奎他妈说：“你们还不走想干啥，谁也不知道楼里还有你们这么多人，你们不走更麻烦。快走吧，求你们了！”

方脸说：“大嫂，俺们还有点儿事要办。你快和这小兄弟走吧，走了就没麻烦了。”

郭少奎他妈说：“呸，为你们我把家和命都豁出去了，是怕麻烦？这是我的家，我愿意啥时走啥时走。”

邸万金说：“对，先生不回来我不走。”

方脸嘎巴嘎巴嘴没吱声，他示意铁青脸跟他出去，铁青脸出去时拿着方脸带出来的那些东西。

他们在房檐下说了几句话，方脸上了房，铁青脸去屋里，进屋之前他冲大门后面的佟树田他爸拱了一下手。

孙尔康合上石板后随即坐在了上面。

他是坐着用左手合上石板的，彼时鹰眼还以为他要先下去，见他以不可思议的力量和速度合上石板，鹰眼愣在那里。

他掏出枪，先去前门看了看，回到孙尔康对面站定。枪还是拎着，没端起来。

孙尔康一直不错眼珠地盯着他。

鹰眼脸皮抽搐，眼里冒出凶暴的光，问：“为啥？”

孙尔康说：“你该知道。”

鹰眼说：“我不知道。你得说明白。”

孙尔康说："那就说明白。十六年前你在这儿欠了一条人命，得还。"

鹰眼皱了一下眉头，"我在这儿没杀过人。"他说。

孙尔康说："再想。"

鹰眼问："跳崖那个女的？"

孙尔康说："想起来就好。"

鹰眼仰头长叹一声。

十六年前那个晚上，惊恐悲恸之中，孙尔康没能记住胡子们的脸，唯独记得有一个年轻的小个子背着个很特别的背包，就是现在鹰眼背的这种双背带的……他恍惚记得那个小胡子长相也很特别，具体啥模样记不清了。

昨天一见到鹰眼他立马就想起了当年那个小个子，假设鹰眼没背这种背包，抑或不是在敌台里遇到他，孙尔康或许不会联想到十六年前那个胡子……他们背包里的财宝继而证实了他们仨的身份。但另外两个人当年是否在场，孙尔康实在无法确认，他最初的计划是把他们仨一窝端，方脸救了齐润苗后他改了主意。

鹰眼落草之前做过郎中，当胡子后兼干老行当，十多年来虽投过不同的山头，但一直随身背着药瓶家什。

救齐润苗娘儿俩和报仇是孙尔康必须做成的两件事。情势凶险莫测，一切都不受他掌控，但他手里攥着两张牌：一是火药库里可以藏人，二是他没想活，他要用这两张牌做成那两件事。听到董家富喊话后他本可以不用死，但他不能放弃这第二张牌，不然手里的牌不够。他算定方脸会把鹰眼留在洞外，计划攥着手雷和邸万金还有这仇人一起死。

上午离开敌台时他已经接受了不能亲手报仇的现实，没想到还能回来。罗逸能猜出他回来的前两个原因，没人能猜到第三个。

鹰眼说："那会儿我就是个小跟帮的呀。"

孙尔康说："可抓人你动手了。"

鹰眼说："我记得很清楚，当时我就轻轻地推了她一下。大叔，我不过是想在大当家的面前露露脸罢了。"

孙尔康说："那就够罪了。"

鹰眼说："几十个人干的事，你让我一个人还？"

孙尔康说："没错，我只有这么大能耐。"

鹰眼说："怎么还？"

孙尔康说："尝够了等死的滋味再去死。"

鹰眼说："那你也活不成吧？"

孙尔康说："我就没想活。"

孙尔康往地上吐了口唾沫。

鹰眼皱紧眉头，拎着枪又去前门望，然后焦躁地在拱室里来回走。他不能朝孙尔康开枪。他反复掂量过，打死了孙尔康，下边的人不可能让他走出地洞。再则，枪声会惊动日本人。

绝望中他想起方脸，琢磨后者有多大可能会来救他。琢磨透了一屁股坐到地上，眼睛里的阴沉和愤怒被恐惧和无助取代。

他第三次去前门望时，日本人已经吃完饭，饭桌撤了。三棱脑袋仍坐着，军曹向西边长城底下走去。

终于，鹰眼走到孙尔康面前，跪下。

"大叔，求你饶了我吧。"他说。

孙尔康盯着他的眼睛，那双眼睛里的凶狠阴沉全然不见了。孙尔康很意外，他没想到会这样，他不愿是这样。

现在，鹰眼就是个可怜巴巴的小矬子。

他继续说："你就看在我当年还年轻的份儿上，再就看在我给你治过伤的份儿上吧。"

孙尔康不愿看他现在的眼睛，抬起头看前门。

见孙尔康不吱声，鹰眼继续说："大叔，就连你身上的手雷都是我的，我早就知道是你拿走了，我也没往回要啊是吧。"

孙尔康说话了："才就这么一会儿，你就受不了等死的滋味啦？"

鹰眼说："大叔，日本人马上就要上来了，你和我这样的人一起死也不值啊是吧，你还有儿子呢。"

孙尔康说："我要是不饶呢？"

鹰眼说："那我还有啥说的，跪这儿等着和你一起死呗，我的死活还不攥在你手里。"

这是事实。孙尔康还是第一次听人说他能决定别人的生死。

郭少奎和孙文怀到达塌方的位置时佟树田还没把洞扩得足够大。他不敢太用力，一怕不小心弄塌了顶板，二怕外面的日本人听到。孙文怀心急如火，要抢铁锹自己动手，郭少奎抱住他。

他们仨小心翼翼地抠洞，每个人都滴嗒滴嗒地往下淌汗，每个人都抖着手。

洞终于够大，他们重回火药库。还好，梯子将将够高。他们刚搭上梯子，上面的石板自己打开了。

鹰眼爬下来，没等落地郭少奎就用左手把他腰上的枪给下了。鹰眼刚一落地孙文怀立马爬上去，他怕孙尔康再合上石板。

鹰眼也没要枪，他想尽快离开。郭少奎拦住他："你先不能走，刚才咋回事？"佟树田也跟进来挡在门洞那边。

鹰眼看了一眼郭少奎手里的枪说："没咋，一会儿你们问孙先生吧。"他的脸色还没完全恢复。

就听洞口上面孙尔康说："让他走。"

郭少奎寻思了一下说："你要先走就把枪留下，不然等孙先生下来一起走。"鹰眼二话没说就走了。佟树田引他走到塌方处，让他卸下背包再往外爬。鹰眼警惕地卸下背包，先递到洞那头，再小心地爬过去。

佟树田跑回火药库时见梯子下边没人——不仅孙文怀、孙尔康没下来，郭少奎也上去了。

他爬上去探出头，见孙文怀和郭少奎一边一个跪在孙尔康身旁，孙尔康正摇着头说："可惜，这么多好火药，白瞎了。"

刚才孙文怀爬上来时孙尔康这样说："文怀，我不能走，得有人留在这儿。不然日本人就顺下边去少奎家了，抓不到敌台里的人肯定得杀他们全家，咱不能连累他们。"

孙文怀说："那你也挡不住他们哪。"

孙尔康说："我能。让你上来就是要告诉你这事儿。"

孙文怀说："那好，爸，我陪你。"伸手就要把石板推上，孙尔康拦住他。

"得开着。"孙尔康说。

郭少奎爬上来，"孙先生，快走吧。我妈和老佟三奶已经商量好，他们全躲到关里去，这工夫应该都动身了。树田他爸在外面等你呢，你不出去他不走。"他说。

孙尔康长叹一声："唉，这可咋办，他们根本用不着跑哇！"

孙文怀和郭少奎伸手要架他，他摇摇头，说了佟树田听到的那句话。

鹰眼钻出菜窖时方脸刚从房上下来。鹰眼冷冷地看了他一眼，没做任何表示就往大门口走。没走出几步，就听方脸在后面说：“站住。”

鹰眼站住了，没回头。

“给我回来。”方脸说。

鹰眼往地上吐了口唾沫，继续往前走。佟树田他爸打手势让他站住，他犹豫了一下还是站住了，这工夫就觉着脚后跟被踢了一下，人随即悬起来平摔到地上。

是铁青脸，他站在旁边看着鹰眼往起爬。

“我最看不上负恩忘义的小人。咋，我大哥的话你没听见？”铁青脸说。

鹰眼摔得不轻，背包里有两件金器摔了出来。他先把那两件东西塞回背包，然后慢慢爬起来。铁青脸盯着他，手按在匣子枪上。

方脸一直站在房檐下。

鹰眼往地上吐了口唾沫，面朝方脸站定，问：“有事吗？司令。”

方脸不说话，手也按在枪上。铁青脸说：“让你回去，耳朵聋啦？”

鹰眼说：“老大，我跟着你出生入死也一年多了，你给我啥啦？钱？娘儿们？官衔？一样你也没给我吧。到末了我冒死弄来的这点东西你们还给分了一大半。这我都认了，你还想咋地，非得让我给你陪绑吗？”

大门口佟树田他爸咳了一声。鹰眼回头看了一眼，佟树田他爸示意小点儿声。

方脸依然冷冷地看着他不说话。

铁青脸骂："你他娘的，俺们这救你命的倒成了和你分赃的了。怪不得你非得跟俺们一起走，原来是他妈惦记这点东西呢，你小子够阴的。从见着你那天起我就看你不是个物。大哥，要我说还是让他快点儿滚吧，不然咱俩早晚得让他给算计喽。"

方脸不说话，只盯着鹰眼。

鹰眼知道方脸这是要叫真章了，如果不听他的就走不出这个院子。他往村后望了一眼，终于抬腿往方脸跟前走。

走了有五六步，方脸说："够了。把手雷留下。"

铁青脸说："你要是早听话不就早走了。"

鹰眼长出一口气，摘下背包，打开递到铁青脸面前："手雷没了，你自个儿看吧。"

铁青脸看那背包里除了财宝和药瓶家什外再真就没有手雷。他朝方脸摇了摇头，方脸摆了一下手。

"你可以走了。看好你这些宝贝。"铁青脸说。

鹰眼一言不发，合上背包背好，走了。

佟树田他爸给他打开大门，随即关好。

鹰眼当初是这么跟方脸说的，说他没法在当地待了，想去沧州投奔一个表哥，方脸当时就知道他是扯淡。

天上不知啥时候起了鱼鳞云，这个季节很少见。灰黄的太阳已经接近西边山尖，它被那云遮住了一大半，剩余的光辉并没像惯常那样给天上的鱼鳞染上亮色，故而鱼鳞都像是死鱼的，青幽幽地横陈在天上一动不动。没有一丝风，燥闷的空气中弥漫着杀机。

呜，山上林子里，那不知名的鸟叫了一声。

"咱走吧。"方脸说，和铁青脸往菜窖走。

大门上传来拍门声。方脸和铁青脸紧跑几步进了菜窖。

佟树田他爸吓得一哆嗦，没等他扒门缝看，就听外面有人压低嗓门说："佟大哥，是我。刚走的，姓罗。"

是罗逸。

场院上，三棱脑袋仰头望天上的云。他脸上已经满是油汗，但之前的焦躁似有所缓解。

军曹从东边回来了。他已经沿顺时针绕娃娃楼察看了一圈。

太阳正没入西边的山峦。越来越暗的鱼鳞云之下，娃娃楼慢慢变成阴森的黢黑颜色。

就在这时，楼上铺房旁边升起一缕炊烟！

灰白色的炊烟在青幽幽的鱼鳞天幕下影像清晰，直溜儿地往上拔。

三棱脑袋的脚跟不由自主地颠了一下。军曹一动不动地站着。

三棱脑袋回头看了一眼村子。村里跟早晨有所不同，不少人家升起了炊烟。三棱脑袋的腰已经拔得生疼，但他得保持这姿势。

第十九章

孙文怀一个人在铺房外生火。

最初铁锅里只有半锅水，罗逸这么交代的。孙文怀认为反正也得在这儿烧上一阵子，干脆放点米焖饭得了，就又往锅里加了些水，再捧进足量的高粱米。

敌台底层，方脸坐在前门后面的水桶上抽烟。外面场院上，三棱脑袋和军曹一直那么坐着和站着。

烟的味道比之前好了许多，方脸抽得很舒坦。他拿出望远镜往场院上望，想看看三棱脑袋和军曹的脸。光线暗了，但那两张脸还是看得够清楚，他们也正盯着这边看，嘴里说着啥，三棱脑袋皱着眉头往地上吐了口唾沫。

他俩的对话是这样的。

三棱脑袋说："他们做饭倒很准时。"

军曹说："大家都一样，做给对方看呗，显示他们既没害怕也不着急。"

三棱脑袋说："你好像说过里面的人不是普通的流寇。"

军曹说："是的，他们是有经验的军人。"

三棱脑袋便往地上吐了一口。

方脸收了望远镜，也往地上吐了一口。

重返娃娃楼之前他并不敢肯定日本人天黑前不会动手，所以急着要回到楼里，担心迟一步会抱憾终身。是罗逸的话提醒了他，罗逸说不着急，咱们有一晚上的时间，日本人巴不得咱们今晚往外冲呢。

关于罗逸为啥要回来，方脸没问一个字，就跟罗逸也没问他一样。

铁青脸就没那么深沉，一见到罗逸就问："司令，你咋又回来啦？"

罗逸说："我去送送他们。"

铁青脸眨巴眨巴眼睛，明白了他压根儿就没想走。

"我就说嘛，妈的咱要是就这么走了，也太窝囊了。"他说。

孙尔康他们出来后，在菜窖里，对于谁走谁留有过短暂的争执。郭少奎他妈非得让郭少奎跟她一起走，郭少奎不干，他妈说那好，我和你一块儿留下。是孙尔康的表态让她改了主意。

孙尔康对孙文怀说：“我带人走，你留这儿听你罗大哥的。”见孙文怀愣神，孙尔康说：“咋，熊啦？”孙文怀说：“没熊，我是怕你不走，你走我就放心了。”

邸万金说：“先生，咱都出来了还让文怀哥留这儿干啥呀，快让他跟咱一块儿走吧。”孙尔康说：“他们几个待会儿就走。”

郭少奎给他妈跪下：“妈，别让我当孬种！”他妈看了一眼孙尔康，后者已经拉着邸万金往外走，她咬咬牙也跟着走了。

出了菜窖邸万金说：“先生，咱能回家吗？我还是想回家。”孙尔康说：“别急，明儿个一早咱就回去了。”

他们一行三人，孙尔康、郭少奎他妈、邸万金，邸万金走在俩老人中间搀着他们，他们很快消失在村西头的树林里。

佟树田他爸没走，仍守在大门后面。

现在，孙文怀在台顶生火，底层由方脸守着，罗逸和铁青脸在下面火药库里。郭少奎和佟树田这工夫没在洞里也没在菜窖，他俩蹲在郭少奎家前街老崔家的后院。

老崔家去年搬走了，房子空着。按方脸和罗逸的安排，天亮之前他俩得一直守在这儿。

罗逸和铁青脸承担的活计很重要，他俩得抱着火药罐在洞里撒出一条不间断的火药带，从火药库一直到菜窖。这活计得精细，还得万分小心。正因如此，没让郭少奎和佟树田沾边。

再往下的所有行动，都依仗这一整窖明朝的火药。没这些火药他们不会回来。

日本人最后咋样进入敌台已经无所谓了，爬梯子上来也好，从门进来也好，强攻也好，烟熏也好，只要能尽量多地同时进来。之前方脸绞尽脑汁地分析日本人最后的进攻计划，并想出了相应的死得光堂的方案，像所有努力一样，都没用了。

他急着打开洞口，是猜到了地下的东西八成是火药。他想搬出足够多的到铺房里，在那里和日本人一块儿死。这种死法不仅于他们死了的人光堂，最有意义的，是保证了下边那四个人能得救——地图找不到理所当然，炸没了烧没了，用不着再找。至于火药，不少敌台的铺房里有古代留下的火药军械，这一点日本人应当不会生疑。

命运不断地逗方脸，不过也挺好，现在，他可以不必去死也能把该办的事办光堂。

罗逸回来跟他说，干吧司令，我听你指挥。方脸说咱还是商量着办。

方脸怀里揣着剩下的唯一一颗手雷，就是孙尔康手里那颗。他本计划用这颗手雷在火药库里设一个绊雷，日本人进入时自动引爆。罗逸则认为，以日本人昨晚之表现，应当不会在全体或者很多士兵在场的情况下贸然下到火药库里，他们会采取最明智的办法，就是疏散人员后才派尽量少的人进底下探明情况，那样的话咱的计划就等于流产了，所以最好的办法还是咱们自己掌控引爆时机。

罗逸和铁青脸撒出的火药带就是引爆用的。

火药有的是，时间看来也充裕，他们小心地往地上撒出一条足有两三寸宽的火药带，这活儿干完时天已经完全黑了。

他俩又往菜窖里搬了不少火药罐。最后一趟，他们抱出一些铜枪管。这之后，罗逸按计划返回娃娃楼，铁青脸则留在院子里做相应的安排。

方脸喊孙文怀下来时一锅高粱米饭已经焖好。孙文怀归拢好炊具摞在锅盖上面，用抹布垫着锅耳朵，从容地端着铁锅下来了。

本来他第一个要拿走的是那张孔子像，他记得他爸把它挂在铺房里来着。见墙上没有，屋里也没地方藏，他以为他爸刚才揣走了。他不知道它已经变成碎片散落在敌台周围。

罗逸在火药库里等着。马灯被挂在西边门洞外侧。孙文怀先把饭锅送下来，又爬上去守在洞口。

方脸把从台顶抱下来的柴火放到前门附近，然后在前后门之间来回用步测量距离——他要对敌台做最后的处理。

处理完毕，方脸下到洞里面，站在梯子上把石板合严实。这之前台顶上的所有顶板都已经被盖好。

他们撤下梯子拿走。

三个人回到郭少奎家时铁青脸已经把带出来的长短枪管都擦拭干净，正把那些鸽子蛋大小的小铁球往短枪管里比量。

“两位司令，这枪挺有门道，兴许还能用。”他说。

方脸说：“那你就摆弄明白喽，能用当然好。”

他把罗逸叫到一边商量了几句，之后罗逸让孙文怀留下帮铁青脸，他和方脸出去了。

孙文怀很高兴能让他留下摆弄那些枪，他拿起一根长枪管，念那上面的铭文：“嘉靖二十四年造。”

他一边念叨：“嘉靖，嘉靖——”一边把枪管翻过来，后面还有字：胜字四千一百二十六号隆庆四年京运。一见到这行字，他眼睛放出光。

“这是隆庆四年从北京运来的！从隆庆二年起戚继光就在这儿主掌蓟州。呵，大英雄，果然是你留下来的！”他几乎在喊。

铁青脸问："真的？戚继光谁不知道，不过你小点儿声，他好像跟你没啥关系。"

孙文怀说："有关系，俺全村人都是当年跟他来戍边的义乌兵的后代，就是说这些枪是俺们祖上用过的。"

跟村里其他小孩儿一样，他从小就常听大人讲义乌先人的事。和其他孩子不同的是，他用心研读过孙尔康保存的有关古籍，对戚继光佩服得不行，戚继光所著兵书里的部分章节他甚至可以倒背如流。他从小喜欢器械机巧，戚继光兵书里有大量军械方面的论述和插图，他喜欢到手不释卷。他不认为他爷说的把总、他爸说的先生有啥，而是认为先祖曾是戚继光部下这件事才是他家最大的荣耀。

铁青脸"啧"了一声道："这就对了，难怪你爸老头儿血性。"

受孙文怀感染，铁青脸不停地端详面前的兵器，一边晃脑袋一边以十二分的敬意用舌尖咝咝地往嘴里吸气。

在油灯的照耀下，一根根墨绿色的枪管闪着青光，枪管上斧凿的铭文像人胳膊上尚未愈合的刀疤。

铁青脸抓起一根道："呵，杀人的好家什，看爷的吧！"

院子里，方脸去大门口望了一会儿后回到菜窖口，罗逸在菜窖里等着他。佟树田他爸把仓房里的一口大缸挪到大门后面。

菜窖里堆着十多罐刚运出来的火药，罗逸把它们一罐罐递上来，他和方脸把火药搬到大门旁边。佟树田他爸递给方脸凿子和斧头，方脸小心地在缸底边缘凿开一个小洞。他们把火药倒进缸里，上面敷上两条麻袋，再压上两层瓦，然后往上填了不少土，最后摆满碎石用缸盖盖好。罗逸用备好的半罐火药往西边墙根撒出一条火药带。

这是预备应对最坏的局面——日本人先行进院搜查。作为这个预备方案的一部分，郭少奎和佟树田埋伏在老崔家，他们手里有鹰眼的王八盒子。罗逸给他们的命令是：盯住大门，来两个以上才开枪，来一个就放进来。

方脸和罗逸回到屋里。

方脸问铁青脸："咋样，这玩意儿能用吗？"

铁青脸说："大哥，咱是不是还有一宿的工夫？"

方脸说："嗯，不过也可能有意外。咋？"

铁青脸说："那就好，只要工夫够我就能让它响。"

孙文怀在旁边端着铁青脸特意留下的一罐火药，一边念封条上的字一边说："万历七年……这火药也是戚继光那时候的。"

罗逸说："这你都知道？"

孙文怀十分肯定地说："不会错，戚继光一共在蓟镇待了十五年，从隆庆二年到万历十年。"

方脸念叨："哦，看来都是好东西啊。"

罗逸问孙文怀："你咋记得这么清楚？"

孙文怀说："罗大哥，人一辈子值得记住的事本来就没几件，对石门村的人来说这是第一件，也差不多是唯一的一件。"

孙文怀说话的神态像极了他爸孙尔康。他的这句话，也跟早晨孙尔康在娃娃楼顶对罗逸说过的那句极其相似。罗逸没想到以孙文怀的年龄能说出这样的话。他拿起一根枪管，一边琢磨孙文怀的话一边仔细端详。

铁青脸说："你们看，这枪跟现在的差不多。"他拿起一根长管，再拿起一根短的，咔吧一下把短的塞进长管尾部的枪膛，严丝合缝，正好相配。

“这小管就是它的子弹，只不过里面没装火药，得咱自己装，弹丸就是这些小铁球。”他说。

他把短管往前推严实，后面的枪膛两边有一对现成的小方孔，他用手指比画了一下：“看，这俩小眼肯定是插卡销把子弹顶严实用的，一会我拿硬木条削几根。”

孙文怀说：“我知道这东西，它叫佛郎机，是洋货，中国人也统称火铳。长的是母铳，短的是子铳。”

罗逸说：“对，咱中国人管小口径的火器都叫火铳。这种结构的枪炮是葡萄牙人发明的，明朝时传进中国，后来朝廷大量仿制。它应该是世界上最早的后填装火器，但这么小的还真没见过。看来垒在楼底下门洞子上那个是当炮用的，这种小的只能是随身当枪使。”

铁青脸说：“没错，就是当枪使的。我看只要火药够劲儿，百十步之内打人个透心凉没问题。”

方脸拿起根短管看，问：“这子铳上有小眼，用药捻儿点火？”

铁青脸说：“肯定的，就这个不太应手。”

罗逸说：“你该知道这可不是一般的不应手。母铳上还没有准星和照门，用它打百十步的目标，咋瞄准？”

方脸说：“我看要是给它装上枪托，打几十步的目标应该能行。”他看着那些枪管，若有所思。

罗逸脸上现出不认同的表情。

铁青脸说：“不过它还缺不少东西，我这就得去外面踅摸点材料，行吗？”

方脸说：“去弄吧，反正也是闲着，别惊动外面就行。”

铁青脸领孙文怀出去了。他在外屋地找了俩盆，又从锅台上拿走了锅铲子。“咱得先去收硝土。”他说。

他们出去后罗逸说：“明摆着就算弄好了也用不着，你还让他们费那个劲干啥。”

方脸从头到脚打量了一遍罗逸，从胸腔子深处使劲往外吐了口气，道：“你说呢？”

这之后罗逸留在屋里，方脸出去和佟树田他爸一起守在大门后面。

铁青脸和孙文怀在猪圈墙根干活。

“看着没，墙根这一层盐碱似的硬壳就是硝，底下紫红色的土里也都有硝。”铁青脸说。天黑前他就撒目好了猪圈。

在屋子里时铁青脸曾告诉孙文怀自己是这方面的行家。其实即使他不说，孙文怀也从他的架势上看出他确是行家，所以对他的话深信不疑。

马灯放在地上，他们小心地把铁青脸所说的硝土铲进盆里。

东边墙上终于有动静了，是界壁儿刘春发。

“叔啊，文怀，俺家牲口棚里那玩意儿更多，我帮你们多弄点呗！”他小声喊。

他这一声可把院子里的人吓得不轻，方脸本能地端起枪，铁青脸扔了锅铲子去腰里摸枪。

佟树田他爸小声对方脸说：“没事儿，凡事瞒不过界壁儿，照说咱这边的事儿他早就知道了。”

方脸一想也对，放下枪，让佟树田他爸过去跟他说话。

一个猪圈的硝土肯定不够用，铁青脸本想偷偷去附近人家的牲口圈里多收一些，现在好了，他在刘春发家和前院老崔家的牲口圈里铲下了足够的硝土。

并不需要太多，只要能用它配出两三斤装枪的好火药就足够了。

弄完硝土后刘春发跟进院子，对佟树田他爸说：“叔啊，再往下干啥都算我一个！”他媳妇从墙头上露出脑袋冲他眨眼睛，他骂了声：“滚！”媳妇便不见了。

方脸说：“这位兄弟，再啥也不干了，你赶快回屋，关好门别出来。”

刘春发淡淡一笑，道：“这位哥，你干不干我都有份儿啦。”说完拱拱手走了。

铁青脸和孙文怀回到外屋地生火烧水。罗逸正把从敌台端来的高粱米饭抟成一些饭团，他说你们先把饭吃了再干吧。铁青脸说不行，得干完再吃。

罗逸关好门来到院子。满天的好星斗，空气好像更加燥闷。他来到大门口，佟树田他爸正跟方脸说佟老三的事。

佟树田他爸说：“不对呀，天都黑这么长时间了，俺家老三咋还不回来。”

方脸说：“不用担心，日本人也就是让他干木匠活儿，看来还没干完。”

罗逸说：“是啊。不过要我看就算干完了也不见得马上让他回来。”

这话让佟树田他爸非常紧张，问：“咋，日本人还想灭口咋的？”

罗逸说：“那肯定不至于，这你尽管放心。不过按常理得明天啥都完事了才能让他回来。”

佟树田他爸说：“那哪行，你们守着吧，我得去看看。”

方脸说：“不能去。”

佟树田他爸急了："你说不能去就不去啦？"

罗逸说："大哥，听我说。一旦惊动了日本人，这院子里的人可就危险了。别急，再等等，一个小时之内要是再不回来，我陪你一起去。"

佟树田他爸说："行，不过咱可说好喽，老三一回来俺们就带着树田一起走。"

罗逸说："这肯定是你们自己说了算。"他看了一眼方脸。方脸脸色凝重。罗逸把带来的饭团递给他们。

老崔家后院，郭少奎和佟树田坐在院门里面，前者教后者如何使用王八盒子。

其实郭少奎也只是在关里时见过董善洲有一把这种枪，他哪摆弄过，不过他毕竟跟罗逸学过枪械常识，又拿过长枪，所以摆弄一阵后也就整明白了。他把枪交给佟树田，说我这手不能拿枪了，你到时候按罗司令的命令执行开枪任务。

"少奎，咱这就算开始打仗了呗？"佟树田问。他毕竟没经历过这阵势，很紧张。

郭少奎说："那当然。这可不是摆家家啊树田，听好喽，罗司令的意思咱得明白，那就是不到万不得已不能开枪，明摆着一开枪咱们的计划就黄了。所以要是只来一个鬼子，咱就别让他进门了，从后边摸上去一刀抹了脖子就完了。"他拍了一下大腿上的菜刀。

佟树田说："那可不行，罗司令的命令是来一个放他进去，违抗命令哪行。"

郭少奎说："将在外，君命有所不受。没事，我来动手。咱这样做是为了减轻门里边你爸他们的压力。"

佟树田说："好吧。要是来人多了先打哪个？往哪儿瞄？脑袋还是身子？"

郭少奎说："笨啊，打哪个不一样。这黑灯瞎火的别说你，老手也瞄不着脑袋呀，哪儿面积大打哪儿，专打上半身！记住尽可能离近了打，短枪远了没准头，近了想打不上都难。还有，注意别打着门里边咱自己的人。"

佟树田端着枪默念他的话。

郭少奎说树田，你要是困了就先睡会儿，咱得埋伏一宿呢，你先睡，你醒了我再睡。佟树田说困倒是不困，我饿了。

郭少奎也饿得肚子咕噜咕噜响，说："我家里有现成的窝窝头，拿出来俩好了。"他抬头看天："树田，你看今儿的星星咋这么大？"

佟树田抬头看，星星确实又亮又大，不知是咋回事。罗逸来了，揣着热乎乎的高粱米饭团。

郭少奎说："俺们刚说饿你就来了，谢谢司令。"

罗逸说："谢啥，饭是孙文怀焖的。"他也捧个饭团狼吞虎咽几口吃了。

郭少奎说："司令，我越想越对不起你。董善洲说让我当排长，我就跟他走了。"

罗逸说："别老把这事放心上，走了也挺好。都是抗日，跟谁能咋的。再说你跟着我也当不上排长，我才不过是个连长。"

郭少奎说："可跟着你起码不至于让四个兄弟送命啊 。"

罗逸说："也不好说。"

到这时郭少奎才想起来问："司令，我问你一下，你咋到这儿来啦？"

罗逸说：“跟你一样，败了呗。”

郭少奎说：“再往下你去哪儿我跟你去哪儿，这回肯定不再跟别人跑了。”

佟树田说：“我也去，只要打日本就行。”

见罗逸不表态，郭少奎说：“司令，你嫌弃我啦？我不能使枪了，就让我给你做饭打杂牵马坠镫吧。”

罗逸终于苦笑着摇了摇头：“唉，给我牵马坠镫，我还不知道给谁牵马坠镫呢。等明天大伙儿都活下来再说吧。”

郭少奎和佟树田好半天没吱声。

“你们俩先睡一会儿，我守着。对了，少奎，你家的锅灶家什他们得用一下，估计都得给祸害埋汰喽。”罗逸说。

郭少奎家门窗紧闭，窗帘拉得严严实实。铁青脸和孙文怀正在外屋地提炼期望中的硝。

这之前铁青脸把那些硝土拍碎，用筛子筛除石子杂物，大锅里的水烧到响边后撤火，把筛好的硝土倒进锅里，再加几锹灶坑边的草灰。一锅的泥水发出呛人的土腥味和牲口尿臊。铁青脸让孙文怀拿锅铲子不停地搅拌，他在旁边端着方脸那块怀表计时。孙文怀被熏得鼻涕一把泪一把，铁青脸也是如此。他找来一块布帮孙文怀兜住口鼻，后来看孙文怀干着费劲，就扒拉开孙文怀，自己一只脚踏上锅台亲自搅，让孙文怀给他计时。搅足十五分钟后他才把一锅红棕色的泥汤子舀出来，让孙文怀端着细筛子在下面接着往水桶里滤。

面对一锅烂泥汤和满屋子尿臊，孙文怀没对铁青脸的指挥表现出一星半点儿的质疑，也没张罗开窗户透气，他硬挺着一声不吭地干活。其实他已经饿得、困乏得快虚脱了。

铁青脸往滤好的两桶泥汤里加上凉水，接着又滤了两遍，这时泥汤颜色已经不那么难看，味道也不那么难闻了。

铁青脸脱衣光膀子，把两桶泥汤倒回锅里，说声："嘿，熬硝嘞！"孙文怀知道最关键的程序才刚刚开始。

他按铁青脸的吩咐重新生上火，控制着柴火，让锅里的东西缓慢升温。铁青脸守在锅台边以更快的频率不停地搅拌。开锅了，泥汤咕嘟咕嘟冒泡。铁青脸眼珠子紧盯着那些泡，手里的锅铲子一刻不停地搅。随着水分蒸发，汤越来越黏稠，颜色也逐渐变浅。铁青脸脸上的汗啪嗒啪嗒地往锅里掉。到锅里的东西黏稠得像要嘎巴锅的苞米面糊涂时铁青脸喊："停火！"孙文怀立马灭了灶坑里的火。

铁青脸把锅铲子上挂丝的汤汁滴几滴到锅台上，汤汁立刻凝固成深黄色小豆，铁青脸说声："好了，往外舀喽！"

孙文怀端着筛子，这次在筛子上铺了层粗布。铁青脸小心地把滚烫的已经变得发黄的浓汤往水桶里滤，布上面滤出一层灰白色的颗粒。

"信不信那就是盐，能吃。"铁青脸说。

孙文怀说："氯化钠呗。你想要的是硝酸钾，白色的，溶解度和氯化钠不一样，一会儿水凉透了它就该渗出来了。"

铁青脸说："嘿，还这么多说道。没错，硝就快出来了。没想到你这读书人还乐意干这活儿，别忘了咱弄的可是杀人的东西。"

"不能杀人弄它干啥。"孙文怀盯着水桶。铁青脸又问："你看我这模样像个好人吗？"孙文怀说："打日本不论模样。"仍盯着水桶。铁青脸这才算是领教了这个白面书生的力道。

他们坐下来等汤凉透。铁青脸说："这工夫咱把饭吃了吧。"

孙文怀立马哆嗦着手去盛饭。铁青脸去芥菜坛子里捞出俩芥菜疙瘩，两人一转眼就把锅里剩下的饭吃光了。吃完饭孙文怀再也没有力气站起来，铁青脸让他去炕上躺一会儿，等硝出来再喊他。孙文怀不去，坐在水桶旁边盯着看，看着看着就坐着睡过去了。

铁青脸也困乏得要命，可他不敢睡，怕睡过了头。他舀了两瓢水刷锅，刚刷没几下就觉着门开了，他抬起头，见刘三顺进来了！

也是刘三顺活该活不过今天，他从离开郭少奎家就惦记着回来，现在终于可以自己做主，便鬼催的似的奔郭少奎家来了。

他相中了郭少奎的大妹子。

郭少奎俩妹子都非常漂亮，大妹子更是全乡数一数二的美人。白天刘三顺进屋第一眼就注意到了她，当时眼珠子差点儿没掉下来。

来的路上刘三顺已经想好胁迫郭家的词儿，就说有人告发郭少奎造反，日本人要抓他们全家，他可以帮着开脱。他合计郭佟两家现在只有佟树田他爸一个男人在家，而那些女人白天就已经被吓成那样，估计再听他一吓唬立马就得跪下来求他……然后他过两天就来提亲。

接近郭家大门时他往手心吐两口唾沫使劲抿了抿头发，到门口又抻了抻衣襟、正了正背着的匣子枪。刚做完这个动作，装枪的皮匣子被人给按住了，同时脖子上凉丝丝地，是刀刃。

他身后的两个人是罗逸和郭少奎。

罗逸记着答应佟树田他爸的话，一直看表计时。郭少奎睡着了，佟树田没睡，不断问打仗的事儿还有王八盒子的用法。佟树田虽然听郭少奎讲过很多在关里打仗的事，但觉着亲耳聆听眼前这位司令的教诲是一生难求的荣幸。一个小时到了罗逸喊醒郭少奎，让他俩继续守着，他要去和佟树田他爸办事，这时听到有人走过来了。

看清是刘三顺一个人时罗逸改变了自己之前的部署，他让郭少奎跟自己去擒住刘三顺，佟树田留在原地警戒。

他看刘三顺的枪还在匣子里，这是最好的时机，没等刘三顺拍门罗逸和郭少奎就顺利地擒住了他。当时门里边方脸和佟树田他爸已经做好了准备。郭少奎对刘三顺说你要是敢喊就抹了你脖子，他哪还敢吱声，惊恐中被押进院子。想挣扎来着，可掐着他的那些手都像钳子，骨头都快被捏碎了，别说动弹，走到屋门时见里面往外冒着蒸腾的热气。

见刘三顺是被押着进来的，铁青脸长出了口气，摆摆手示意他们进里屋去。他接着刷锅，孙文怀还在睡。

刘三顺被满屋的刺鼻气味呛得连打俩喷嚏，他被推进里屋，里屋空空荡荡，白天满屋子的女人孩子一个也不见了。脖子上的菜刀被拿开，他刚想说求饶的话，后脑挨了致命一击。

动手的是孙文怀。方脸碰了他身边的水桶，他一激灵醒来，见是刘三顺被押进了屋，他坐着没动，也没啥表情，随后就抱起灶坑前那块石头跟了进去。铁青脸咧了下嘴，也没阻止。那石头比半个西瓜大点，垫着劈柴火和挡灶坑门用的。

罗逸他们正把刘三顺踹到地上，谁也没在意孙文怀跟了进来，没等他们反应过来，石头已经砸到刘三顺头上。噗的一声闷响，刘三顺软塌塌地扑倒在地。

“死吧，你这犊子！”孙文怀说。

方脸和罗逸愣在那里。刘三顺脸朝下，腿打着挺使劲哆嗦。方脸看了罗逸一眼，叹了口气。

郭少奎说："你着啥急呀，这下可好，一句口供都没来得及问。"

孙文怀也不吱声，盯着刘三顺。刘三顺哆嗦了一会儿就不动了，郭少奎蹲下试了试鼻息，确认已经死透。孙文怀转身出去了。

外屋地，铁青脸已经刷完锅，正蹲在水桶旁边看，水桶里已经有白色的颗粒析出。

"咋，弄死啦？"他问。孙文怀点点头，"呸"地往地上吐了口唾沫。

方脸出来，往水桶里看了看，脸色凝重地对铁青脸说："二船，别干了。做最坏的打算吧，一会儿日本人就得来找刘三顺。"

铁青脸说："我知道，大哥。你们都去外边吧，我自个儿接着熬。你看桶里的硝都出来了，再熬两遍就是纯的啦。"

方脸说："用不上啦，走吧二船。"

铁青脸说："大哥，我就这点本事，求你成全我这最后一回吧。咱说好喽，日本人啥时来我啥时停。"

他光着膀子，满身泥和汗，眼珠子熏得通红，头发一绺一绺地耷拉在脑门上。对于方脸的命令他从来都是服从，眼下这情形还是第一次。

方脸终于叹了口气说："那好吧。文怀，跟我走。"

孙文怀说："不行，这活儿得有帮手。"

方脸沉着脸说："别说废话，快走！"

孙文怀本不想听他的，后来一想他肯定是跟罗逸商量好了，便选择服从。

出门时方脸交代铁青脸："听到外面响枪你就赶快出来。"

这夜的天气很邪。这个季节，照说天黑后应该很冷才是，并且应该是夜越深越冷，可今儿个太阳落山后气温不降反升，还越来越暖和。若不是燥闷的空气中没有一丝潮乎气，或许都会给人一种开春的错觉。

天刚黑时将军楼底下的小道上走下来一个日本兵。罗逸的判断没错，日本人在将军楼上设了观察哨，现在是这个观察哨一天当中第四次也是最后一次下来汇报。

日本兵穿过一片白枣林时被一只手勒住了脖子，没等反抗，一把攮子插进他胸口。

尸首被拖进林子深处，身上有用的两大件——三八枪和望远镜被拿走了。

第二十章

晚上九点，罗逸从老崔家后门回到郭少奎家院里。

街上依然没有一点儿动静，石门村像是睡熟了。

"不对劲，得去探探究竟是咋回事。"他对方脸说。

方脸和佟树田他爸一直不错眼珠地盯着街上，孙文怀坐在地上睡着了，手里攥着罗逸那把单子儿剋。屋子的窗户依然透出微弱的光亮，不知铁青脸的活儿干得咋样了。

方脸问："去哪儿探？"

罗逸说："先去孙贵家，如果需要再去佟树田家。"

方脸沉吟道："照说日本人早该来了……不过出去风险太大，整不好会惊动他们。"

罗逸说："我会当心。佟大哥路熟，还是俺俩去。"

方脸说："好吧。"

孙文怀醒了，说："孙贵是好人，我放火用的火柴就是他给的。后来他还看见我了，好像也没跟日本人说。"

佟树田他爸带路，罗逸和他奔孙贵家。罗逸拎着刘三顺的匣子枪，枪匣随尸首一起沉后院粪坑里了。

孙贵家上屋亮着灯，院子里还挂着盏马灯。罗逸和佟树田他爸躲进孙家前街那家的后院观察了好一阵。孙家院门紧闭，没见有人进出。罗逸爬上这家的墙头往孙家看，院子里没人，屋子都挂着窗帘，看不到屋里的情况。他爬下来，让佟树田他爸待在原地别动，他出去绕到孙贵家后院。

他蹲墙根儿听了一阵没啥动静，往里面扔了块石头也没反应。他慢慢探出头往里看，没人。他翻进后院，孙家没养狗，他顺利地来到前院。马灯很亮，可以看见院门后面并没人守卫。

这可是罗逸没想到的。他寻思村部被烧了之后这儿该是日本人的据点，佟老三和另一个木匠还被关在这儿，照说得有日本兵守着。

他捡一块石子扔到远处的院门上，当的一声响。房门很快开了，是孙贵，弓着腰的瘦身板，披着件夹袄。

"谁呀？"孙贵问。见没人应，他往院子四周看了看，然后往大门口走。他打开大门往外望了望，见街上也没有人，便关了大门去旁边茅楼撒尿。没等撒完，身后被人拿枪给顶上了。

“别动，问你啥说啥。家里有日本人吗？”罗逸问。

孙贵说：“没有。”

罗逸问：“木匠呢？”

孙贵说：“在俺家屋里呢。”

罗逸问：“没人看着？”

孙贵说：“日本人让刘三顺在这儿看着，他不知干啥去了。”

罗逸又问：“刘三顺走后日本人又来过吗？”

孙贵说：“没再来。”

罗逸顶着孙贵来到大门口，让他打开大门。大门打开，罗逸朝前街挥了一下手，佟树田他爸从前院跳出来。

一见到佟树田他爸，孙贵放松了许多。他说白天这儿有俩日本兵来着，梯子搬走后就都走了。佟树田他爸问咋不让老三他们走，孙贵说谁知道哇，刘三顺临出去时说皇军说了，你们要是敢回家就崩了你们。罗逸问都做了啥样的梯子，孙贵说接长了好几个，还锯短了俩。

罗逸把佟树田他爸叫到一边说：“老三还是不能走啊。刘三顺丢了没处找，俩木匠可是一找一个准，尤其带老三走时还有日本兵在场。”

佟树田他爸说：“可明天你们一得手，日本人第一个找的就是俺家老三！”

罗逸说：“大哥，我拿命担保，他和黄老四听到外面枪响再跑肯定来得及。”

佟树田他爸说：“那好，我躲后院去，明儿个你们一打起来我就带老三走。树田就跟着你们吧，死生有命，我不想再拗着他。”

罗逸没想到会是这样，说：“大哥，这可咋整，还有很多事指望你帮我呢。”

事实上他和方脸早把佟树田他爸计入人手了。

佟树田他爸说：“那就只能说句对不住了。”

见佟树田他爸把话说到这个份儿上，罗逸心焦得不行。他实在不知道该怎样说服对方。这时旁边孙贵说话了。

“老佟大哥，其实你们说话用不着背着我。你们的事全村人都知道个大荒儿了。”他说。

罗逸和佟树田他爸大吃一惊。“啥，你们知道啥啦？”佟树田他爸问。

孙贵说：“孙先生和万金子被你们救出来了是吧？你们家和郭少奎家的人都躲出去了是吧？郭少奎家里藏了好几十号兵是吧？你们想打村后的日本人是吧？”

罗逸和佟树田他爸目瞪口呆。孙贵平日里谦卑懦弱的脸上这工夫竟透出几分狡黠。

佟树田他爸说：“俺家老三跟你说啥啦？”

孙贵说：“他一个字没露。”

罗逸说：“全村人都知道啦？”

孙贵说：“差不多。你说连我这汉奸都知道了，别人还能不知道？不过兵是从哪儿来的就不知道了，咋把孙先生救出来的也不知道，所以说也就是知道个大荒儿。放心吧，我啥也不问。所以你们完全不必担心村里的人会给日本人报信，要报早报了。”

他们一直站在院子里说话。罗逸本能地往院子四周望了一遍，手里紧攥着枪。

孙贵说：“不过我有句话想跟你们说，不知你们听不听。”

佟树田他爸说：“说吧，听。”

孙贵说："那就进屋说。"

罗逸警觉地盯着孙贵，又朝屋子看了看。他之所以不进屋，一来怕有埋伏，二来不想让黄老四和孙家的人看到。现在，按孙贵说的，第二条顾虑似乎都没必要了。

"日本人来了咋办？"罗逸问。

孙贵说："我猜他们今晚不会来了，倒是刘三顺可该回来了。没事儿，如果来人你们就从后门走。"

罗逸决定进屋，他让孙贵走在前面。

孙贵没撒谎，佟老三和黄老四在东屋炕沿上抽烟，孙家的人都在西屋，再没别的人。

一见到拿枪的罗逸，黄老四吓得从炕沿上出溜下来直溜儿站着不动。佟老三看来是料到他们会来，说："你们赶快回去，我没事儿。"

佟树田他爸摆摆手让他闭嘴，然后对孙贵说："你快说吧。"

孙贵说："一句话，只求你们把事情办利索喽，不然对不起石门村这三百多口子人。"

罗逸说："此话怎讲？"

孙贵说："事情到了这个份儿上，就算你们再往下啥也不干，现在就都跑没影喽，村子里的人也脱不了干系。日本人找不着你们，肯定得拿村里的人撒气，整不好像下五家子似的杀了全村都干得出来。所以眼下只有一个办法，那就是——"他看了一眼黄老四，后者一直脸色蜡黄地直溜儿站着。

"就是把日本人给连锅端喽！"孙贵说。他不大的眼睛里像是有两粒哆嗦着的火豆，佝偻着的腰好像一下子变直溜了。

佟树田他爸看了一眼罗逸，罗逸面无表情，只是嘴角动了一下，这一下很像方脸。

佟树田他爸仰头望房薄咽唾沫。孙贵家的房薄也是苇子的，但没他家的好，稀疏单薄不说，旧得都快糟了。直到这时他才明白他妈为啥在没主张的时候望房薄。

见罗逸和佟树田他爸都没表态，孙贵说："咋，要不你们还真就想走？打狼打到死，救人救到活。我数了，他们连刘三顺在内不多不少三十三个，你们有那么多人，怕啥！"

罗逸也望了一眼房薄。这工夫佟树田他爸把眼睛落了下来。

"孙贵，俺家的人跑了，我不能让全村的人也都跑哇。"他说。

孙贵说："跑？往哪儿跑，从你们救人开始全村的人就都跑不了啦。"

佟树田他爸说："你是说，俺们连累全村人啦？"

孙贵说："我孙贵要是敢这么说，老天爷和地底下的祖宗怕饶不了我。老佟大哥，俺们没本事救孙先生，我这样的还得给日本人当腿子，要是咱这么多大活人眼瞅着孙先生和万金子让日本人给抓去，那咱石门村的人后半辈子怕也心里不安生。怕啥，大不了一死，妈的把他们连锅端喽咱还不见得死呢。"

罗逸说："你最后这句话说得好。"他看了一眼佟树田他爸："大哥你多保重，我自个儿去了。记着，动手前千万不能让老三走。"

佟树田他爸说："保重啥，没人带路你啥也干不了，咱走吧。"

临走时他对佟老三交代："你都听着了吧，啥时外边打起来你们啥时走。如果找不着我，就直接奔关里，咱妈他们在董家口的媳妇楼里等着呢。"

老佟三奶临走时这样跟佟树田他爸约定：他们一路沿着长城往河北走，晚上赶路，白天躲敌台里。今晚赶到董家口，如果明天天黑后还等不到后续的人，他们将照常往西奔城子峪，然后是平顶峪、板厂峪……一直走到认为安全为止。

十分钟后佟树田他爸领着罗逸来到他家大门外的一个秫秸垛，从这里能看到他家院子里的情况。

院子里灯火通明，大门口站着双岗，院子里没人走动，窗户上都拉着窗帘。

他们藏在那儿观察了十多分钟，其间有一个日本兵从村后方向过来，进去待了一会儿又出去了。

罗逸知道三棱脑袋和军曹现在应该在屋里，心想能进去把他俩杀了就好了。

他和佟树田他爸离开秫秸垛，奔东南方向那个迫击炮阵地去了。

他们办完事回到郭少奎家，罗逸和方脸进屋去商量事，留佟树田他爸和孙文怀守在大门口。

这时候的铁青脸不仅得到了雪白纯正的硝，还已经用它舂磨烘制好了新的火药。罗逸进屋时他正逐个往子铳里灌火药，见他们进来，忙捏了点火药撒到纸上，说让你们见识一下这火药纯不纯。他用烟头点火药，噗的一下，火药燃尽，纸没改样。

方脸点了点头，啥也没说进了里屋。罗逸说："你继续弄吧。"

罗逸和方脸在里屋商量了很久才出来。铁青脸在外屋削镐把做枪托。

"大哥，我得再进洞里一趟。一把枪咋说也得配十多个子弹，小管太少，我进去再踅摸点。"他说。

方脸想说在快枪面前这种枪不会有第二次点火的机会，罗逸看出铁青脸是要把活儿干得完美，想成全他，说："让他去吧，快去快回。”方脸勉强同意了。

铁青脸去了。他灌好火药的那些子铳整齐地摆在碗架子里，罗逸和方脸拿起来看。那些小铜管沉甸甸，前端用蜡封着，能看出里面塞了铁球。

“点火的药捻儿还没有。”罗逸说。

方脸说：“二船有办法。”

罗逸说：“二船这名儿挺特别，咋起这个名？”

方脸说：“他家过去是葫芦岛上的渔民，他爸做梦都想有条自个儿的船，生了仨儿子全叫船，二船是老二。后来他哥大船惹了官司，全家就都跑黑龙江去了。唉，他家其他人全被日本人‘归屯并户’时给烧死了，他爸到末了也没能买上船。”

罗逸指了指边上的凳子：“坐下等他一会儿吧。”

方脸说：“好，正好有工夫唠会儿闲嗑。”他坐下来。罗逸坐到旁边锅台上。

方脸掏出烟，想起旁边有火药就又揣回去。他眼角全是眼屎，脸上并无倦意。似乎手里没烟不得劲儿，他掏出大眼撸子放大腿上用衣袖擦，再在腿上反复推蹭。他修长的手指捏着枪，大眼撸子宽大的枪身在壮实的腿上来回动，不时晃出冷光。

他说：“一直也没得工夫好好唠嗑，问一下呗，看你既像书生又像兵，到底啥出身？不愿说就算了。”

罗逸说：“都让你说对了，我是货真价实的学生兵。就是张作霖在北京招的那一批，东北讲武堂第七期步兵科。”

方脸说：“原来是同门师兄弟。”

罗逸问：“敢问是哪一期？”

方脸说：“你上一期，东北讲武堂第六期炮兵科。”

罗逸说："这可真是巧。我的营长跟你同一期，他是步兵科。"

方脸问："谁？"

罗逸说："安德馨。"

方脸说："安德馨是你营长？"他表情异样地看着罗逸。

罗逸知道他会这样，也不介意，回道："没错，我是他手下连副，这块绸子就是他亲手给我系上的大刀穗。"

罗逸掏出那块红绸子，抖开。绸子已洗干净，还潮乎乎的。他的嗓子有点哑。

方脸恢复常态并咳了一声，他收起枪，双手接过绸子抖了一下。油灯下，潮湿的绸子呈酱红色。

罗逸接着说："你应该吃惊。谁都知道榆关抗战俺们一营全营覆没，我的营长，我的连长，还有我手下的弟兄，他们全都死了，没人知道唯独我罗逸还活着。"

方脸说："我也就随便问问，你别多心。"

罗逸说："你没问我，是我自个儿想说的，但愿没让你膈应。"

方脸说："问一句，不是开小差的吧？"

罗逸说："老哥你把我想成那样的人？"

方脸说："不是，我是说只要没开小差就没啥。有啥膈应的，咱活着的还不都一个德行。安德馨是条汉子，我倒羡慕他能够成仁。我认识他，还和他拼刺过，败了。"

罗逸说："我也和他交过手，也败了。唉，他就那么死了。"

方脸说："他本不该死，山海关和长城一线也不该败得那么惨，是上边那些胆小鬼让他送死去了。"

罗逸说："老哥，明天以后作何打算？"

方脸说："要是有以后的话肯定是进关，接着干。留在关外是死路一条了。”

罗逸问：“自己拉队伍还是？”

方脸说：“看看形势再说。你呢？”

罗逸说：“我也只能回关里了，本想去黑龙江投陆维龙来着。”

方脸哦了一声，表情异常痛切，随即摇摇头，久远的灰心加自嘲又出现在脸上。

“从‘九一八’到现在，八个年头了，东三省抗日的没剩多少了。降了，散了，要不就死了。死了的都是有种的，还在打的也是有种的。我想进关，属于那没种的。”他说。

他的表情让罗逸不忍，说：“说实话，你能挺到现在已经让人佩服。”

方脸又摇摇头：“呵，佩服，都输掉底了屁的。再说这是我自己的事，用不着别人佩服。”

罗逸说：“哥啊，你那几条枪对付举国入侵，输了正常，不输就怪了，照说这道理你早就懂。”

方脸盯住罗逸：“既然你知道这道理，为啥还要去投陆维龙？”

罗逸说：“这是我自己的事，跟你一样。”

方脸咬着牙一字一顿：“过去的，输赢都他妈不算数了，明天咱说啥得赢。”

罗逸说：“得赢，不然对不起祖宗。”

方脸把刀穗叠好抚平还给罗逸：“收好吧，肯定是你的念想物。”

锅台边的油灯扑闪了几下，灯光暗下来。方脸过去挑了挑灯芯，灯光恢复了。

“二船也该回来了啊。”他说。

罗逸说我去看看吧，方脸说先不用，再等等。他说你要是困了就去屋里睡一会儿。罗逸说我不困，再唠一会儿吧，难得有这样的机会。

方脸说：“那好，我问你一句，你是啥时知道敌台底下能藏人的？”

罗逸说：“哈，这事都过去了。你刚才都说过去的事不提了，咋还问？”

方脸说：“你就告诉我这事儿你是昨儿个前半夜知道的还是后半夜知道的，具体啥时候我不问。”

罗逸说：“行。那你先告诉我，你是啥时候知道我嫂子和大秋栓是一家的？”

方脸说：“一见面。”

罗逸问：“咋知道的？”

方脸说：“那孩子长得跟大秋栓一模一样，再加上我小时候跟我舅在烟台一带跑过生意，胶东半岛哪个县的口音我一听就能听出来。她们娘儿俩说的是黄县话，根本不是即墨话，即墨话是山东话里最侉的。”

罗逸说：“那咋还装着没认出来？”

方脸说：“不能让王炮儿知道。幸好他和二船以前都没见过大秋栓，不然一眼就能认出那孩子。”

罗逸说：“怪不得你的方案都是优先让他们娘儿俩走，可你咋就敢让那王炮儿带他们走？”

方脸说：“王炮儿跟随我这一路，惦记的是我和二船身上那点东西，我算定他突出去之后不会离开，所以你嫂子他们只要出去了就可以安全赶路。”

罗逸说："后来你们咋又想单独跑？"

方脸说："那时候还不知道地图的事，以为就是死了一个日本人。我一想大家都跑是不可能啦，退而求其次吧，俺们仨跑了或者被打死了，留下的人也就不会有太大的麻烦。当然，你除外。"

罗逸说："那我就告诉你吧，孙先生是昨晚后半夜三点之前告诉我的，那时候你们仨正在前门商量咋逃走来着。"

方脸说："你们那时就商量好谁藏起来啦？"

罗逸说："是。"

方脸说："你为啥要留外面？"

罗逸说："藏起来的人双方各占一半，你们能接受。明摆着我要是再下去你们不能干。"

方脸说："看来也让你费了不少心思。"

罗逸说："没你费得多。哈，不过都没用了。"

方脸说："是啊。"

罗逸说："你不想问问那张图是啥？你当过正规军的营长，早看出它不是军事地图，你够深沉。"

方脸说："知不知道又能咋的，我不想问。"

罗逸说："你应该知道。"

方脸说："为啥？"

罗逸说："那张图和吴俊升有关，画的应该是他藏宝的地方。我判断这件事只有后到的那个鬼子头一个人知道，他自己操作或者受上司的指派来接那张图。所以他必须让接触这件事的人尽量少，也就是说咱们不必担心他们会再有援军。"

方脸哦了一声道："看来到末了我还是得和贼打交道。"

罗逸说："我去看看二船吧，他去的时间有点长了。"

方脸说："不用动心眼。二船不知道那是一张藏宝图，就算知道了也不会跑，要跑早跑了。"

铁青脸回来了，用衣服兜着不少子铳。

是獾子耽误了工夫。他走到獾子窝附近时就见一个狗似的东西在那儿舔火药吃，旁边的火药带被它扒断了好几处。铁青脸认识獾子，捡起块砖头扔过去，獾子吱溜一下钻进小洞跑了。铁青脸心说真他妈新鲜，没听说獾子还吃火药，幸亏我来了，不然这畜生可耽误大事了。他骂了一声，搬来几个石头轱辘填死那俩獾子洞，再把火药带补好才去找子铳。

他没跟方脸和罗逸提这件事，进屋便开始清理那些小铜管。

"药捻儿咋办？"方脸问。铁青脸道："孙文怀说他家有现成的，一会儿让他回家拿就行。"

罗逸念叨："他家咋有那玩意儿？"

方脸要出去，铁青脸在后面叫住他，沉着脸。

"大哥，我可是把这些家什弄得差不多啦，你们是不是也该跟我交代一声它究竟能不能派上用场，派啥用场。要是炸完敌台就跑，那我可就白忙活了。"

他从没这样对方脸说过话。

方脸站住，说："二船你问得好，祖宗的东西，照说白瞎了有罪。"说完就出去了。

这之后罗逸一边帮铁青脸装枪托，一边向他交代刚和方脸定下的新计划。

方脸在老崔家后院向郭少奎、佟树田和孙文怀做同样的交代，交代完了让孙文怀回家去取药捻儿。

听完罗逸的交代后铁青脸又饿得不行，从碗架子里拿出最后俩苞米面窝窝头，递给罗逸一个，自己那个一口咬掉一半。

“对了，你的罐头不是还有不少吗？快打开俩吃喽，妈的有一个月没见荤腥了，馋死了都。”他说。

罗逸说：“你记性不错，不过那是哄邸万金呢，哪还有。”他把手里的窝窝头放回碗架子。

铁青脸极其失望：“唉，想最后开一把荤都做不到了。”

罗逸说：“别急，等明儿个进了关里我领你去我那儿管够造。”

铁青脸说：“我咋觉着挺不过明天呢，妈的浑身散架子似的疼。”

罗逸说：“别瞎说，你是刚才熬药累的，死不了。照说你这种贼皮子比一般人抗活。”

铁青脸说：“算你有眼力。就我这身贼皮子，上机器碾估计一般的机器都得被硌坏喽。妈的那年我在鹤岗被人吊着打了一天一宿，浑身的骨头都脱了节，后来在炕上足躺了有俩月，俩月后就又活蹦乱跳的了，除了阴天下雨和干活累了骨头节有点儿疼，再他妈干啥都没耽误。”

罗逸问：“犯啥事被人吊着打？”

铁青脸说：“还能有啥事，女人呗。说出来你别笑话也别膈应，我这辈子犯的事都在娘儿们身上。那回也是我自个儿作死，竟搞到矿警队长的头上——他那小姘头忒他妈漂亮，妈的刚上手就被逮住了。那时我才跟我大哥没几天，他还最看不上拈花惹草的，可他还是带着人来救我。唉，我最对不住的就是我大哥，他那只眼睛就是那次给炸坏的。”

罗逸说：“哦，是这样。”

孙文怀回来了，拿着一挂炮仗，就是春天报喜的公差留下的那挂。

铁青脸赞叹："应当，应当，你小子办事最应当。"他拆开炮仗，抽出一根药捻儿插进子铳的点火孔，再小心地往里滴儿滴蜡油密封并固定。

"有点短，不过还真不能太长。放枪时最好俩人一组，一个人瞄准一个人点火。"他说。

罗逸说："就按你说的办，一会儿把人轮流叫进来，你教他们咋用。可点火用啥呢，在外边火柴和打火机都怕风啊。"

孙文怀掏出一捆香："这玩意儿肯定不怕风。"

他家不敬神，备这些香是逢年过节烧给孔子像的。

铁青脸主持的佛郎机复活作业全部完成，罗逸和孙文怀成为第一批接受他培训的学员。

孙文怀去替换其他人进来。铁青脸把那些武器归拢好，站在一边欣赏。

四支配好枪托的佛郎机母铳整齐地摆在锅台上，四十多个装好火药、弹丸和引信的子铳同样整齐地摞在碗架子里。要说稍有不完美就是那些枪托了，它们砍得很粗糙，顶端像拐杖似的钉了一块横枨，用破布缠着以减缓后坐力。

"要是佟老三在这儿就好了。"铁青脸说。

罗逸说："能用就行啊，好看赖看能咋的，没看出来你还是个立整人。"

铁青脸说："弟兄爷儿们聚一起干件事不易，我牛逼都吹出去了，咋说也得把活儿给干立整喽。"

他掏出火柴，把外盒扯成两半，火柴棍也分成两份，分别用纸包好，自己留一份，给罗逸一份。

"对了，有件事我一直没弄明白。你在洞里的时候问我大哥叫小诸葛干啥？当过营长干啥？”铁青脸问。

罗逸说：“哦，也就是想确定一下他们死没死。我进洞之前听你大哥说等日本人进来再开枪，他如果是个带兵打仗的老手，肯定得最后子弹打光了才拉手雷和日本人同归于尽。手雷在敌台里边响比日本人在外面扔的声音会大很多，咱们能听得出来。可它没响，说明他们没死。”

铁青脸说：“不愧是司令。我还有一事要请教，就是那天你收拾我用的最后那招儿，咋整的？教教我呗，也算哥儿俩留个念想。”

罗逸说：“哈，花拳绣腿，没用，学它干啥。”

后半夜三点。起风了，四周山上响起林涛。

罗逸和方脸站在院子中央。

罗逸说：“能问一下你叫啥吗？我问二船来着，他不告诉我。”

方脸说：“叫啥还不都是亡国奴，不问也罢。”

罗逸摇摇头走了，走到大门口之前方脸在他身后补充道：“你要是实在好奇，完事儿去见你嫂子吧，我名字写她那张纸上了。”

老崔家后院，郭少奎他们已经做好出发准备。佟树田说少奎你看天上的星星咋都没了，郭少奎说你比我还笨，天阴了呗。

一分钟后，郭少奎家院子里只剩下方脸和铁青脸。铁青脸马上要去老崔家后院接替郭少奎他们。

“大哥，你说这村里的狗是不是有点邪性，妈的一宿也没咋叫唤。”铁青脸说。

方脸说：“二船，你唐山那个相好靠得住吗？”

铁青脸说：“大哥，女人这玩意儿啥靠住靠不住的，你有钱有能耐就跟你，没了这两样人家就跟别人，古来如此。那娘们儿是做黏糕的，黏糕做得好，老爷儿们吃了腿都软。不过这么些年了也不知跟别人跑了没。”

方脸说：“哦。我是说你带着这么多东西可得加小心，别招人惦记。”

铁青脸说：“大哥，那你就跟我说实话，你当真想埋了枪不干啦？”

方脸说：“这个，唬你呢。”

铁青脸说：“咋不带我？”

方脸说：“不想让你陪我送死。”

铁青脸说：“扯，兄弟在东北都没怕过死，进关了倒怕啦？啥也不说了，我跟你走，唐山不去了。”

方脸说：“二船啊，其实王炮儿说得对，我啥也给不了你，你跟着我也没啥意思，还是去唐山吧。”

铁青脸说：“大哥，咱今晚不说这事中不？”

方脸说：“中。不过有件事得告诉你，你听完了再做决定。二船，你手里那张图画的是吴俊升藏东西的地方，找到那些东西你就是半个皇上啦。”

铁青脸说：“操，怪不得。”

他手捂住胸口，仰头望天。胸兜里是那张图。

方脸说：“你自个儿掂量好下一步该咋办。不过那东西容易招祸，你可别整露喽。”

铁青脸没吱声。天黑，方脸看不出他脸上的表情。

天越来越冷，风更大了。

同一时间，沿长城往南三里地，那个塌得只剩一半的孙家楼里，孙尔康醒来，尝试用一只手点烟抽。

右手不再觉得疼，双眼比任何时候都明亮……他顺豁口往天上望，天黑得跟铸铁一般阴沉密实。冷风从敌台的豁口吹过，吹得上面的枯草呜呜叫，像一群垂死的弃婴在哭。

郭少奎他妈和邸万金在旁边坐着睡去，邸万金的一只手扣在孙尔康腿上。

抽完一袋烟，孙尔康试着拿开邸万金的手，邸万金一激灵站起来。

“先生，咋啦？”他喊。

郭少奎他妈被吓醒，揉着眼睛张皇四顾。

孙尔康说：“没事没事，我的腿有点儿麻了。你们接着睡吧。”

四更时，方脸在房上烟筒根儿下坐着睡过去了，做了个梦，梦得很清楚，这是很久没有过的事。他醒来，盯着看不透的黑夜，再也没敢睡过去。

第二十一章

天亮前风停了，很冷。

今天的天也很像松花蛋的蛋清，只不过由于阴天的缘故，今儿个的松花蛋腌坏了——整个天不通透不说，还混沌晦暗得和山峦之间都没了界线。

方脸单膝跪在郭少奎家的烟筒根儿下，梦醒后他就一直保持这个姿势。

他使劲挺挺腰，把脖子下边的扣子系严实，还仔细地抻了一遍衣襟。觉得还差点啥，又双手向后使劲把头发捋顺溜。满脑袋花白的头发粗硬油腻，若不是足够长，想捋顺很难。做完这些，他端起望远镜望向娃娃楼。

晦暗的天光不见清朗，只能勉强看出娃娃楼的轮廓。它黑黢黢蹲踞着，像一只冻饿交加的巨兽。它身后的山梁俯压下来，像在催促并推着它，让它立马起身去吞噬一切。

场院上没见有人。马扎子还摆在那儿，不过它的旁边有了变化。

是一处用砖和沙袋堆起来的掩体，有半人高。掩体里的机枪对着娃娃楼，仔细看，俩机枪手的钢盔露在掩体上沿。

方脸皱了一下眉头。

有两个日本人从佟树田家出来了，他们走到场院中央，一个坐到马扎子上，一个站在旁边。是三棱脑袋和军曹。

身后大门响，方脸一激灵回过头。

竟然是铁青脸！他现在应该埋伏在佟树田家门外那个秫秸垛里。

这是方脸绝对没想到的。他神情焦灼地看了一眼娃娃楼。铁青脸摆摆手示意他待在原地别动，他也的确不能动，他得不错眼珠地盯住那楼。

铁青脸没几下就爬上房顶，呼哧呼哧地喘粗气，显然是跑着来的。

“咋回事？”方脸问。

铁青脸说：“大哥，我得回洞里看一眼。”

方脸咬着牙根低吼：“你他妈说梦话呀！快滚回去！”

铁青脸说：“大哥，我咋越来越觉着不好，得进去看看。”

像是证实他的说法，啪嗒，一滴硕大的雨点落在方脸的脑门上。

方脸仰头看天的工夫，后续的雨点渐次落下。

铁青脸几步退到房檐，冲方脸笑了一下说："对不住了大哥。记着，千万别等我！"说完就出溜下去了。

方脸脸色煞白地看着他进了菜窖。

菜窖盖合上了，雨随即下得瓢泼一般。

方脸骂了句："山炮！"转回身继续盯着娃娃楼。

地洞里，铁青脸拎着马灯往前走，一路检视火药带。他一边走一边骂："操，还真他妈让我给猜着了。"

不怪他骂，就算昨晚起了鱼鳞云，都到了这个季节，咋说也不该下雨。

正是基于这样的经验思维，即使他昨晚一直浑身疼，也没有想到会是要下雨，一直到他来之前。那时他心慌得不行，知道这是要有事，就脱离阵地回来了。

他继续往前走。火药带一直没问题，獾子洞也依旧堵得严严实实。

他到达塌方的位置。有问题了，问题也就该出在这儿。

还没到跟前就听见哗啦啦的水声，走近一看果然是顺着木板缝在往下淌水！

水还很小，尚未流到火药带跟前。

铁锹就在旁边，铁青脸放好马灯，抄起铁锹扒拉地上的土面子，试图在火药带的侧面堆起一道挡水的土塄。他成功了，可就在他琢磨着如何堵住上面的水时，一根支撑的镐把倒了，上面的板子耷拉下来，泥水沙石哗啦一声淌下来。

铁青脸赶紧过去托板子，这之后他就只能保持这个姿势。他眼瞅着泥水顺着自己的袖口流进胸脯，再凉丝丝地流过肚皮和裤裆，最后从鞋里流出来，流向那道他刚堆起来的土塄。

水越积越多，仓促堆就的土坎竟奇迹般的没坍，它佑护下的火药带也暂时完好……铁青脸闭上眼睛骂：“妈的痛快点儿啊！”

房顶上，浑身湿透的方脸收了望远镜。雨这么大，望远镜没用了。

下雨之后天好像一下子亮堂了许多，现在，即使不用望远镜，也能清楚地看到场院上的情况。

雨下得冒了烟，俩机枪手的脑袋已经完全探出掩体。

机枪是一个大问题，方脸想。

同一时间，已经接近迫击炮阵地的罗逸也在想同一个问题。那阵地上只有俩日本兵守着迫击炮，机枪和机枪手不见了。按昨天的观察，这个阵地上该有四个鬼子：俩机枪手加俩迫击炮手。

他要执行的命令是：和佟树田他爸占领这个阵地，夺取机枪以控制场院及整个敌台东南侧。

突降的大雨还让费劲巴力弄好的佛郎机转眼又变回废铁。只剩一把短枪，他和方脸制订的作战计划已很难实施。那计划是：在夜色和大风的掩护下爬到距目标三四十步，也就是佛郎机的理想射程内潜伏下来，待敌台爆炸时偷袭这阵地。

但他无论如何得占领它。

还好，老天爷让佛郎机变回废铁的同时，也给他们创造了无限接近敌人的良机。大雨的喧嚣中，他们已经爬到了日本兵身后十米开外的地方。

伏在土坎下的罗逸把手里的佛郎机递给佟树田他爸，后者浑身战栗地接过这件眼下只有精神意义的家什，按铁青脸的示范攥紧端好。枪膛里的子铳已经没了药捻儿，让雨水给浇没了。他腰间还整齐地挂着十个子铳，药捻儿同样被浇得没了踪影。

雨水中罗逸呼啦一下明白了：这些连准星和照门都没有的所谓火器，本来就是作为胆气来源而存在、而现身的神物。是佛郎机让他们来的，没有佛郎机他们不会来。

他还明白了老天爷其实是在帮他们——若没有这场雨，凭他俩一条佛郎机一把匣子枪，拿下这个阵地的胜算极小，现在不同了，阵地就剩了俩日本兵不说，还近在几步之遥。此时，那俩兵正浑身透湿地盯着娃娃楼，罗逸和佟树田他爸走上去勒他们脖子都不会被发觉。

敌台北面，执行同样命令、遵循同样作战计划，并同样遭遇天气变故的郭少奎、佟树田和孙文怀三人，此时也同样趁大雨爬到了机枪位的后面。不同的是，他们那边的机枪和机枪手都还在原地。

敌台的南面本来也有人埋伏，就是铁青脸。他的任务是趁敌台爆炸时进入佟树田家解决掉屋里的日本人，然后在他家后院伏击从场院退下来的日本人。按方脸预测，场院上的日本人在罗逸的机枪扫射下应该往村子里撤。

方脸的作战计划不可能不完整，他本人负责西面。只有他无法提前接近日本人，他得在点火之后跑去村子西边，再贴着长城绕到日本人身后袭击他们，或者在他们往村子里退时截击他们。

雨点像箭，铺天盖地射下来，场院上梆梆硬的地面被射得噼里啪啦响。三楼脑袋觉着军帽都要被射掉了，他使劲往下拽了拽帽遮。从他这里看，密集的雨束后面，娃娃楼像海市蜃楼般不停地晃，晃得他有点儿晕。

雨射到屋瓦上，咔咔咔，瓦像要被射碎。方脸的头皮被射得一阵阵发麻，雨水形成的水帘顺着他眼皮往下淌，得不停地用手抹才能看清远处。

三棱脑袋抽出军刀指向娃娃楼，立刻，机枪开始射击。方脸看到东南西三面都有日本兵举着梯子冲向娃娃楼，好像有的日本兵怀里抱着东西。

郭少奎的位置正对着北门，他先看到西边长城脚下站起个鬼子朝这边挥小旗，这边的机枪随即响起来，机枪前边草窠里站起俩鬼子，抬着梯子冲向娃娃楼。到梯子接近楼下时机枪停止了射击，梯子搭上垛口时副射手还直起腰往楼上望，郭少奎赶紧缩回身子。他已经扔了佛郎机，现在他手里的武器是菜刀。

迫击炮旁，一个日本兵很响地打了个喷嚏。罗逸越过他反着雨水亮光的后背往娃娃楼望，见东边已经有日本兵顺梯子爬上去。

方脸一动不动地看着日本兵往垛口上爬。从他这里看，东南西三面都是爬上去一个日本兵，留一个守梯子。现在能看清有两个爬梯子的日本兵腋下夹着个圆咕隆咚的东西，像是坛子。方脸心说这就对了。

他合计：按每面两个算，现在敌台上下该有八个鬼子。

爬上垛口的鬼子不见了，应该是进了铺房。从日本人爬上去开始，雨势有所减弱。

不长时间，一个日本兵出现在南面垛口，朝场院举了一下手。

罗逸攥枪的右手开始痉挛，他把左手搭上右手腕使劲捏——他不敢松开枪把，眼睛也不敢离开娃娃楼。

娃娃楼在雨水中像是长高了很多，它还是没有响动。罗逸想，现在日本人应该从铺房里往下边放烟了，他们是在等里面的人被熏出来。

佟树田他爸把佛郎机攥得更紧，眼睛盯着土坎边缘，浑身已经筛糠一般。

按原定计划，日本人一登上敌台方脸就可以点火，具体啥时候点由方脸自己掌握。

北边的草窠深，佟树田和孙文怀一动不动地伏在郭少奎脚下听动静。按郭少奎的命令，他俩不能露头往外看。娃娃楼还是没有响动……佟树田脸色煞白，手也开始哆嗦。孙文怀看出来了，示意他放松，这让佟树田很没面子，他把枪换到左手，使劲甩右手，希望能缓解痉挛。

他们俩都没注意郭少奎的腿，其实，郭少奎的膝盖早就哆嗦了。他们更看不到他的脸，那张脸已经白得像死人。

不是潜伏的人孬种，事实是，从打雨下起来，他们就都知道楼炸不了啦。

尤其是亲手堵住塌方的郭少奎、佟树田还有他爸。

房上，方脸掏出怀表看了一眼。

场院上，三棱脑袋和军曹也都看了一眼手表。

随心所欲的天神像是业已发泄完怒气，雨越来越小，五分钟后竟完全停了。

这五分钟里，潜伏的五个人经受着老天爷那搞不清是否是最后一次的戏弄和折磨。眼见着雨点越来越小越来越稀，罗逸和郭少奎不断地随着雨点变小变稀的速率往下出溜身子，到雨完全停了时，他们的脑袋就只能完全缩到土坎下面了，即使他们明知道眼睛一刻不能离开娃娃楼。没了雨水的遮蔽，现在别说一露头就会被发现，他们当中哪怕有谁稍稍放一个无声的瘪屁，前面的鬼子都能闻出来。

铁青脸经受的折磨并不比他们轻。

塌方下，他一动不动地托举着木板。虽说机器都碾不坏的身板还未力竭，但从头顶淋下来泥水已经让他浑身冷得直打哆嗦。这倒还不算啥，最让他恼的是泥水冲得他睁不开眼睛，还没法擦，只能不停地连甩脑袋带吹气，以图弄掉眼皮子上的水，从而看见远处的火药带。

近处的不用看了，他堆起的土坎早被冲塌，脚下的火药带已经被泥水给泡没了。

外面的雨小了，洞里的泥水并未见减弱。铁青脸不再骂，瞪圆眼珠子盯着洞的尽头，泥水中他猛地觉着眼前豁然通亮，远处的火药带瞬间变成一条长不见尾的火龙，那火龙嘴里喷着火舌盘曲奔窜而来！铁青脸骂了一句，火龙不见了。

外面的雨停了，空气中弥漫着枯草和土腥味，天灰蒙蒙的，山林也是同样的颜色。

郭少奎回过头环视佟树田和孙文怀，那两个人也就看到了首领那张死人脸。不过还好，郭少奎虽然脸像死人，微凸的眼珠子却毫不含糊地冒出首领该有的坚毅，他抬起一只手向下按了按，示意大家继续等待。

罗逸看了一眼佟树田他爸，后者正无助地、求救似的看着他，那表情让他呼啦一下想起在山海关时的部下，更让他呼啦一下子感觉自己的手不抖了。

成为别人的主心骨是一件伟大的事，最孱弱的主心骨也能被这件事激发出非凡的勇力。这种经历罗逸此生只在山海关有过那么一次，在卢龙都没有过，没来得及有。

他试着伸出手，把佟树田他爸手里的佛郎机往下拽了拽，又按了一下对方的肩膀，手不仅没抖还异常沉稳。就这异常沉稳的一按，不仅让佟树田他爸缓解了哆嗦，也让他自己回到了山海关。罗逸长出一口气，又慢慢地把脑袋往土坎上面探。

对娃娃楼的瞭望关乎他们的生死。

出发之前方脸交代，如果看到日本人往外撤时敌台还没炸，所有人立马各自逃命。

场院上，三棱脑袋把望远镜甩了甩，又在腿上蹭了蹭，端起来往娃娃楼望。经了雨的娃娃楼像被墨汁泼过，黢黑黢黑，好像还不停地晃，门窗随着晃动发出玻璃一般亮瓦瓦的反光。

三棱脑袋皱了一下眉头，他放下望远镜，看了一眼手表，又举起军刀。机枪又开始射击，机枪一停，东南西三面守梯子的日本兵冲向南门。

方脸的眉毛都拧到一块儿了，他没想到会是这样。他以为该有更多的日本人往敌台里面进，那是他能赢的前提之一。

北面，郭少奎前边的机枪也响了，草窠里又站起个日本兵，拎着个短梯子向北门冲去，之前守梯子的日本兵在门下接应。

方脸看到日本兵们踹开南门冲进去了，门里冒出淡淡的黄烟。这时他觉着身后好像有动静，猛回头，见界壁儿院子里有人！是刘春发和媳妇，都扛着镐。刘春发冲他抱了一下拳，和媳妇一起去街上了，街上恍惚有不少人。

北面的日本人顺梯子爬进北门，郭少奎眼睛紧贴着地皮，几乎不敢往敌台看。

罗逸已掂量好，事到如今离鬼子这么近，不杀了他们，就算逃也逃不掉啦。所以是否继续等待，已经到了该决断的时候，不然一旦日本人发觉人去楼空，定会转身防备身后，到那时可就麻烦了。

但他得遵守命令。

方脸说得对，玩命的活计必须一个人说了算。按他的命令，潜伏的人只有等到两个时候方可行动：敌台爆炸或日本人往外撤。前者是行动成功的下一步起始时间，后者是行动失败的逃走时限，约定的这两个时间点谁也不可违背。明摆着现在行动已经失败，他们只能逃命，所以必须等到日本人往外撤的那一刻才能行动。

敌台北面，郭少奎一边贴着地皮往娃娃楼望一边嘎巴着嘴默念方脸最后的交代……讲说儿他咋说也是从死人堆里爬出来的军人，他也必须遵守命令。

佟树田他爸闭着眼睛，也嘎巴嘴默念，他是在祈祷火药能够爆炸。

爆炸果然来了。轰的一声，烟尘从娃娃楼敞开着的两个门里冒出来，一个日本兵被炸出南门，叽里咕噜滚到台阶下面。

这声爆炸让所有潜伏的人哆嗦了一下，但他们都没起身，因为他们知道那不过是楼里的机关响了。

方脸对敌台的最后处理是这样：他测量完毕，把绳子顺洞口放下去，罗逸在下边拴上火药罐，方脸和孙文怀小心地往上拽。方脸认为够了时罗逸也来到上面，他们把运上来的火药罐堆在距前门不远的地方，用柴火盖好。方脸让罗逸和孙文怀先走，他亲手在地上设了一处绊发雷——手雷放在火药罐里，用细线系上拉火销，另一端固定在三尺外的半块砖上。

有响动有杀伤才能调动更多的日本人进入敌台，并且，他们撤走后敌台里无人值守，万一日本人改了主意晚上摸进楼，以上安排还可兼做报警，到时候就提前点燃火药带，炸死多少是多少。

绊雷的位置和威力方脸都做过测算，只杀伤进来的日本人，不会破坏敌台和下边的火药库。

方脸端起望远镜看，娃娃楼南门里面黑洞洞的，军曹弯腰凑近三棱脑袋说话。方脸觉得该有日本兵出来报告情况，但一直没有。

这时罗逸忽然想到，要是进入敌台的日本人一直不往外撤呢？想到这儿他鬼使神差地往身后看了一眼。

这一眼，让他头皮上湿漉漉的头发根根倒竖——远处林子里依稀有黄色的鬼子军服晃了一下！

待他定睛看时，黄衣服伏下不见了。罗逸像个被压缩过的弹簧嗖地蹦起来扑向掩体里的日本兵。同一时刻，西边长城那边传来枪声。一听到枪声，俩日本兵先是伸着脖子往那边望了望，随即回过头往后边看。没等他们看清后面的情况，脑门分别挨了罗逸的子弹。

罗逸跳进掩体，要招呼佟树田他爸快过来时，远处树林里的鬼子站起来开枪了，子弹贴着罗逸头皮飞过。他捡起地上的步枪趴下还击。佟树田他爸做了正确的选择，趴在土坎下边没动地方。

西边和东边相继枪响后三棱脑袋并没往两边看，仍紧盯着娃娃楼。军曹举起望远镜，转着身子前后左右观察，机枪手仍然一动不动地瞄着敌台。

方脸迟疑了一下，最终没有往两边看。他的跪姿没变，端着望远镜的手虽微微发抖，但望远镜从这个时候起不再移动，只牢牢套住娃娃楼的南门。

南门里终于出现一个鬼子，满脸是血地停在门口向三棱脑袋敬礼。

方脸回头看了一眼菜窖，菜窖口仍关得严严实实，刚被雨浇过的木头盖子和长城砖一个色。

罗逸的眼睛从未如此明亮，捏着步枪的手也从未如此沉稳而有力道。他看清楚树林里的日本兵有两个，他们土黄色的军装和军帽下的脸远比射击场上的靶子清晰。日本兵本想偷袭来着，被发现后想快速冲过来，没想到罗逸抢先占领了阵地并伏下身射击，他们只得停止前进，依托树木向罗逸开枪。

这之前罗逸脑子里无数次闪现自己提着枪靠近毫无防备的日本兵，像他们枪毙董家富那样从背后崩了他们。他还担心自己的关节嘎巴嘎巴响会惊动他们，结果完全不是那么回事。他像一根轻捷的、毫无声响的弹簧，两下就蹦到日本人身后，而他们刚好转过身。他正对着他们，朝两个脑门各开一枪。根本不用瞄准，枪也不太响，跟小孩儿的摔炮似的，不像真枪。日本人倒下时也轻飘飘没一点儿声响，像俩纸扎的替身，飘着就倒了。

罗逸后来想，梅一刀说得对，杀人和打靶确实不是一回事，杀人容易多了。

西边的枪声很快就停了，东边的还在响。军曹放下望远镜，蹲下向三棱脑袋做汇报，三棱脑袋没了之前成竹在胸的表情，太阳穴上慢慢凸起青筋，和军曹一起往娃娃楼后面的山坡望。佟树田家响枪了，随着枪声，整个场院南边传来喧腾的人声。有数不清的锹镐从墙头上冒出来，紧接着，数不清的中国人从锹镐下边冒出来。他们也不躲佟树田家房上的枪，就那么举着锹镐往场院围过来！男的女的老的少的都有。

三棱脑袋回头看，见村民们已经呈扇形向场院逼过来。佟树田家房顶的日本人在他们背后开枪，不时有村民倒下。一颗不知哪儿来的子弹贴着三棱脑袋的耳朵吱地飞过，他嗷地一声站起来，一脚踢翻马扎子，命令机枪手调转枪口朝向村民。见村民并没有停下的意思，他有点儿发愣，旋即重新转回身盯住娃娃楼。军曹按他的命令在机枪手旁边举起手，等着落下的时机。

看到村民围向场院，方脸脸上古怪地抽搐了一下，脑子里出现后半夜那个梦：场院上的日本人都变成了比板凳还小的小猫小狗，他拿扫帚使劲把它们往娃娃楼里轰，它们死活不肯进去，还冲他龇牙咧嘴。后来村里的老百姓全来了，都反穿皮袄毛朝外，都举着放羊鞭子，他们不屑地冲他说你这人咋这么废物，然后齐声吆喝着帮他轰，一下就把猫狗们一个不剩全轰楼里去了。

方脸念叨："有了，有了。"

佟树田家房顶的枪声住了，三棱脑袋知道身后的村民已经进入和他相同的瞄准线，他忍不住回头看了一眼，见村民都站住了。

他脑袋上的青筋像要炸开，使劲咧了一下嘴，冲娃娃楼举起军刀，喊："土鸡给！"随着喊声，小道底下草窠里站起俩日本兵，往敞开的南门冲去，三棱脑袋和身边的日本兵匀着步子往敌台走。

待三棱脑袋走到小道中间时，方脸跳下房檐进了菜窖。

这之后场院上的情况他没有看到：三棱脑袋在小道中间停住了。

菜窖里靠近洞口处整齐地铺着几块搭地铺用的青砖，上面摆着属于方脸的那支佛郎机，旁边的几张纸上放着他的打火机和几根香。

方脸抽出那几张纸——是他小本子上的，团一团，用打火机点燃，嘴里一边念叨一边探身把纸团扔进洞里，一条火龙嘶叫着奔向地洞深处，他随即返回院子。

孙尔康和邸万金水淋淋地站在院子里。

方脸朝孙尔康指了一下菜窖，奔出大门往佟树田家去了。

孙尔康走出孙家楼之前邸万金一直在装睡，他知道先生不想带他，可他必须跟先生一起去，他想了很久才想出装睡这个法子。这很难，他调动全部意志力才没再真的睡过去。他估摸孙尔康走远了才蹑手蹑脚地走出去，顺着他熟悉的小道往村里走。

真实的火龙奔过来时铁青脸脸上的泥水还没干，他立马松开手，拽过旁边一直很好地亮着的马灯，一扬手扔到小洞另一头的火药带上。

身后的火龙在脚下倏然幻灭，携来的浓烈硝烟呛得他啊嚏打了个大喷嚏。塌方哗啦啦全塌下来，不过这都无所谓了，有所谓的是小洞那头重生的火龙嘶叫跳跃着钻走了。

火龙在铁青脸的眼睛里映出俩火豆，他咧开大嘴笑了。这之前他一直冲那盏没谱的马灯祷告来着：求你老千万别灭喽千万别灭喽！还好，它一直很好地亮着，连闪都没闪过。

他揣在胸脯子里的火柴早被泥水给泡烂了。

祷告的时间很长，那段时间里他还想通了一个问题，就是为啥他大哥老骂他山炮，想通了就得意地笑。

他进入菜窖时第一眼就看见他大哥摆在砖上的东西，当时马灯和那几样东西摆在一起，他用那个打火机点的马灯。

第二十二章

日头不知咋就呼啦一下露了脸，冷光从东边山头冒出来，东边的天瞬间变得死鱼肚皮似的白森森一片。

娃娃楼垛口上那个鬼子直勾勾地看着三棱脑袋一步一步匀速地往这边走。远处，村民们盯着机枪站下，都住了声。

枪声都停了，现在，整个山谷静得如鸿蒙未破。

郭少奎他们本可以躲过那一劫，像罗逸一样。罗逸靠的是幸运，他们靠的是孙文怀。事实上，从潜到机枪后面开始孙文怀就一直在观察身后，一开始就是。他不是决策者，但他觉得必须有人提防着身后——螳螂捕蝉，黄雀在后，他看过太多这样的故事。尽管离日本人的机枪只有十步之遥，尽管他的命如同身边枯草上的水珠，随时都会被兴之所至的微风吹落于泥土，但他脑子一点儿没乱。郭少奎不让他和佟树田往前面看，他压根也没想看，认为有一个人观察敌台足够了。佟树田只顾盯着自己手里的枪，他则盯着后面的山坡。

他眼神好，结果是从后山下来的偷袭者还没露头就被他给发现了——雨停之后没一丝风，那片棵子不该晃动。他立刻拽了一下郭少奎，那时西边的枪声还未响起。

于是郭少奎面临和罗逸一样的选择，动还是等。生死攸关之下，面对这突发的变故，他完全可以也必须做“将在外”的自主决断，但他没。他往远处那片棵子看了一眼，微凸的眼珠子满是血丝……他往下压了一下手，示意继续等待，随后转过身去继续望娃娃楼。

对于他的决定，孙文怀做出的唯一反应就是立马抄起那条佛郎机朝后山瞄准。

对郭少奎来说，最难的倒不是该怎么做，而是啥时候做——他不能违抗命令，他还是要等到敌台里的日本人往外撤。他打定主意，如果敌台里的日本人真就不往外撤，那就一直等到后面的日本人开枪时再动手，也就是等到腹背受敌的最后一刻。

很快，西边和东边几乎同时传来枪声，显然是方脸和罗逸提前动手了……而敌台内外的日本人似乎并未受枪声的影响——没人撤出来，也没人探头往外看，前面的机枪手也仍然紧盯着娃娃楼。

至此，不管那两个司令是主动动手还是被迫动手，必须等到日本人往外撤的命令事实上已经被发令者解除了。

但郭少奎还是要等。

不为别的，背叛罗逸并因此丢了四个兄弟的命和自己的半只手，这是他此生最大的痛，他想用超量的忠诚来弥补。

重见罗逸的那一刻他就这么想的。那时，马灯之下罗逸的脸瘦削枯黄，他一下子想起他们五个站到董善洲的队伍时罗逸那表情……那时罗逸的脸更黄，但他控制着惊讶，就那么可怜巴巴地看着他们，还强作大度地说还有谁愿意走都可以走。

最让郭少奎受不了的，是意外重逢之后罗逸竟一点儿没计较这事。

他回头看了一眼，孙文怀还在向后山瞄准，佟树田看一眼孙文怀再看一眼他，双手端着王八盒子，枪口朝上……后山那片棵子里并没有日本人冲出来。

现在，枪声都住了，三个人开始了煎熬的等待，等待敌台里的日本人往外撤，或者身后的日本人朝他们开枪，不管哪一个先到。

结果等到的既不是日本人往外撤，也不是日本人朝他们开枪。

棵子里的枪声是在敌台爆炸前的那一刻响的。藏在里面的偷袭者发现前面的中国人已经架着枪对着他们，不敢贸然冲出来，远距离射击又怕伤到自己人……几经考量，最终朝天先开了一枪，以图让机枪手回头。

机枪手当然立刻回头了，敌台也在此时炸了，潜伏的中国人就这样意外地等来了已经不做指望的爆炸。

郭少奎见那机枪手身后的娃娃楼连同它四周的地面一起原地膨胀并跳了起来，他的耳朵几乎没接收到到爆炸声，只感觉头皮被疾速的气流刮了一下，上面的头发像被刮光了。其实，爆炸声的确并不是很大——巨大的能量未遇到足以匹敌的阻挡，它以畅快无比的方式释放，故而形成的震撼远大于声响。郭少奎不知道，村子里所有窗户纸都被震破不说，不少人家的烟筒都被震倒了。

强劲的冲击波横扫山谷，若说当初那个劈去楼角的天雷响得让人胆寒，眼下这掀起整座敌台的地火让人连胆寒的工夫都没有。

郭少奎看到娃娃楼被巨大的火球推送着升起，在空中解体、散开，里面恍惚有猫狗似的小人被翻滚着抛出来。他不知道自己已经站起来，正直勾勾地看着炸起来的娃娃楼，早忘了身前身后的日本兵。

那些日本兵也被眼前这突如其来的爆炸给炸懵了，也都直勾勾地看着，俩机枪手还本能地用手挡住脸。佟树田和郭少奎一样直勾勾地站起来，双手仍竖端着王八盒子。

只有孙文怀没这样。日本人一开枪他就扔了佛郎机，抓起地上的单子儿剋奔机枪手扑过去，眼前的爆炸几乎没影响到他。

机枪手们很快醒过腔，掏短枪的工夫孙文怀已经到了跟前，单子儿剋冲着其中的一个搂火。枪没响，孙文怀把枪往那鬼子的脑袋上扔，对方本能地低头躲，孙文怀扑上去抱住他。

郭少奎和佟树田也相继扑上来，棵子里的日本兵也冲下来了。

佟树田刚跑一步就绊倒了，王八盒子摔出老远，他来不及捡，爬起来往另一个机枪手身上扑。那机枪手已经拔枪在手，顶着他的肚子连着开枪。佟树田身子重，这个鬼子竟然被扑倒了，佟树田压在他身上。鬼子挣扎着要掀开他，郭少奎到了，没等这鬼子把枪举起来，郭少奎上去一脚踩住他拿枪的手，左手的菜刀冲他脑袋砍。鬼子赶紧把脑袋缩回佟树田身下，郭少奎只得砍他手腕子，一下就砍得他嗷地一声又探出头来，郭少奎就又砍他脑袋，砍偏了，但砍中了，鬼子一个眼珠子冒出来，郭少奎继续砍。

旁边的孙文怀很快就被日本人压到身下，日本人一手掐他的脖子一手摸枪，枪摸出来了，孙文怀往下抢，枪在他手里响了，他的一个手指头被打飞，可他没撒手，这时郭少奎的菜刀到了。

机枪位里的人一直滚在一起，棵子里那俩日本兵跑到跟前才敢开枪，那时候机枪位里胜负已定。

郭少奎大腿上挨了一枪，他也没觉得，转过身要拿菜刀砍冲过来的鬼子，扑通一下跪在地上再也站不起来，只得把菜刀往其中一个鬼子脸上扔，鬼子一歪脑袋躲过，随即拿刺刀攮他心口窝。他躲了一下，刺刀穿过肋巴条扎进土里。另一个鬼子端枪去攮孙文怀，一块娃娃楼上的青砖从天而降砸在枪上，枪被砸成两截掉在地上，鬼子愣神的工夫孙文怀把机枪手的手枪抓过来，鬼子空着手上来扑他，他开了枪。满天的砖头瓦块啸叫着往下落。

那个扎郭少奎的鬼子要往回拔刺刀，郭少奎哪能让他拔，双手死死抱住枪管不撒手。鬼子开了一枪，郭少奎还是没撒手，鬼子再拔可就来不及了，旁边孙文怀已经打倒了一个，转身要打他。鬼子撒了手往山下滚，孙文怀连着开了两枪，不知打中没，反正那鬼子爬起来往山下跑了。

那时下面的娃娃楼已经变成一个骇人的大坑。

从山上往下看，那大坑像一把巨大的勺子，勺把朝南平嵌在地上。勺头当然就是娃娃楼基座的位置，很深很圆，勺把是被炸开了的通往场院的那段小道。

勺把的顶端在场院中央，离机枪掩体只有几步。眼下马扎子和旁边的活人都不见了，掩体还在，里面的机枪手也看不到了。

没了娃娃楼的遮挡，孙文怀可以清楚地看到场院上的情况，他看见那个跑了的鬼子跳进机枪掩体。

“快来文怀，我教你咋使机枪！”郭少奎喊他。

方脸刚跑到街上娃娃楼就炸了，巨大的震撼让他差点儿摔倒。他一步不停地跑，也不往那边看。楼上崩过来的砖头瓦块像炮弹似的往村子里落，他身边的房屋街道不断被击中，撞击发出钝响，崩起烟尘。他也不躲避，只一个劲儿地跑，望远镜和背包身前身后地颠。鞋里净是雨水，不跟脚，地上还一哧一滑，他像个瘸子似的栽歪着跑，大眼撸子拎在手里。他跑得飞快，脸上已经没了表情。村子后面，爆炸形成的黑云拧着劲儿往天上拔。

佟树田家到了，方脸没时间观察，上去一脚踹开院门，随即滚到墙边躲避。屋里的人开了枪。

佟树田家有俩日本兵，房上一个屋里一个。

敌台西边那俩实施包抄的日本兵也是天亮前兜过去的。他们从长城西边顺豁口小心地爬上城墙，见上面并没人藏着，便埋伏到垛口后面，架起枪监视下边的山坡。下边不远处的草窠里蹲着俩准备架梯子冲锋的日本兵，这俩兵冲向敌台后他们按命令仍埋伏在垛口后面。后来不远处一声枪响，俩人中有一个趴在垛口上不动了，这就是西边的第一声枪响。没挨枪的赶紧躲到砖堆后面踅摸打冷枪的人。打冷枪那人身法迅捷地移动了一次位置，他枪法不一般，在接下来的对射中没几个回合就打死了剩下的这个鬼子。

那人从藏身处站起来，架着枪，小心地接近砖堆。他个子很小，背着个大背包，胸前挂着个望远镜，正是鹰眼。

昨晚的日军观察哨也是他弄死的。

鹰眼确认俩日本兵都死了才猫着腰来到垛口后面，他趴下，放下三八大盖，举起望远镜往娃娃楼和场院望。

有日本兵冲进楼里，三棱脑袋匀着步子沿小道朝楼走，走到一半时不走了。

这之后的爆炸过程鹰眼看得最清楚。

娃娃楼升了空之后南边的小道才开始炸，从台阶开始，小道像是被一条暴怒的钻地龙从下面给豁开，一路向着场院中心燃爆开去。烟尘火光中，砖土碎石形成的龙身一路狂奔，奔到三棱脑袋跟前时鹰眼终于看到了很想看到的景象——三棱脑袋在爆炸来到之前扔了军刀，捂着脑袋跳向旁边。

鹰眼嗤地吐了口唾沫。

像是只为三棱脑袋而来，钻地龙狂暴地掠过他停留过的位置，在机枪掩体前戛然而止。

军曹以不可思议的速度躲开钻地龙的前进路线，向西边跑了很多步后捂着脑袋扑倒。俩机枪手来不及跑，索性原地趴在掩体里捂着脑袋。满天的碎石土面子落下来埋住了他们。爆炸一起，村民就都往村里跑了。

孙尔康和郭少奎都没发现小道下边还有一条藏有火药的地洞，至于这条洞有多长，是否只到场院中央为止就更不得而知了。

方脸蹲在佟树田家大门旁想辙。他觉着肋骨有点发麻，低头看了一眼，见血顺着衣角往下滴答。他掀起衣服，鹰眼包扎过的地方被子弹穿了透眼。他解开衣服下边的两颗扣，把衣襟揪起来使劲勒着伤口系住。伤口并不觉得疼，他知道这不是好事。

他得去场院，不灭了那里的机枪，他还是赢不了。而佟树田家的鬼子控制着通向场院的路，想过去得先灭了他们。

村子里响起敲锣声，很急促，不像孙贵平日的节奏。

方脸还是没想出辙。东边又响起枪声，他往那边看了一眼。这枪声起码证明罗逸和佟树田他爸还没死，或者没全死。

方脸的嗓子里像着了火，他使劲咽了口唾沫。

东边，佟树田他爸趁敌台爆炸的工夫爬到罗逸身边，不过很快就不动弹了——后背挨了一枪。

就算是楼炸了，罗逸也一直紧盯着树林，但爆炸毕竟影响了准头——他看见鬼子探出头朝这边开枪，他一枪打过去，没打中。

他不敢回头看娃娃楼和场院，也顾不上垂死的佟树田他爸，他必须盯住树林。村子里好像有敲锣声，他还是不敢回头看。

树林里的日本兵本以为前面这俩中国人已是无路可逃，正要分开围击时娃娃楼炸了，情势立马反转。

眼见得进入娃娃楼的鬼子和楼一起被炸飞，场院上的指挥官和机枪手也被炸没了影，周围有多少中国人还不清楚，而村子里毕竟又响起了宣布皇军存在的锣声……俩鬼子观望了一会儿，最终决定绕开罗逸去和村子里的鬼子会合。树林到村子之间是一片漫坡草地，他们一个人先往外跑，另一个开枪掩护。

一切对罗逸来说都是第一次，他在受压制的情况下打移动目标，打中了一个，另一个跑进村子，这就是方脸听到的枪声。

罗逸再看佟树田他爸时已经没了气，手里仍紧攥着佛郎机，后脊梁中间咕嘟咕嘟往外冒血泡。

嗒嗒嗒，娃娃楼方向传来枪声，是机枪。罗逸见那勺子头大坑里有枪火在闪，这时场院中央的机枪掩体里也传出枪声，是日本人的机枪手在回击。

从大坑里打机枪的是郭少奎和孙文怀，郭少奎很快被回击的机枪子弹打中脑袋。

如果他能听孙文怀的，或许不会死，起码不至于死得那么快。他说要教孙文怀使唤机枪时就已经流了很多血，但没想到自个儿会死。其实他本人并没真的打过机枪，只是罗逸教过他咋用，尤其强调必须得用左手从下边搂过来反扣住枪把子……他太想把这本事传给孙文怀，后者丢了一个手指头他也没改主意。

当时孙文怀解下裤带帮他勒住大腿根，自己手上的伤口一个劲儿冒血也顾不得。掉了的是左手食指。郭少奎肋扇上的刺刀连同三八枪还那么朝天插着。孙文怀听人说过插进身体里的刺刀不能随便拔，整不好一腔血都得喷出来，犹豫的工夫郭少奎自己一使劲给拔了出来。血吱地喷出来，他赶紧用手捂。孙文怀三两下脱掉上衣，压着伤口捆住他的腰肋。红布包着的砚台和家谱掉到地上。郭少奎知道那些东西金贵，捡起来给他往腰上掖，腰上没裤带，孙文怀又瘦，东西顺着肚皮出溜到裤裆里。孙文怀已是光着膀子，再想往起站时裤子也秃噜下来，情急之下踢掉裤子，身上就剩下一条灰布裤衩。旁边佟树田已经死了，眼睛还睁着。

跑到场院机枪掩体里的鬼子在那儿使劲扒，孙文怀料他是在扒机枪，便捡起地上的步枪要抢先下去灭了他。郭少奎不干，非得让他拿机枪，说还是这玩意儿劲儿大，不过你一个人摆弄不了。孙文怀没时间和他争辩，一手拎起机枪一手往起搀郭少奎。郭少奎用一条腿使劲站起来，手里还没忘了拎那个子弹盒。他们打着哧溜往山下跑，郭少奎身上的血顺着裤腿流到草地上。孙文怀的眼睛一直盯着场院，那鬼子一直在扒，好像已经扒出一个人。

他们接近爆炸形成的大坑时郭少奎说行了，距离够了，打吧，说完腿一软跪下来。此时那两个被埋住的机枪手已经全被扒出来，仨鬼子一起扒拉被埋住的机枪。

孙文怀却觉得还不够近，他也不知哪儿来的劲儿，拽着郭少奎往大坑跑。眼瞅着鬼子好像把机枪扒拉出来了，孙文怀拽着郭少奎出溜下坑沿。他顾不得郭少奎，拎着机枪再往前面的坑沿上边爬。他在坑沿把机枪架起来时，鬼子也正忙着架机枪。他瞄着他们搂扳机，嗒嗒嗒——梭子里的子弹都射向对面房顶了。郭少奎爬上来，抓住他的左手反扣住枪把，说枪口再低点！话音未落就被对面的机枪子弹打中了脑袋。孙文怀再搂扳机，梭子里没子弹了。

他在郭少奎身边那盒子里拿出个新梭子，可枪上的旧梭子不知道咋往下卸，他使劲掰，掰不下来。

掩体里的鬼子也没闲着，他们还在扒——扒拉埋在土里的子弹盒，他们眼下只有枪上的一个梭子，也空了。

这工夫，迫击炮旁的罗逸备好了一发炮弹。

他只在训练场上打过一次这种炮，他一边回顾要领一边冲场院上的机枪掩体调整炮管，心里合计着最好能两炮之内端了这机枪。他稳住手放进第一发炮弹。

炮弹像钻天猴般啸叫着飞走，落在场院靠西边的位置。罗逸赶紧调整炮管仰角，确认好了后回身去拿炮弹。这工夫场院上爬起一个人，踉跄着跑向机枪掩体，命令机枪手赶快撤进村子。是军曹，满头满脸都是血和土。

罗逸第二发炮弹还是没打正，不过打正也没用了，军曹带着那仨鬼子已经跑离掩体。

那时孙文怀已经换好梭子，他冲日本人的后背又搂了火，子弹都打到佟树田家的院墙上。他爬起来，拎着机枪往前面那掩体跑。

太阳正儿八经地露了脸。正儿八经的好阳光下，孙文怀瘦削的小膀子反着嫩白的光。机枪忒沉，他跑得趔趔趄趄。远处山坡上的罗逸认出了他。

罗逸停止了动作，蹲在那儿往佟树田家望。

军曹和仨鬼子进了佟家后院，正往他家后门跑，其中两个鬼子互相搀着。有人在房上朝他们开枪，日本人边还击边跑进屋子。

罗逸想开枪的只能是铁青脸，不过按原计划，他该在屋里截击日本人才是。眼下村子里的情况不明，尤其是方脸和铁青脸究竟是啥情况都不知道，所以罗逸要等，等那边的动静再做下一步决定。

村子里的锣声还在响，好像还不止一处。

佟家没动静，日本人进屋老半天也没有一点儿动静。罗逸寻思是铁青脸出岔了的工夫村子里又响起枪声，不多，就几声。

他决定下去和孙文怀会合。

他拿起枪往场院跑，跑没几步见方脸从村子里跑出来，身后跟着好几个拿锹镐的村民，方脸边跑边摆手示意罗逸留在原地。

一切都超出方脸的预料，就在他束手无策，脸上就要重现那一万年的灰心时，有辙了。

就听身后传来密集的人声，他回头，见满街筒子都是人，男的女的老的少的都有，都抄着家什。领头的竟是郭少奎他妈，拎着菜刀，她后面紧跟着孙贵和佟老三，孙贵拎着锣。

其实，郭少奎他妈一直没睡，邸万金出去后她也回到村里。

方脸前面的街筒子也呼啦啦来了人，也都是村民，也都抄着家什。领头的也是个女人，老林太太。拎着铜盆和棒槌。没有风，老林太太的白发刺猬似的根根倒竖。她身后是刘春发两口子，都攥着大镐。

场院方向传来嗒嗒嗒的机枪声，远处房上有好几个人在喊——“打死了！打死了！房上那个鬼子死啦！”

周围房上一直猫着村民，他们看到佟树田家房上那个日本兵被孙文怀的子弹给打中了。

方脸跳起来往佟树田界壁儿跑，院门开着，他攀上墙头顺墙上了房。于是，佟家房顶和后面场院以及娃娃楼周围的情形就都尽收眼底了。

佟树田家房上的鬼子一动不动地趴在那儿，肯定是死透了，娃娃楼不见了。

街筒子里的村民往房上望，像在等他的主张。

方脸也不管他们，自顾趴在烟筒后面用望远镜观察场院。罗逸打来的炮弹在场院上响了，军曹带着仨日本兵奔佟树田家来了，孙文怀光着膀子跑向掩体。日本人进入佟家后院时他连着开枪，没能阻止日本人。

方脸爬下房，让佟老三绕到场院去见孙文怀，告诉他就趴在那儿守着，有日本兵出来再开枪。佟老三带着几个小伙子去了。

方脸让村民躲到旁边的院子里去，没人听他的，人们仍挤在街筒子里瞄着佟树田家。方脸摇摇头，把大眼撸子交到孙贵手上，让他去前院守着，说日本人要是往外跑你就开枪。见孙贵的手直哆嗦，方脸说不用害怕，冲天开就行，算给我报个信。孙贵说孙子才害怕，接了枪走了。方脸赶紧往东边跑，好几个村民跟着他去了。

从罗逸枪口下逃出来的日本兵一直躲在东边村口没敢进村——他看明白了村子里的情况，晓得锣声已不再是为皇军维持秩序，犯难该如何是好的时候，方脸领着几个村民跑过来。这下他更犯难了——往回跑有人架枪等着，往边上跑怕愤怒的村民围攻，急迫之中他朝方脸他们放了一枪。这一枪更激怒了村民，又有很多村民跑过来，兜着圈子绕到日本兵身后，石头像雨点似的往他身上砸。日本兵继续开枪，跑在前面的村民被打倒，后面的并无退缩。日本兵终于捂着脑袋往村外跑，没跑几步就被砸倒了。村民围上去继续砸，有人去旁边墙垛上抱来更大的石头往下砸。

方脸自顾往罗逸那儿跑，脸上有生以来头一次现出涨红的颜色。

“把炮给我。”他说。

罗逸问：“下边咋啦？”

方脸一边调整炮管一边说：“剩的几个都在佟树田家呢。”

跟上来的村民围着迫击炮，有人要帮着搬炮弹，罗逸阻止，让他们蹲在旁边别出声。

方脸的眼白红得像要出血，他深吸一口气，最后确认一下炮管的角度，嘴里骂：“轰死你个犊子！”

罗逸托着炮弹等他的命令。

方脸改了主意。他又深吸一口气，转过身来看罗逸。罗逸见他脸上的涨红竟消失了。

“不行。”他说。罗逸便明白了。

“我看也是。”罗逸说。

方脸：“那好，你快去场院，那儿应该有两挺机枪，你拿一挺去堵佟树田家前门。”

罗逸带两个小伙子去了。方脸重新调整炮管。

第二十三章

佟树田家里，五个日本人关严前后门，用拥有的一支长枪两把短枪守着前后窗。

屋里原来的那个日本兵有一支长枪，军曹有一把短枪，后山跑下来的那个空着手，场院上那俩机枪手只有一个的短枪还在，另一个的不知掉哪儿了。这个机枪手受了很重的伤，大胯好像被砸碎了。

跑进佟树田家的那一刻军曹还没意识到他现在的处境，等屋里那个日本兵告知他外面的情况，他方知他们五个已从围猎者变成了围猎的对象。

军曹往前院看，院门大敞着，看不到街上有人。他往上看，见前街的每个房顶上都趴着人，有人冲院里指点着骂。

军曹的帽子早没了，半只耳朵耷拉着，方脸的手枪给打的。血顺着他耳根往下淌，脑袋上也有好几道血口子。一个日本兵要给他包，他没让，他得抓紧时间想辙。

没等想出辙，天上钻天猴响，一发炮弹落在后院，后窗被炸掉，守在窗下的日本兵受了伤。军曹要去后窗查看时，钻天猴又响，炮弹落在前院。佟家大门上那个气派的石刻门楣被震落，大量石头瓦块崩进屋子，军曹及时滚到炕沿下才没被砸中。别人就没这么幸运，一个鬼子被石头崩到鼻梁，满脸淌血。

等了一会儿没再有炮弹来，军曹便大致明白了，爬起来观察前后院的弹坑。

俩弹坑都在院子的中轴线上，距房子都五六步远。

军曹有点站不稳，他咬咬牙，捡起凳子摆到地当中，划拉一下上面的土，坐下。这凳子孙尔康坐过，上面还有他的血。

迫击炮阵地上，方脸也坐下来。

两发炮弹之后佟树田家院子里一如他所想，没有一点儿动静。爆炸的烟尘很快就散了。

他吐了口唾沫，掏出怀表看了一下时间，然后一边掏烟一边把目光转向场院上的机枪掩体。

掩体里有好几个人，看不出罗逸到了没有。

烟盒掏出来了，水淋淋的一坨。方脸把它口朝下使劲捏，雨水被捏出来，烟卷都捏烂了。他试着抽出一截夹在手上，去兜里摸打火机。摸了几下没摸着，才想起打火机放菜窖里了。他问身边的村民谁有火，他们都说没有。他便把那截烟卷放嘴里嚼，一边嚼一边举起望远镜往机枪掩体望。怪了，烟丝全没了尿臊，香辣如蒜泥腌透了的老茄子把。

孙文怀和罗逸在掩体里，外加两个村民。方脸顺着勺子把往后面望，看到佟老三了，他和几个村民趴在沟里探头往外望，看不出他们在望啥。

方脸身边有个村民说："咋还歇着啦，麻溜接着轰啊。刚才一个偏左一个偏右，这回闭着眼睛往中间轰就行。"

方脸道："不急。"他仍举着望远镜。

另一个村民说："咋不急，待会鬼子来援兵咋办。"

方脸说："再憋他们两天也不会有援兵。"

他的这句话尤其是说话的语气让村民很吃惊，嘀咕了一阵，最先说话的那个问："你就是那个司令吧？"

方脸道："算是。咋？"

那个村民说："司令，你的兵都跑哪儿去啦？全给炸死啦？"

方脸说："兵？都在这儿呢。"

村民同时说："啥，都在这儿呢？"

方脸说："嗯。"

村民们便相互唏嘘了一阵，有人说："唉，百十号人呢，都炸死了啊。"

方脸放下望远镜，问村民："要是我只有七八个人，你们还能出来帮我吗？"

村民们互相对望了一阵，最先说话的那个说："我说司令啊，群胆都已经起来了个屁的，你问这话还有啥意思。"听方脸说只有七八个人，村民说话的口气不似之前那么小心了。

方脸连连点头："是啊，你说的有道理。"

那个村民又说："并且咱还得把话说明白喽，俺们可不是为了帮你，这是俺石门村自己的事。"

方脸道："哦。"

另一个村民说："俺们就当你有一百人了。其实不管你是七八个还是千军万马，俺们的下场都一样。所以，你用不着对日本人手软。"

方脸说："没人手软，是不着急。"

村民说："你不会是怕轰塌了房子老佟家找你算账吧，放心，村里的房子你随便轰，要不也没用了。房子里也都没人了，全跑街上去了。"

这时方脸恍惚看到有人坐在大坑沿下，他赶紧举起望远镜看，就没顾上琢磨这个村民的话。

是孙尔康和邸万金在那儿坐着。

他们从郭少奎家出来，是贴着长城根走到大坑的。彼时长城上鹰眼的枪口一直瞄着孙尔康，他们走近时鹰眼收回枪埋下头，约摸他们走远了才又重新架起枪瞄孙尔康的后背。

孙尔康和邸万金绕着大坑转了一圈后停在大坑的北沿。孙尔康坐到土堆上，邸万金蹲在一旁，他抱着一支佛郎机，就是方脸放在菜窖里的那支。

孙尔康头上和手上的白布条都已经变成暗红色，经了雨的马褂像皮甲似的硬。

他用左手抽出烟袋，邸万金赶忙从他腰上解下烟荷包。烟荷包也是水淋淋的一坨，邸万金使劲攥了几下，挤出许多黄水。他把荷包抖了抖又弹了弹，捏出一块湿漉漉的烟末。孙尔康把烟袋递过来，邸万金把烟末搓碎放进铜烟袋锅，掏出方脸那个打火机点。孙尔康捏着烟袋杆吧嗒吧嗒使劲吸。烟忒湿，建昌小叶烟迟迟不肯被点燃。孙尔康不急，放下烟袋喘了几口再接着吸。吧嗒，吧嗒，烟末终于着了。

经了雨的小叶烟飘出旷世奇香，旁边的邸万金忍不住使劲吸了几口。

孙尔康端着烟袋，一边抽烟一边往天上望。日头越来越高，没有风。这本是一个晴朗无比的秋日，若不是清早下了那场急雨，地上弄得泥头拐杖，今儿该是个最适合蹲南墙根晒太阳的日子。

烟袋锅里的烟香毕竟盖不住脚下大坑里冒上来的硝烟，孙尔康重又低下头仔细打量眼前的大坑。

像是天外飞石轰出来的一般，大坑黑黢黢滴溜圆，转圈是一人来高的土坎子。坑足有两三个房子深，下边的石头瓦块还在冒着青烟。

“啊嚏！”邸万金打了一个喷嚏。

孙尔康说：“是昨晚上凉着了。你不该跟出来。”

邸万金说：“没事，先生。是刚才在菜窖呛的。”

娃娃楼爆炸的时候孙尔康和邸万金在菜窖口。他们没明白方脸临走时那手势是啥意思，想进菜窖察看，刚到菜窖口楼就炸了，烟尘顺着地洞喷出来，呛得他们直打喷嚏。

孙尔康问：“对了，那个装棉袄棉裤的包袱呢？”

邸万金说：“放羊回来放家里了。”

孙尔康往村里望。村里已经没了锣声铜盆声和爆炸声，其他声响也一概听不到。又到了该做早饭的时候，村里没有一处炊烟。孙尔康知道村里的人眼下都围在佟树田家的前街上。

他看到了对面坑沿下的那具尸首。满眼的焦黑背景之上，那尸首脑袋上的血红得扎眼。他没认出是郭少奎。

屁股下的土堆干爽热乎，坐着舒服，孙尔康坐那儿足抽了一袋烟。他往旁边一块石头上磕烟灰，这才注意到那是一块很规则的长石条。他用手扑拉上面的土，石条露出了麻石该有的刚正颜色。他继续使劲扑拉，邸万金也帮着扑拉。于是，石条正中露出了一个擀面杖粗细的圆眼。是一块娃娃楼上的火铳座。

“先生，这是楼上的分水石！”邸万金说。

孙尔康说：“没错，说得对。”

邸万金说：“也叫火铳座，架火铳打仗用的，你老早就教过我。”

孙尔康说：“没错。这样的石头楼上总共有十六块。”

邸万金说：“可惜别的都崩没了。”

孙尔康："不可惜，也没不了。"

他把石条上的烟灰仔细擦干净，又俯下身用嘴吹了一遍。

这时就听佟老三冲这边喊："孙先生快过来，那个鬼子头儿在这儿呢！"

孙尔康刺喽一下站起身。

邸万金站起来又赶紧蹲下，刚有了点血色的脸一下子又变得煞白。

"先生快蹲下！"他使劲往下拽孙尔康的手。来之前孙尔康说过前面房子里还有日本兵，不能站起来。

孙尔康的身子和胳膊像老树一般僵硬，凭邸万金咋拽也没拽动。不仅如此，他向前迈步了，邸万金被他拖着往前走。

佟老三吓得赶紧喊："孙先生快趴下！"

听到喊声，机枪掩体里的罗逸也回过头，见孙尔康和邸万金就那么没遮没挡地走过来。

此时罗逸已经找到掩体下边的子弹盒，之前佟老三把孙文怀落在大坑里的子弹盒也拎过来了，现在他手里有两挺完好的机枪和两整盒子弹。

三棱脑袋是他发现的。本来他和佟老三他们都是顺着勺子把的深沟走到机枪掩体的，他跟孙文怀交代好之后觉得有必要再检查一遍爆炸现场的周边。他顺着沟沿外侧往大坑爬，爬到大坑后站起来猫着腰沿大坑外沿看了一圈，视线中有残缺不全的尸首，没见到有活人。他从沟沿的另一边往回爬时发现了三棱脑袋。

如果不是有过被埋在废墟里的经历，他或许错过了。当时三棱脑袋发现有人过来就闭上眼睛装死，罗逸从他身边爬过，爬出挺远又回来了——他觉着这个被埋了半截的尸首有点不对劲。他回来仔细看，果真不对劲，尸首的鼻孔里没有土。他抓起一把土撒在尸首的鼻子上，没多一会儿尸首憋不住睁了眼睛张了嘴，使劲喷出鼻子里的土。到这时罗逸也没认出他就是三棱脑袋，只当是个没炸死的普通日本兵，直到他说了句中国话："你现在把我弄出去我还是可以饶了你。"

那颗脑袋满头满脸全是土，只露着五官那几个窟窿，但他的声音罗逸听不差。

罗逸把枪口对准他的眉心，长出了口气。"原来你也会装死。"罗逸说，随即收起枪。

三棱脑袋咧开嘴嗤了一声道："怕死呗，跟你一样。你要是不怕死为啥不站起来？"

罗逸唾了一口，脸色铁青地爬回掩体。他让佟老三去看住三棱脑袋，叮嘱千万不能弄死他。

见孙尔康和邸万金继续往前走，罗逸不再阻止。他把机枪照着佟树田家后院的门搂火。嗒嗒嗒，后院门和墙头被打得直冒烟。

孙文怀跳出掩体，猫着腰去接孙尔康他们。罗逸一直打，一直到他们进掩体。

孙文怀跑到孙尔康跟前时见他爸站在那儿盯着脚下，他脚下的土堆上露出半个人身子，那身子已经挣出一只胳膊，另一只还压在土里。佟老三抱着块大石头要把那人的胳膊重新压住，被孙尔康制止。

那人用手扑拉掉脸上和秃头上的土，便现出了三棱形的脑袋和那张凶脸。邸万金又浑身打哆嗦。

孙尔康仰头看天，跟罗逸一样长出一口气。这之后他冲佟老三点了一下头，跟着孙文怀走了。佟老三上去踩住三棱脑袋的手，把石头扔到他胳膊上。嘎巴一下，三棱脑袋嗷了一声。

罗逸开枪很及时，屋里的鬼子从后窗发现场院上出了状况，军曹让那个拿长枪的去后院射击，还没靠近后门罗逸的机枪就响了，那个鬼子爬着退了回来。

掩体里，孙尔康对罗逸说：“我知道你们的心思，不过还是不能拖太久，村里的人得安排接下来的事。你去和那个人商量一下吧。”

罗逸说：“叔啊，留着这鬼子头儿，等我回来。”他跟孙文怀交代了几句，领着俩小伙子顺勺子把走了，带走了一挺机枪一盒子弹。

三棱脑袋扑撸掉脸上的土之后方脸也就从望远镜中认出了他。

旁边有村民问：“司令，你伤着了吧？”他这才觉出肋骨疼，低头看，血把裤子都染红了。

“你们谁给我扯块布包包吧。”他说。

村民们已经在脱衣服了，他们把好几件衣服缠到方脸腰上，勒得忒紧喘不上气，他们又解开重缠，刚缠好罗逸上来了。

“你该去村里。”方脸沉着脸。

“你该看见了，有变化。”罗逸说。

“是看见了，但没变化。”

“司令，必须得变化。”

“咋变？”方脸太阳穴上的青筋渐渐暴起。

罗逸说：“马上解决掉屋里的，不等了。”

方脸问：“你是说让屋里的就这么痛痛快快地死？”

罗逸说：“只能这样了。”

方脸问：“为啥？”他脖子因青筋暴绽而变粗，罗逸知道他会这样。

罗逸说："咱的人得站起来。"他指指场院，手微微哆嗦，"留那一个足够了，可前提是咱不能在他面前趴着！"他满身满脸的泥，大口大口地喘。

方脸往场院看了一眼。

旁边的村民这才明白这司令原来不是摆弄不准迫击炮，也才知道他迟迟不开炮的原因。方脸的话他们听得明明白白，罗逸的话他们就不太懂了。他们赞同方脸的说法，正要集体表态时方脸说话了。

"按你说的办。"他说，说完蹲到迫击炮旁，太阳穴上的青筋还在突突地跳。

他确认了一下炮管的角度，说："拿炮弹！"

罗逸拿起炮弹时村子里传来枪声和爆炸声。

是军曹要突围。他意识到外面的人要猫玩儿耗子，不把他们这几个耗子玩儿剩最后一口气是不会下杀手的。他判断眼下外面尚未形成稳定的布防，如果不趁现在冲出去，再往下就没机会了。他计划往佟树田家前院的住户里冲，摆脱街筒子里的村民，然后从那家的前门逃出村子。

他们往街筒子两边扔手雷，然后一边往对面房上打枪一边往外冲。街筒子里的村民远远地站着，见手雷来了就都往两边院子里躲，四个日本人乘机冲出来。拿长枪的那个躺在屋地上，他从后院爬回来就不能动了，肠子流了一地。

孙贵在前面房上趴着，开了两枪，都没打着人。他身边有个村民挨了枪。

前院的后门关着，日本兵要上去踹门时院墙上可就探出无数个中国人的脑袋，密集的石头迎面砸过来。旁边的院墙里也站起人，就连藏过罗逸和佟树田他爸的那个秫秸垛里都钻出人来。

军曹只来得及用余光扫了一下街筒子，见那些举着锹镐的村民也都冲到跟前了，于是他一边护住脑袋一边喊撤退。

晚了，愤怒的石头随即砸倒了他，其他日本人也相继被砸倒。到罗逸赶到现场时，那些没能砸着活人的老弱村民正在向死尸发泄怒气。老林太太狂欢一般，用脚跟踩着那几堆肉酱跳舞。铜盆和棒槌早砸出去了，空着的双手枯枝般指向天空，刺猬似的白发在阳光下耀人眼。

日头毒得盛夏一般。

村民向场院围过去。场院上的中国人都站了起来。

最先站起来的是孙尔康，他迎着村民走过去，孙文怀和邸万金跟着。

这之前三棱脑袋的另一只胳膊松动了，这次他留了心眼，没立刻把胳膊抽出来。佟老三一直趴在沟沿紧盯着他，站起来之后立马和人抬过一块更大的石头把三棱脑袋那另一只胳膊压牢，然后众人围住三棱脑袋解裤带。

佟老三还不知道他大哥和侄儿都死了。

人群慢慢向场院压过来，没人说话，只听得见纷乱的脚步声。有的女人抱着小孩儿，奇怪的是被抱着的小孩竟没有一个哭的。罗逸和孙贵走在村民的前面。

邸万金一边跟着孙尔康走一边回头看，他看到佟老三他们往三棱脑袋头上撒尿。

孙尔康举起左手示意村民停下。村民们站住了，还是没人说话。

邸万金转身往回跑，孙尔康面向村民，没注意到他。孙文怀当然看到了，没阻止。

邸万金跑到佟老三身边，把手里的佛郎机放到地上，解开裤带，也要冲三棱脑袋撒尿。那时佟老三他们已经撒完了，三棱脑袋一边呼哧呼哧地往外吐血和尿一边用日本话骂。他脸上的土已经被尿冲得很干净，那张脸和坐在马扎子上时比，并未见些许驯善。

邸万金努力地撒，撒不出来。他闭上眼睛，不看三棱脑袋的脸，也还是挤不出一滴尿来。他的脸憋得通红，向佟老三解释："老叔，我有尿来着，都憋了一早晨了！"

三棱脑袋往上翻着眼珠子看他，突然咧开嘴哈地笑了一声。他掉了两颗牙，嘴里全是血。

邸万金抽巴成茧蛹大小的小鸟儿被吓得一哆嗦。

佟老三一脚踹到三棱脑袋的脸上，其他人跟着踹，刚被尿冲干净的脸又全是泥了。

这儿的动静刺激了已经站住的村民，人群中发出嗡嗡的说话声。

孙尔康回过头，厉声喝道："万金，回来！"

人群重又鸦雀无声。

邸万金一激灵提上裤子。这声喊算是救了他，他跑回孙尔康身边。

"老三，别动他！"孙尔康接着喊。

佟老三他们便停了脚，一边往后退一边在地上蹭鞋底的尿。

邸万金灰颓得脸都青了，对他邸万金而言，这本是一个毫无成本的洗雪仇恨和找回尊严的机会，于日本人是洗雪仇恨，于村里人是找回尊严。他知道自己连一只蛤蟆都不敢杀，只要能把尿撒出去，一切就都成了。他看着地面，觉着天上的太阳都变黑了。

"没事儿，万金，再憋一会儿就行了。"孙文怀说。

村民们望着孙尔康。

孙尔康说："大伙站这儿等会儿！"

人群中有议论声。

孙贵看了一眼罗逸，罗逸正盯着孙尔康的脸。他本来有话要对孙尔康说，现在他得先猜孙尔康的意图。

孙贵和村里多数人一样，平日在孙尔康面前说话得掂量好了才敢开口，他小声说："孙先生，咱……咱可不能饶了他呀。"

孙尔康面无表情地问："那你说说该咋办。"

孙贵琢磨的工夫有村民喊："把那畜生拉出来，浇上豆油点天灯！"

孙尔康没吱声。

更多的人喊："点天灯不解恨，一人一刀剐了他！""扔油锅里炸了这畜生！""那么麻烦干啥，还是一人一石头凿烂糊了痛快！"……

孙尔康撸下吊着右手的布带把右手举起来。人群又肃静了。

孙尔康说："这事儿，起码不该全由咱们说了算。"他声音不算大，但村民都听到了。罗逸便明白了他的意思，孙文怀也明白了。

孙尔康指了一下东面山坡："得等他一会儿。"

方脸正从山坡一步步走下来。

没人对孙尔康的说法提出异议，大家齐刷刷地望向渐渐走近的方脸。

方脸腰上缠着好几件衣服，远看像系着个包袱，一条裤腿湿漉漉的酱红色。

有人给孙尔康搬来个凳子，孙尔康面朝大坑坐下。

方脸走进场院，扫了一眼孙尔康和罗逸，也不看村民，径直一步步走向三棱脑袋，大眼撸子枪口朝下拎在手里。

太阳刺得三棱脑袋睁不开眼，鼻腔和胃里的尿烧得他连打喷嚏带打饱嗝。刚接管了他命运的方脸走过来站在他面前，佟老三他们退到两边。

方脸身材高大，三棱脑袋使劲仰头才能看到他的脸。方脸的脸阴森如废弃的煤窑，眼睛更是像俩能吸人魂魄的黑洞。黑洞居高临下牢牢锁住三棱脑袋，三棱脑袋感觉就要被从土堆里吸出来，他后悔看这个人的脸。

"领头的？"他问。想冷笑来着，没做到。

方脸抬手一枪，砰！

三棱脑袋本能地缩脖子闭眼，大眼撸子硕大的子弹擦着他头皮飞走，头皮立马渗出血来。

三棱脑袋重新睁开眼睛时魂魄已被方脸吸走一半。方脸仍盯着他，似要寻找他眼里的恐惧。大眼撸子就在三棱脑袋眼前，不过它的枪口已经放下了。三棱脑袋骂自己不争气，正要运口气往上盯住方脸的眼睛时，大眼撸子又抬了起来，砰！又一枪。三棱脑袋再一次不争气地缩了脖子闭了眼，秃头上又添了一条血道子。

这响于天灵盖的两枪耗尽了三棱脑袋所有的胆气，他慢慢睁开双眼，用残余的意志力把视线控制在方脸腰间那一圈一圈缠着的破衣服上，心里默念着不缩脖子不闭眼……结果他真的做到了，当大眼撸子第三次抬起来的时候，他的眼睛和脖子在剧烈的抖动中没有闭也没有缩。

然而，大眼撸子的主人只是把它收回腰间。

三棱脑袋脖子发软，脑袋歪向一边。他看方脸转身往孙尔康那儿走，明知这个中国人不会跟他说一句话，还是忍不住喊了句：

“东西呢？东西真在你手里吗？”

见方脸没有理会的意思，三棱脑袋做最后的努力：“你们到底是咋出来的？炸药哪儿弄的？”他听出自己的声音如女人般尖细，很不满意，闭了嘴。

方脸来到孙尔康身边，孙尔康站起来向村民说了一句话就往村里走了。村民们让开路，孙尔康走远了才又嗡嗡地商量起来。

三棱脑袋判断自己命运的决定权最后一次被转让了，他知道会是啥结果。中国人在接下来的过程中会像他本人一样在每个步骤都举行从容的仪式，从而尽情享受对他的折磨。

有人跑过来，是那个撒不出尿的半大中国人。他身后，其他中国人原地站立，眼睛齐刷刷地盯着这边。

邸万金跑到他跟前，抓起地上的佛郎机，一边掏打火机一边把枪口对准三棱脑袋。他不停地扣打火机，打火机就是不出火，佛郎机又挺重，摆弄打火机的工夫枪管耷拉下来。邸万金满脑门子汗，枪口在三棱脑袋眼前一个劲地晃，三棱脑袋猜中国人是派这个最没用的小子来戏弄自己，是折磨的前奏。

孙文怀跑过来，拿过打火机，让邸万金双手抱稳佛郎机。三棱脑袋终于看出这两个半大中国人真是要用那根东西崩自己，他想挺起脖子晃脑袋躲枪口，孙文怀猜到了，帮邸万金把枪口抵进他的锁骨缝。

打火机点着了，鸽子蛋大小的弹丸紧贴颈椎穿透三棱脑袋的脖子，把后面的土堆打得直冒烟。剩了半拉脖子的三棱脑袋眼瞅着自己的一腔子血全冒光。

邸万金被震得一屁股坐到地上，一泡尿终于畅快无比地撒出来，畅快得他本人都没感觉到。孙文怀鼻子尖，闻着了。

孙尔康是这么跟村民说的：“我教了一辈子圣贤书，你们就当没学过吧，现在你们说了算了。”

村民们吃不准他这话的意思，议论的工夫邸万金跑过去了。

石门村是这么没的：村民们埋完死人后各自回家收拾东西，晌午之前全体离开，他们身后，村子变成火海。房子和柴火垛都忒湿，大火烧到傍晚才烧透。那时村民们已经和老佟三奶、齐润苗他们会合。

村民们回家收拾东西时邸万金陪孙文怀去了北面山坡，后者要去机枪位里找回家谱和砚台。邸万金跑在前面，神气格外昂扬。

没人看出来他尿在裤子里——村里多数人和他一样浑身精湿。当他觉出裤裆里热乎乎的时候曾低头观察脚下来着，很好，鞋本来就是湿的，地面又泥泞跛踏，就算近在咫尺的孙文怀也很难看出来。他看了一眼孙文怀，果然，后者盯着死透了的三棱脑袋，并没在意他。

罗逸不放心孙尔康，去他家找他。

那时场院上只剩下方脸一个人。他站在场院中央，顺着勺子把往远处的大坑望。他努力回忆清早之前娃娃楼的模样，回忆三天前他们进入那楼里的情形。腰腹处的血已经止住了，看来那处挨了两回枪子儿的伤并没那么重。

他在寻思铁青脸的事。铁青脸的尸首没找到，他不打算再找了。他寻思那个山炮好歹也算是入土为安，总比大秋栓暴尸荒野强。

正寻思的工夫远处响了一枪，那时他正看到孙文怀和邸万金顺着大坑沿往回走。

他扑倒在场院中央，脑子里不知咋就出现了这之前他和罗逸的对话。

当时他们并排站在场院中央，罗逸跟他要烟抽。他说正好，尿臊味都被雨水给浇没了。他从公文包里拿出那个小本，撕下一张潮乎乎的纸，再从烟盒里捏出一截同样潮乎乎的烟卷，碾碎，用那张纸卷成烟卷，点着递给罗逸。打火机是他自己的那个，邸万金还给他的。

罗逸抽了一口，感觉的确没啥怪味了，他一边抽一边说："我以为你能想出很多弄死那鬼子头儿的办法。"

方脸说："倒是想出了很多。"

罗逸说："我甚至想不出一个自己觉得解恨的办法。"烟呛得他咳嗽，他把烟递给方脸。

方脸接过使劲抽了两口，说："看来咱们总归是一路人，不知这是荣是耻。"

罗逸说："邸万金和孙文怀算是救了那鬼子。"

方脸说："我倒觉得有孙先生的那句话在，就算邸万金不出手，村民也不见得能把那鬼子点天灯。"

罗逸说："孙先生不是默许了吗？"

……

方脸的脑子还很清醒，只是不知道胳膊腿是否还能动。他不想尝试，就那么四肢分开趴在地上，他很乏很累。他看着眼前的土地，等待打他的人走近。

打他的人不久就到了。那人小心地用脚把他的身体翻过来并拔下大眼撸子掖到腰间。是鹰眼。

"我还以为是鬼子没死绝。"方脸说。

鹰眼用步枪指着他，警惕地察看他身上挨枪的地方。

“咋又缠了这么厚，活儿干得不咋地。”鹰眼一边念叨一边用枪戳了一下方脸那洇透血的缠腰布。方脸痛苦地皱了一下眉头。

“看来我的枪法还没废。我这个人最看不上恩将仇报的，所以专打我包好的这个枪眼。”鹰眼说。

方脸说：“嗯，枪法真的不错。”

“说吧，那张图放哪儿啦？”鹰眼问。

方脸说：“没了，烧了。”

鹰眼说：“扯蛋吧你。你要说还在二船身上我或许还信。烧啦？你烧的？”

方脸说：“不是，二船烧的。昨晚在郭少奎家院子里，说是烧给他爸买船了。”

鹰眼说：“操，我还真信了。”

方脸说：“我骗你干啥，真的。要是没下雨你都能看见院子里的纸灰。”

鹰眼说：“就是说我白熬这么长时间啦？我说司令，你千不该万不该，不该老对我装神弄鬼。那好，能动的话就把背包给我摘下来吧。”

方脸说：“整个身子都不能动了，想要的话你自个儿来摘吧。”

鹰眼说：“那就只好先崩了你啦。”说着话把枪顶上方脸的胸口，就要开枪时身后勺子把里响了枪。

是孙文怀，用的是机枪手的短枪。

鹰眼仰面倒下。方脸坐起来。

腰间的伤口疼得厉害，他低下头察看。新弹孔就在那一层层的衣服上面，但奇怪的是没有新的血流出来。他用手指往弹孔里探了一下，朝来到跟前的孙文怀说：

“看来石门村的衣服刀枪不入啊。”

他摸到的是硬邦邦的金属，像是大洋，不止一块，不知是哪件衣服里揣的。

鹰眼的尸首仰在他那大背包上，脖子上还挂着望远镜。

“把他埋了吧，好歹也是中国人。”方脸说。见孙文怀和邸万金都没有动手的意思，他咬牙站起来，去佟树田家拿锹。

罗逸到达孙尔康家时主人没在屋里，炕上放着俩不大的包袱。他去后院找。后院正中央，孙尔康坐在柳木太师椅上，朝曾经的娃娃楼方向望。那对太师椅平时摆在堂屋的方桌两边。

孙尔康朝另一把椅子点点头：“爷儿俩在这儿坐一会吧，一会儿就都走啦。”

罗逸心里空落落的不好受，一时不知说啥。日头越来越毒，地上的水汽在周围升腾，泥土和草末子的气味像春天般好闻。

罗逸终于说：“这么好的楼，可惜了。”

孙尔康：“比白瞎了强。”

这是孙尔康留在这世上有关长城的最后一句话。

罗逸一下子想起来，那天在将军楼顶上，孙尔康涕泪交流反复念叨的，就是这句“白瞎了”。

孙文怀还没到家就听到他家传来很大一声闷响，他跑进院子时房子已经燃起大火，罗逸拎着俩包袱站在院子中央。

孙尔康肯定是事先从郭少奎家搬回了火药罐。他让罗逸帮他拿着那两个包袱，说是孙文怀和邸万金的，他把自己的东西落屋里了，得回去拿。进屋之前他说：“你帮我想着点儿，提醒万金把他家那个装棉袄棉裤的包袱背上。”罗逸正寻思不对劲儿的工夫，就听嘭地一声，屋里往外喷出火来，浓烟大火转瞬便吞噬了整个屋子。

孙文怀知道没救了，也不哭喊，只跪在院子当间不停地磕头。邸万金来了，要往火里冲，被赶到的村民给抱住。

那是石门村烧的第一座房子。孙尔康是随房子去了的第一个人，第二个是老林太太。人们是临走前在村口清点人数时才发现她不见了，有人说她回家后就没再出来。

那时满村都烧得嘎巴嘎巴响，嘎巴嘎巴的声响中还夹着气流的鸣叫，呜呜地，像清明时坟圈子里老太太的哭泣。烈焰中，没来得及抱出来的家禽扑棱着飞向天空。浓烟遮住了日头，灼热的气浪卷起无数个旋风。旋风们啸叫着在人群里窜，携带的柴草泥沙打得人睁不开眼。一匹老马奋力奔出火海，也不理村口的人们，径直冲向林子，撞到树上死了。氧气不断被大火吸走，村口的人们窒息得上不来气，但还都站在那儿往火里望，后来抱孩子的怕孩子憋死才先走了。孩子们早吓得哭不出声。

日本人是两天后到的。那时村子已经变成焦黑的废墟，饥饿的看家狗正在抢食数量不多的烧过的家畜。场院周边发现了很多尸首和尸块，都光着，衣服不知哪儿去了。由于鉴别不出身份，日本人只好把它们划拉到一块儿，集中扔进勺子把，填些土给埋上了。后来从长春来了一队装备奇特的日本兵，带着些不知干啥用的仪器，围着勺子把足足研究了两天。

最让他们研究不透的是勺头旁边那个新堆起来的砖堆。砖堆不大，体量和形状跟坟差不多，用的全是爆炸之后的碎砖头。日本人对它测量并拍照之后小心翼翼地扒开，见里面也不过还是碎砖。

日本人走了后，除了偶有来踅摸山羊的中国人，这里就没啥人来了。

此后七年里，各种版本的传言在长城两边传开。流传最广的是：那座被日本人扒了的龙王庙乃位列渤海湾九江十八庙之首，庙里供奉的老龙王为使石门村免遭三年前下五家子村的惨剧，那天早晨震怒显灵，降天雷轰死日本兵后接石门村村民远赴蓬莱仙岛。有众多当地目击者为这个说法提供佐证，说是那里前一天傍晚起了龙鳞云，闪着金黄鳞片的巨物在长城之上持续翻覆，一直到天黑……当地的先生查阅了相关史料，发现有记载以来该地区在那个季节从未下过雨，证明那场骤雨绝非自然所为。

山羊和绵羊不同，它的生存能力极强。事发当天只有少数几只山羊被主人牵走，其他的都逃入山中，没了主人和邸万金的看管，它们倒也活得逍遥，只是偶尔会受狼袭击。这些羊很强悍，后来据说和山里的野山羊杂交融合，形成了一个新的种群，个顶个高大彪悍。常有山民来抓它们，不动枪那是妄想，还得是单弹头的长枪。

石门村的狗是最忠诚的狗，也是名副其实的看家狗。它们中只有一只随主人去了，其他的都蹲在家门口不走。它们整不明白主人为啥要集体出门，以为他们理所当然过几天就会结伴而归。就算主人亲手点着了房子，它们也坚信自己的判断。它们跑到山上避火，火灭了后又各自回到家门口蹲着。很多天过去了也不见主人回来，天冷了，下起雪来，狗饿得不行，开始扒勺子把下边那些尸首。

日本人的尸首虽然都臭了，好歹能充饥。尸首上没一根布丝，吃起来顺溜不塞牙。这些尸首成了狗入冬后的口粮，吃了很久，吃得场院上到处都是骨头棒子和脑袋骨碌。后来狗都得了病，不断死掉。有几只想利用最后的时间去寻找主人，它们结伴往关里走，都死在河北境内。

后　记

一九三八年六月九日，为阻日军西进，国民党军扒了河南郑州的黄河渡口花园口，几十万中国百姓被淹死，几百万人流离失所。在此后的时间里，失去家园的中国人携家带口逃往相邻各省。

这年的腊月二十三小年那天，山东省黄县龙口镇郑家疃村来了一群衣衫褴褛的逃难者，足有三百来口人。齐润苗跟他们一起回来了。

他们并不是河南口音，说是河北的，也遭了灾。他们中有齐润苗的亲戚，山东人又厚道，这些灾民安顿下来并在这里生活到日本投降。要是没有齐润苗，他们要走到浙江义乌来着。

方脸和罗逸一直护送全村人到了郑家疃才离开。有九个伤病的村民死在途中。罗逸劝方脸和他一起去投于学忠，方脸说不愿空着手去投任何人，执意要回冀辽交界拉自己的队伍，并劝罗逸跟他一起走。末了，方脸叹口气说："唉，你我虽是共赴国难，也终究得分道扬镳啦。"

上路前罗逸把他叔厂子里那个地下仓库的详细位置画给方脸，只嘱咐他一件事——代为保管那把大刀。他说日后若有命相见，重逢之日就是大刀归还之时，若不能再见，那刀算是送给方脸的礼物。

分手那天雪很大，厚重的雪絮眯得人睁不开眼，郑家疃村口那条分赴南北的小道早被大雪覆盖。天地迷茫，兵荒马乱，已近年关竟听不到一声炮仗响。罗逸让方脸先走，看着方脸宽阔的背影消失在漫天大雪中，他耳边又响起山海关校场那呜咽的军号。

齐润苗拿出一顶旱獭毛的帽子给罗逸戴，说这是孩子他爹的，这帽子暖和不怕雪。帽子大，压住罗逸的眉毛，齐润苗双手擎着帮他往脑后端。罗逸望着前边的雪絮，任齐润苗给戴、给端。

“他叔，赶明儿个，要是，不打仗了，你来疃里住些天呗，小虎得想你。”齐润苗说。罗逸“嗯”了一声。

罗逸和方脸身后都跟着人，共有百十来号——石门村还活着的青壮年差不多都去了。罗逸后来在豫中会战时死在郑州。

方脸用罗逸的那批军火在河北卢龙也就是罗逸曾经起事的地方成功拉起队伍，后率部投了八路军冀热察挺进军。

为他挡了子弹的大洋是刘春发的堂兄刘春林的，一共六块。那是刘春林满家的钱，合计要逃难缝进衣服里的。衣服缠到方脸身上他才想起那些钱，但一声没吱。谈及此事时他说人命咋还不比大洋值钱，我要是为了几块大洋再把衣服解下来那可就不讲究了。随方脸去卢龙的人中就有这个刘春林，方脸觉得此人仗义，后来让他当了贴身警卫员。

方脸在离开之前把身上的财物统统交与孙贵，说留作有朝一日重建家园用。他说这些东西本来就是咱中国人的。

孙文怀八十岁的时候有浙江义乌的孙姓人家来长城一带寻亲，根据石门村提供的线索在北京的干休所找到了他，要看他手里的家谱。他们说听说祖辈有一个叫孙捷勇的，明朝时来山海关一带做了将军。孙文怀把家谱给他们看，他们看完有些失望，问把总是个多大的官。孙文怀用缺了一根手指的手端着茶杯，平淡地说，报国未必做将军。他身后书柜里摆着一套焦黄的线装书，就是当年他爸在哈尔滨一个前清管带手里买的，后来用坛子埋在菜地里的那套戚继光兵书。书柜旁边墙上挂着一幅电脑弄的孔子像，也古董似的焦黄颜色。后来那些人和孙文怀抽血做了DNA，证实确是同祖同宗。

被日本人扒开的那个砖堆在七年后被归来的村民重新堆好。每年清明，全村上下不分老幼都要来给这个砖堆添砖。八十年过去了，砖堆已经堆得老高。村主任邸小历张罗重修娃娃楼，上边没啥人接茬。后来县乡领导来检查招商引资，他指着村后的砖堆说，你们要是老不批准，再过八十年俺们就自个儿把楼堆起来了。

可见他的脑子不太灵便——全县都巴望着跟石门村沾点赴义乌寻根招商的光，他这个村主任却光顾着拿这不着边的事烦领导。

按他爷邸万金立下的规矩，邸小历每天早晨都来给砖堆添一块砖。几年前村子周围就踅摸不着碎砖了，他专门带人去了板厂峪，那儿新近发现了好几十座明朝的长城砖窑。几百年的长城砖自然谁也动不得，但烧窑的门道还是可以学的。石门村现在已经有了自己的小砖窑，眼下砖堆上用的就是他们自己烧出来的。烧好的砖都码在老佟家后院，那是上山的必经之路，用起来方便。砖的质量很差，真拿它垒长城肯定不行，但留念想足够了。邸小历雄心勃勃，说等砖烧得足够硬的时候，我还真就谁也不求，自己把娃娃楼给垒起来。

也不怪上边的人对重修娃娃楼不上心，这世上亲眼见过那楼的人已经死绝了，说实话就连石门村的人，除了邸小历这岁数往上的，也早就没人相信村后曾戳着一座楼，更不信那里面的火药崩死过几十个日本兵。就算邸小历本人也不过是因为他爷他爸从小提溜着耳朵灌输才相信并记住那些事的。

现如今娃娃楼这称谓几乎被人给忘了，可不知从啥时起，“娃娃塘”这仨中国字倒火了起来。

爆炸形成的大坑一直在，不过早变成一个大水塘。那底下有泉眼，四季不干。近些年外面不知咋传的，说这水塘里住着一只千年娃娃鱼，每天像小孩哭似的叫唤，村里人就把这水塘叫作娃娃塘……于是就有好奇好事儿的跑这儿来探秘探险，全国哪儿的都有。邸小历知道这全是那些游手好闲一知半解的驴友瞎编出来的，对那帮人是一百个膈应，每见有背包摞伞的驴友出现他就派人撵，常有冲突。

终于有一回邸小历受不了了。那是一个很大的队伍，坐俩大巴车来的，领队据说是个网红。

那网红竟爬到砖堆上拿喇叭喊：“这里便是著名的娃娃塘了，根据共振原理，站到这堆砖上就能听到千年娃娃鱼的叫声，而我脚下的这些砖就是举世闻名的万里长城所用的青砖，被村民拆下来准备盖房子用……”下边有人录像搞直播。邸小历捡起块土疙瘩砸在网红身上，骂：“小崽子快给我下来，这儿不是你站的地方！”边骂边上去拽他。网红不下来，和他撕扯。闻讯赶来的村民和驴友打了起来，哪打得过，村里但凡有点能耐的都在外面打工，剩下的全是身子骨还不如邸小历的老弱。落败的村民只得报警。鉴于是村主任先动的手，被打得头破血流的村民自掏药费不说，带头斗殴的邸小历还被拘留了好几天，邸小历很窝火。

最让他窝火的还是他那儿子。打架那天这个全村唯一一个闲在家里的大小伙子没帮他爸一个手指头，光举着手机一个劲儿录，气得他爸给抢下来扔水里了。也幸亏这么做了，不然里面录的证据没准儿得让他爸再多蹲几天。他爸挨打都没急眼的儿子急了眼，吼：

“我看你是闲得难受才管这闲事！”

他爸窝火之余还十分失望。

那件事之后邸小历再也没提过重修娃娃楼的事。

那天的直播让“娃娃塘”仨字上了热搜，来的人更多了。没办法，村里出资在砖堆外边围了圈白钢栏杆，好歹算是挡住了想爬砖堆的。栏杆上留了个小门，上面挂着锁，唯一的一把钥匙在邸小历手里。一把钥匙够用了——除了清明，每天来这儿添砖的也就他一个人。

水塘忒大，钱不够，就没围。

不过还别说，最近确实有村民听到水塘里有动静。都是后半夜，夜深人静的时候，哇哇地，像月科小孩在急促地哭。

2018年2月—2019年8月11日初稿

2024年1月5日改毕